MONJA SCHNEIDER

PRINCIPESSA

Impressum

Bibliografische Information der Deutschen Nationalbibliothek:
Die Deutsche Nationalbibliothek verzeichnet diese Publikation in der Deutschen Nationalbibliografie; detaillierte bibliografische Daten sind im Internet über http://dnb.dnb.de abrufbar.

Herstellung und Verlag: BoD – Books on Demand, Norderstedt
ISBN: 978 37322 9426 8

Inhaltsverzeichnis

Prolog

Dichte Wolken verdeckten den Mond und die Sterne. Nebel zog vom Meer herauf, hüllte die Gassen der Stadt ein, erreichte die Hügel und die Palazzos der Adeligen. Eine Kutsche rollte hinunter zum Hafen, Vorhänge verhinderten jeglichen Einblick. Längst hatte der Wächter den Beginn der dritten Nachtwache verkündet. Den Hafen ließ die Kutsche hinter sich. Sie hielt schließlich an einer Stelle, an der flacher Strand rasch in ein Wäldchen überging. Die Tür öffnete sich. Der Körper eines jungen Mannes wurde hinausgestoßen, grausam gefoltert, regungslos, leblos. An seinen zerfetzten Kleidern konnte man noch das Wappen der Stadtwache erkennen. Die Kutsche entfernte sich rasch.

Travertinböden und Marmorsäulen, wertvolle Wandteppiche und Seidenkissen, Möbel mit reichen Schnitzereien und Intarsien. Es hatte sich nichts verändert im Palazzo seines Onkels. Principe Laurenzio Gabrielli stellte sich ans Fenster und blickte hinunter auf die Bucht. Adalgiso, seine Heimatstadt. Sie lag friedlich in der Sonne. Im Hafen ankerten unzählige Handelsschiffe, ein Gewirr von Masten und grauen und beigen Segeln. Beladen mit Salz aus den Bergen, Getreide und der weichen Wolle der Schafe, die nur auf den Weiden des Hinterlandes gezüchtet wurden, mit Glas, hergestellt aus dem feinen Sand des Umlandes, stachen sie in See, kehrten mit Schätzen aus aller Welt zurück, die ihren Weg zu den Städten des Nordens und über die Berge fanden. Adalgiso war ein Handelsknotenpunkt. Adalgiso war reich. Geschäftiges Treiben herrschte im Hafen, den Lagerhäusern und Speichern. Dahinter Spelunken, in denen das Leben nie still stand. Nördlich des Hafens die kleinen Behausungen der Hafenarbeiter, südlich die weitläufigen Häuser und Gärten der Kaufleute, Kapitäne und wer sich sonst noch leisten konnte, dort ein Haus zu errichten. Und in der Mitte von alledem der alte Stadtkern, der sich seit fast fünfhundert Jahren kaum verändert hatte. Der Marktplatz mit dem Rathaus, dem Dom und dem Baptisterium, die Gaststuben und die Häuser der Handwerker und Händler. Rasch ging von dort das flache Land in Hügel über, auf denen die Palazzos der Adeligen erbaut worden waren, etwas weiter unten der niedere Adel, hier oben der Hochadel. Auch daran hatte sich seit Jahrhunderten nichts verändert.

„Enzio! Welch eine Freude, dich zu sehen!" Principe Ortensio Rinaldini unterbrach Laurenzios Gedanken. Er wandte sich zu ihm um und lächelte.

„Principe Ortensio, Onkel!"

„Du bist groß geworden, erwachsen." Ortensio packte ihn an den Schultern, den Oberarmen, fühlte die Muskeln unter dem Seidenhemd.

„Alles echt? Nichts aufgepolstert? Sehr gut! Und ein Korsett scheinst du auch nicht nötig zu haben." Er betrachtete Enzio eingehend. Schulterlange schwarze Haare, ordentlich im Nacken zu einem Zopf gebunden, ein schmales Gesicht, wache blaue Augen, rank und schlank. Drei-Tage-Bart. Nun, das trugen die jungen Leute heutzutage so. Schwarze, eng anliegende Hosen aus weichem Leder, hohe, blank polierte Reitstiefel. Das schwarze Hemd war weit geschnitten, modisch elegant. Sein

Neffe konnte sich wahrlich sehen lassen. Wie alt war er jetzt? Dreiundzwanzig? Nein, wohl schon vierundzwanzig. Wie die Zeit verging.

„Acht Jahre … Príncipe Laurenzio Gabrielli - darf ich noch Enzio zu dir sagen?"

„Ich wäre gekränkt, wenn Ihr es nicht tun würdet, Onkel!" Die beiden lachten, wurden aber plötzlich ernst. Príncipe Rinaldini deutete zu den Stühlen hin, sie setzten sich.

„Verzeih, Enzio. Eigentlich hätte ich dir meine Aufwartung machen müssen. Es tut mir von Herzen leid, dass dein Vater gestorben ist."

„Er ist friedlich eingeschlafen. Und ich war rechtzeitig zuhause, um Abschied von ihm nehmen zu können … Was hingegen Euch widerfahren ist … den Sohn verlieren … auf so grausame Weise …"

„Pietro … ja …" Sein Onkel barg sein Gesicht in seinen Händen. Es tat ihm noch zu sehr weh, darüber zu sprechen, Enzio fühlte es. Er hatte während seines Studiums genug Menschenkenntnis gesammelt, um Blicke und Gesten deuten zu können.

„Wie geht es Paolo? Ist er glücklich auf der Universität?" Enzio versuchte, seinen Onkel abzulenken. Ortensio nickte und sah seinen Neffen wieder an. Seine Augen waren rot gerändert.

„Ja, er studiert die Rechte wie du auch. Ein ganzes Jahr schon. Aber ich fürchte, er verbringt mehr Zeit in den Schenken und der Fechtschule." Enzio lachte.

„Sorgt Euch nicht, Onkel, das war bei mir im ersten Jahr nicht anders. Das mit den Schenken legt sich bald. Und die Fechtschule hat noch niemandem geschadet." Ortensio lächelte schwach zurück.

„Ja, man sieht es dir an. Wie ein Stubenhocker und Bücherwälzer siehst du nicht aus. Du bist gut in Form!"

„Ich danke Euch!"

Sie redeten weiter über Belangloses. Es war schon später Abend, als Enzio sich erhob. Príncipe Ortensio begleitete seinen Neffen bis zur Tür des Empfangszimmers.

„Conte Fosco – er ist einer der wenigen Hauptleute, die noch vertrauenswürdig sind." Enzio sah ihn fragend an.

„Wie meint Ihr das?"

„Pietro stand dir nahe wie ein Bruder. Du wirst wissen wollen, was geschehen ist, wie es geschehen konnte, wirst nachforschen. Ich kenne dich. Du wirst erst Ruhe haben, wenn du Antworten bekommst. Und ehe du den falschen Leuten Fragen stellst … traue niemandem in dieser Stadt, ich bitte dich!"

„Warum? Wie konnte es so weit kommen?"

„Ich weiß es nicht … der Duche ist alt, schwach … andere drängen an die Macht, mit allen Mitteln."

„Und keiner tut etwas dagegen? Wozu ist die Stadtwache da?" Ortensio schüttelte den Kopf.

„Pietro hat sich nicht bestechen lassen. Er hat versucht, für das Recht zu kämpfen. Er hat teuer dafür bezahlt." Erneut wurden die Augen seines Onkels feucht. „Ich bitte dich, sei vorsichtig. Traue keinem, verlasse am besten die Stadt wieder! Aber was rede ich. Du bist jung, du wirst genau das Gegenteil tun." Tränen liefen über seine Wangen. „Verzeih, ich werde ebenfalls alt …"

„Ich werde mir Eure Ratschläge zu Herzen nehmen! Ich verspreche es Euch!" Enzio verabschiedete sich. Tief in Gedanken versunken ritt er nach Hause, ließ sein Pferd im Schritt den Hügel hinabgehen, dann einen anderen wieder hinauf. Pinien säumten seinen Weg. Dazwischen schimmerten die weißen Häuser der Stadt, ein Widerschein des Mondes, der sich langsam seinen Weg über die Hügel bahnte. Die wenigen Menschen, die noch unterwegs waren, grüßten ihn freundlich, zuvorkommend. Adalgiso wirkte friedlich, unschuldig.

Doch man konnte nicht in die Häuser sehen und noch weniger in die Herzen der Menschen.

Einer seiner Diener öffnete das hohe schmiedeeiserne Tor, um ihn einzulassen. Marco, der Vorsteher der Dienerschaft, eilte ihm entgegen, noch ehe er von seinem Pferd gestiegen war.

„Príncipe, Herr, endlich seid Ihr hier. Wir waren in größter Sorge."

„Warum denn das?" Enzio schwang sich aus dem Sattel. „Ich habe mich ein wenig zu lange mit Príncipe Ortensio unterhalten und dabei die Abendessenszeit vergessen. Ich hoffe, Naara ist mir deswegen nicht böse …"

„Nein, nein, meine Frau würde es nie wagen, Euch böse zu sein, nein gewiss nicht, Herr, gewiss nicht! Und wenn sie Euch böse wäre, dann würde ich ihr erzählen, dass sie dazu kein Recht hat, dass Ihr ein guter Herr seid, den besten, den man haben kann, jawohl, das würde ich! Aber Herr, es ist nicht sicher, nach Einbruch der Nacht alleine in der Stadt unterwegs zu sein. Überall lauert Gefahr. Messerstecher treiben ihr Unwesen, Spitzbuben und Räuber …" Enzio hätte noch vor einer Stunde über Marcos Warnungen gelacht. Doch nach dem, was Onkel Ortensio ihm geschildert hatte, klang das, was der Diener ihm erzählte, keineswegs übertrieben. Lächeln musste er trotzdem.

„Ich werde zukünftig vorsichtiger sein!", versprach er.

Naara war Marcos Frau, Köchin und gute Seele des Hauses. Sie bereitete ihm einen reichhaltigen Imbiss zu. Dann zog Enzio sich in sein Arbeitszimmer zurück und ließ sich von Marco einen Krug Wein bringen. Der Stuhl, in den er sich fallen ließ, war hochlehnig, mit Gold verziert, mit weichem blauem Samt ausgeschlagen. Solange Enzio denken konnte, war sein Vater in ihm am Schreibtisch gesessen. Auf dem Platz, den Enzio nun eingenommen hatte, hatte einnehmen müssen. Er lehnte sich zurück, hielt seinen Kristallkelch in der Hand und drehte ihn nachdenklich. Pietro – Vetter, Vertrauter, Freund seiner Kindheit, seiner Jugend. Sein Tod schmerzte ihn fast mehr als der Tod seines Vaters. Ein halbes Jahr war seit jenem schrecklichen Tag vergangen, an dem er die Nachricht von Pietros Tod erhalten hatte. Er hatte noch nicht einmal zu seinem Begräbnis kommen und von ihm Abschied nehmen können, hatte in den letzten Tagen seines Studiums in Bolongiate ausharren müssen. Aber selbst wenn er auf seinem schnellsten Pferd zurückgeritten wäre, er hätte seine Heimatstadt nicht mehr rechtzeitig erreicht.

Grausam misshandelt sei Pietro geworden, hatte ihm Vater geschrieben. Wie seine letzten Stunden wohl ausgesehen hatten? Onkel Ortensio hatte Recht! Er konnte die Angelegenheit nicht einfach auf sich beruhen lassen. Er musste herausfinden, wer für Pietros Tod verantwortlich war. Dafür sorgen, dass der Schuldige seine gerechte Strafe erhielt, musste er. Er würde sonst keine Ruhe finden. Er nahm einen tiefen Schluck.

Marco hatte ihm die eingegangene Post auf den Schreibtisch gelegt. Enzio stellte den Kelch zur Seite, blätterte den Stapel durch und betrachtete sich die Pergamentrollen. Eine davon trug das Siegel des Duche. Er öffnete sie. Die offizielle Ernennung des Príncipe Laurenzio Francesco Victoriano Maria Daniele Gabrielli zum Nachfolger seines Vaters als ehrenwerter Príncipe der Stadt Adalgiso und Truchsess des Duche, mit allen Rechten und Pflichten. Seine, Enzios, Ernennung. Sein Blick fiel auf den Spiegel über dem Kamin auf der gegenüberliegenden Seite. Einer der reichsten und mächtigsten Männer der Stadt und des Staates Adalgiso blickte ihn an. Er hätte gerne noch ein wenig darauf verzichtet. Vor drei Wochen war er aus Bolongiate zurückgekehrt, hatte noch viele Jahre mit seinem Vater verbringen wollen. Doch der war schwer krank. Fast schien es, als ob er nur auf Enzio gewartet hätte. Nur eine Woche nach dessen Rückkehr starb er. Enzios Mutter war untröstlich gewesen, hatte sich auf den Landsitz der Familie zurückgezogen und Enzio alleine gelassen. Nun, vielleicht war es besser so. Wenn Onkel Ortensio ihn schon vor den Gefahren der Stadt warnte – Mutter hätte ihn nicht mehr aus dem Haus gelassen. Enzio ließ die restlichen Briefe ungeöffnet, trank seinen Kelch leer und begab sich zur Ruhe. Morgen gab es viel zu tun.

Conte Fosco – der Name ging Enzio nicht aus dem Kopf. Nicht kurz vor dem Einschlafen, nicht beim Frühstück und erst recht nicht, als er versuchte, seine Aufmerksamkeit auf die Briefe zu lenken, die ungeöffnet auf dem Schreibtisch lagen. Beim Rasieren hatte er sich geschnitten, weil er unaufmerksam gewesen war. Die Wunde brannte noch immer. Er zog ein Pergament aus der Schublade, spitzte eine Feder an, schrieb, versiegelte den Brief. Dann klingelte er nach Marco.

„Diese Botschaft muss auf dem schnellsten Wege Conte Fosco zugestellt werden. Sie darf nur ihm persönlich übergeben werden!"

„Gewiss, Herr, gewiss! Ich werde dafür Sorge tragen. Oder nein, ich werde sie besser selbst überbringen, die jungen Leute von heute … Ihr seid natürlich eine Ausnahme, Herr!" Enzio grinste still vor sich hin und winkte. Marco zog von dannen. Nun konnte er nur noch warten. Und in der Zwischenzeit endlich diesen Stapel Korrespondenz erledigen.

Due

Conte Fosco war ein Mann Anfang Vierzig, braun-gebrannt, kampferprobt. Er wirkte unsicher, als er Enzio im Empfangszimmer des Palazzos der Familie Gabrielli gegenüberstand. Enzio grüßte ihn freundlich, wies auf bequeme Stühle und wartete, bis der Diener, der den Conte hereinbegleitet hatte, die Tür hinter sich geschlossen hatte.

„Conte Fosco, ich möchte gleich zur Sache kommen. Ihr wurdet mir als zuverlässig und ver-trauenswürdig empfohlen."

„Das ehrt mich, Herr!" Foscos Blick sagte etwas anderes. Unsicherheit? Misstrauen? Angst gar? En-zio vermochte es nicht zu deuten. Er beschloss, nicht lange um den heißen Brei herumzureden.

„Ihr kanntet Príncipe Pietro Rinaldini?" Nun war die Angst in Foscos Augen unübersehbar.

„Herr, ich bitte Euch, ich habe Frau und Kinder. Ich möchte in nichts hineingezogen werden."

„Fürchtet nichts, ich werde Euch so wenig ver-raten wie Ihr mich. Pietro Rinaldini war mein Vet-ter, mein Freund. Ich möchte lediglich herausfin-den, was zu seinem Tod geführt hat. Daher bitte ich Euch: Sprecht frei und offen!" Der Conte nickte einige Male vor sich hin und sah zu Boden.

„Príncipe Pietro, so haben wir ihn immer genannt, er war jung, draufgängerisch. Er wollte den Ungerechtigkeiten ein Ende setzen, der Unterdrückung und der Bestechung. Leider sind auch einige der Stadtwache in die Sache verwickelt. Sie erhalten guten Lohn für ihren Verrat … wenn sie herausbekommen, dass ich mit Euch geredet habe …"

„Das werden sie nicht, sorgt Euch nicht!"

„Was macht Euch so sicher? Ihr wart lange nicht in der Stadt … Ihr wisst nicht, wie sehr sie sich in den letzten beiden Jahren verändert hat …dass ich nicht bereit bin, zum Verräter zu werden, heißt nicht, dass ich mich und meine Familie in Schwierigkeiten bringen werde."

„Was ist geschehen? Sagt es mir! Wie soll ich es erfahren, wenn ich auf eine Mauer des Schweigens stoße."

„Herr …" Der Conte blickte ihn mit weit aufgerissenen Augen an, seine Hände zitterten ein wenig. Er hatte ehrlich Angst, tiefsitzende Angst.

„Versteht Ihr Euch aufs Fechten?" Enzio wechselte das Thema.

„Herr?"

„Ihr seid Mitglied der Stadtwache – sicherlich versteht Ihr Euch aufs Fechten. Würdet Ihr sagen, dass Ihr ein guter Fechter seid?"

„Ja Herr!" Fosco entspannte sich ein wenig. „Ich ging in zahlreichen Kämpfen als Sieger hervor, wurde vom Duche persönlich ausgezeichnet. Bei der Stadtwache gelte ich als einer der Besten!"

„Sehr gut! Ich bin neu hier in der Stadt und weiß noch nicht, welche Fechtschule inzwischen die Beste ist. Wäret Ihr bereit, täglich eine oder zwei Stunden mit mir zu üben? Es soll Euer Nachteil nicht sein. Ihr könntet Eurer Frau und Euren Kindern so manchen zusätzlichen Wunsch erfüllen."

„Herr, es wäre mir eine große Ehre!" Foscos Augen leuchteten.

„Die Freude ist ganz auf meiner Seite. Wenn es um das Fechten ging, waren mir nur die besten Lehrer gut genug!"

„Das sieht man Euch an, Herr!" Fosco freute sich sichtlich. Doch dann erschrak er über seine eigene Kühnheit. „Oh, verzeiht … ich wollte mir kein Urteil erlauben, das steht mir nicht zu …" Enzio lächelte.

„Ich nehme es als Lob und freue mich darüber." Er reichte dem Conte die Hand. Der schlug ein, ein wenig verlegen zwar, aber lächelnd. Enzio lehnte sich entspannt zurück. Der Conte tat es ihm gleich.

„Sollen wir morgen beginnen?" Enzio nahm den Faden wieder auf.

„Gerne Herr. Soll ich um die gleiche Uhrzeit hier erscheinen?"

„Gerne!" Enzio erhob sich. Er war kaum einen Schritt weiter als am Morgen. Aber der Mann war völlig verängstigt. Er musste erst sein Vertrauen gewinnen. Und wenn er wirklich ein so guter Fechter war, wie er sagte, dann hatte es sich doppelt gelohnt.

„Ihr fechtet sehr gut! Ich weiß nicht, ob ich Euch noch viel beibringen kann." Sie hatten ihre Degen zur Seite gelegt und auf schmiedeeisernen Gartenstühlen neben dem Übungsplatz im Park der Familie Gabrielli Platz genommen. Ein Diener brachte Erfrischungen.

„Das könnt Ihr ganz sicher! Und die tägliche Übung mit einem Meister seines Faches wird mir gut tun. Ich fürchte, ich muss in den nächsten Wochen mehr Zeit hinter meinem Schreibtisch verbringen, als mir lieb ist." Er trank einen Schluck aus seinem Kelch. „Ihr sagtet, Ihr habt Kinder?"

„Ja Herr, zwei Jungen und zwei Mädchen." Conte Fosco war stolz auf sich. „Stella, die älteste, vierzehn Jahre, ein wenig verträumt, aber ein liebes Mädchen. Ich möchte gar nicht daran denken, dass ich bald einen Gatten für sie suchen muss. Meine beiden Söhne, Zwillinge, Domizio und Donato, achtjährige Schlingel, die ich am liebsten den ganzen Tag ins Haus sperren würde, damit sie nicht so viel Unsinn machen." Er sagte es leichthin, mit einem Lächeln, doch Enzio bemerkte auch die Sorge, die hinter seinen Worten mitschwang. „Unser Nesthäkchen schließlich, unsere Tizia." Jetzt leuchteten seine Augen wieder. „Vor wenigen Tagen ist sie zwei Jahre alt geworden. Sie wächst und gedeiht, ist eine Quelle steter Freude."

„Das sieht man Euch an!" Enzio lächelte. Er trank seinen Kelch leer, wartete und bis sein Gast es ihm gleich getan hatte.

„Wollt Ihr mich in mein Arbeitszimmer begleiten, damit wir die Bedingungen für unseren Vertrag besprechen können?"

„Wenn es Euch beliebt, gerne. Doch ich muss gestehen, dass ich wenig von diesen Dingen verstehe. Und ich muss sagen, dass es mir Freude macht, mit einem so talentierten Mann wie Euch zu fechten. Das ist auch für mich Entspannung und Übung."

„Ihr seid ein schlechter Geschäftsmann!" Enzio lachte.

„Ja, das bin ich wohl." Conte Fosco seufzte. „Den Bericht des Verwalters unseres Landguts kontrolliert immer Ylenia, meine Frau. Sie behauptet, ich würde es nicht richtig machen." Enzio lächelte mit ihm und freute sich, dass er einen solch ehrlichen, solch begabten Fechtpartner gefunden hatte. Den Vertrag arbeitete er entsprechend großzügig aus, als sie sich im Arbeitszimmer gegenübersaßen. Sollte er Fosco mit Fragen überfallen? Würde er glauben, Enzio hätte ihn nur deswegen angestellt? Aber wer wusste schon, wann sie wieder alleine in einem Zimmer sein würden? Und draußen im Park, wo sie jederzeit belauscht werden konnten, würde der Conte ganz sicher nicht reden.

„Pietro, Príncipe Pietro … war er ebenfalls ein guter Fechter?", begann Enzio vorsichtig. „Wir waren zwar eng befreundet, wir haben uns all die Jahre geschrieben … aber gesehen, gesprochen, habe ich ihn zuletzt vor über acht Jahren … es sind noch viele Fragen offen …" Conte Fosco blickte ihn an. Misstrauisch, wie Enzio vermutet hatte. Aber auch verständnisvoll.

„Príncipe Pietro war ein hervorragender Kämpfer, besser noch als Ihr und ich … dass er nicht mehr unter uns weilt, ist schmerzlich für uns alle. Er … nun, jeder aufrechte Mann der Stadtwache mochte ihn … er war unser Vorgesetzter, doch das hat er uns nie spüren lassen. Er hat uns nie von oben herab behandelt." Fosco blickte auf seine Hände. Er litt. Enzio sah es ihm an. Neben all der Angst die er verspürte, trauerte auch er um Pietro. Warum kam Enzio dieser Gedanke erst jetzt?

„Wollt Ihr mir helfen, seinen Tod zu rächen?", sprach er leise.

„Ich wünschte, ich könnte es. Ich wünschte, ich wäre mutiger." Conte Fosco schien etwas im Hals zu stecken. „Aber es geht nicht nur um mich. Meine Familie … sie machen noch nicht einmal vor Kindern Halt!"

„Wer sind die?"

„Schlägerbanden, Erpresser, gedungene Mörder, Brandstifter … wer aber letzten Endes hinter allem steckt, weiß keiner … es muss jemand mit viel Geld sein, dem es nach Macht gelüstet. Príncipe Pietro war bei weitem nicht das einzige Opfer. Doch sein Tod zeigt, wie ernst es ihnen ist. Sie machen nicht vor den Höchsten unserer Stadt Halt! Man sagt, selbst der Duche lebe in Angst."

„Aber Pietro hatte einen Verdacht?" Fosco blickte zu Boden, schwieg lange, ehe er antwortete.

„Er sprach einmal von der Kaufmannsgilde …", flüsterte er schließlich. „Aber mehr weiß ich wirklich nicht, das müsst Ihr mir glauben. Wenn Príncipe Pietro irgendwo Unterlagen oder Aufzeichnungen hatte, die etwas hätten beweisen können, dann sind sie verschwunden. Bei seinen Sachen in der Wachstube wurde nichts gefunden."

„Ich danke Euch! Wenn Ihr Sorge um Eure Frau und Eure Kinder habt, dann steht ihnen und Euch mein Haus jederzeit als Zuflucht offen. Es ist groß genug und geschützter als Euer Stadthaus. Príncipe Rinaldini hat Söldner von außerhalb der Stadt als Wächter angestellt und ich gedenke, das ebenfalls zu tun. Ansonsten haben wir in der letzten Stunde über nichts weiter als den Vertrag geredet. Und ich freue mich darauf, Euch morgen wieder auf dem Übungsplatz begrüßen zu dürfen!"

„Ich danke Euch, Herr! Auch für Euer großzügiges Angebot. Aber könnt Ihr für alle Eure Diener die Hand ins Feuer legen? Wirklich sicher sind wir nirgends mehr, in dieser Stadt! Keiner von uns." Sie standen auf. Fosco verabschiedete sich. Enzio blieb nachdenklich zurück.

Tre

Die Räume atmeten Pietros Gegenwart. Sein Lachen schien noch in ihnen zu klingen.

„Wir haben nichts verändert. In den ersten Wochen war ich oft hier, glaubte, ihm näher zu sein … aber irgendwann einmal war der Schmerz zu groß." Enzio nickte.

„Danke, Onkel Ortensio, dass Ihr mir gestattet, mich hier umzusehen!"

„Fühle dich frei, Enzio! Wenn du mich suchst, ich bin in meinem Arbeitszimmer." Príncipe Rinaldini ließ seinen Neffen alleine. Enzio lehnte sich an den Türrahmen und musste mit den Tränen kämpfen. Pietro … Unzählige Stunden hatten sie hier verbracht, gelacht, geträumt, von Abenteuern, von Heldentaten und später auch von hübschen Mädchen. Dort, auf dem Boden vor dem Kamin waren sie gelegen, Seite an Seite, Pietro auf dem kostbaren Teppich aus dem Osten, er selbst auf dem Bärenfell, das Onkel Ortensio von einer seiner Reisen in den Norden mitgebracht hatte. Pietro … dort drüben, am Fenster, war er oft gesessen, hatte gelesen oder träumend hinausgeschaut. Auf dem Tisch hatten sie immer die Kanne mit heißer Schokolade und ihre Tassen abgestellt. Pietro hatte die Köchin mit Komplimenten überhäuft, bis sie ihnen das kostbare Getränk kochte. Einen Charmeur hatte sie ihn daraufhin genannt und dass er eines Tages sämtlichen Mädchen den Kopf verdrehen würde. Tränen liefen Enzio über die Wangen. Er bemerkte es kaum. Pietro … acht Jahre … Pietro war fünfzehn gewesen, er selbst sechzehn. Pietro wäre Enzio gerne nach Bolongiate gefolgt, doch die Tradition verpflichtete ihn zu einem Posten bei der Stadtwache. Und es war nicht das schlechteste Leben für den Wildfang Pietro gewesen, wie Enzio aus den Briefen herauslas. Er hatte seine Aufgabe gefunden und sie mit Herzblut erledigt. So lange, bis sie tatsächlich sein Leben forderte. Pietro … hätte er ihn doch noch einmal sehen können, ein einziges Mal …

Enzio riss seine Gedanken von den Erinnerungen los. Wenn Pietro Notizen über seine Entdeckungen gemacht hatte, dann hatte er sie sicherlich nicht in seinem Schreibtisch in der Wachstube gelassen. Er sah sich um, zog jede Schublade heraus, jedes Buch, schaute unter jeden Teppich, zwischen den Matratzen des Bettes, hinter jedes Bild. Nichts, er fand nichts. Hatte Pietro wirklich keine Notizen hinterlassen? Oder hatte er sie doch in der Wachstube liegen lassen und sie waren entwendet worden? Aber nein, eine solche Unvorsichtigkeit passte nicht zu Pietro. Enzio ließ sich auf einen Stuhl fallen und beugte sich nach vorn, stützte die Ellenbogen auf die Knie, das Gesicht in die Hände. Hatte ein anderer vor ihm Pietros Räume durchsucht? Jemand von der Dienerschaft, bestochen, wie von Conte Fosco angedeutet? Auch Onkel Ortensio kannte sicherlich nicht alle seine Diener persönlich. Und wer immer hinter den Verbrechen steckte, musste damit rechnen, dass Pietro verdächtige Schriften zuhause aufbewahrt hatte. Waren sie schon gefunden worden? Ob Pietro sie vielleicht nicht in seinen Räumen aufbewahrt hatte? Die Papiere konnten im ganzen Haus versteckt sein. Konnten sie das wirklich? Wo hätte Pietro etwas so Wichtiges hinterlegt? Und dann sprang Enzio auf. Das Baumhaus! Ihr Geheimversteck!

Unternehmungslustige Knaben waren sie gewesen, sechs oder sieben Jahre alt. Auf jeden Baum waren sie geklettert, hatten sich ständig die Hosen zerrissen. Onkel Ortensios Meister der Gärtner war zu ihrem Helden geworden, als er ihnen in einem der Bäume im Park der Familie Rinaldini ein Baumhaus gebaut hatte. Es war so geräumig, dass ein Tisch und zwei Stühle, ja, sogar ein Regal hineinpasste. So manchen Sommer hatten sie darin verbracht, manche Nacht darin geschlafen.

„Schaut, Ihr jungen Herren", hatte der Meister der Gärtner ihnen anvertraut. „Hier, dieser Balken ist lose. Das Brett lässt sich herausnehmen, das Haus hat einen doppelten Boden. Ihr habt ein Geheimversteck." Einige Jahre später war ihr Held verstorben, außer Pietro und Enzio hatte niemand mehr von dem doppelten Boden gewusst. Enzio rannte in den Park wie der kleine Junge von damals. Die an den Baum genagelten Stufen, die den Sprossen einer Leiter glichen, waren noch unversehrt. Enzio zwängte sich durch die Tür. Das Innere des Hauses war so geräumig, wie er es in Erinnerung hatte. Die Decke war voll Spinnweben, das Regal voll Staub, doch ansonsten … war Pietro wirklich kurz vor seinem Tod hier gewesen? Welches war der Balken gewesen? Er schlug den Teppich beiseite, zählte die Dielen ab. Ein Kasten aus Metall. Eine Geldkassette, die noch nicht in dem Versteck gewesen war, als sie beschlossen hatten, dass Baumhäuser etwas für kleine Kinder waren. Er strich darüber. Wieder kamen ihm die Tränen. Pietro … Pietro war hier gewesen, vor nicht allzu langer Zeit. Er hatte den Kasten zuletzt in Händen gehalten. Als Enzio ihn öffnete fand er einen Stapel Papiere darin, beschrieben mit Pietros Schrift. Er stellte sie zur Seite, wollte nicht, dass seine Tränen die Tinte verwischten. Die Augen schließen, einige Male tief durchatmen, zur Ruhe kommen. Er nahm den Stapel heraus und faltete die Schriftstücke auseinander. Listen mit Namen, Mitschriften von Gesprächen, doch leider nicht verzeichnet, wer sie geführt hatte. Rasch hingekritzelte Notizen. Verdächtigungen, die auf dem Papier wenig nützten. Der Ehrenmann, der sie hätte bezeugen können, war nicht mehr am Leben. Pietro … Ehe er wieder in Trauer versinken konnte, faltete er die Papiere zusammen, steckte das Bündel in seinen Hosenbund und ließ sein weites Hemd darüber fallen. Er musste die Schriftstücke zuhause in Ruhe durcharbeiten. Niemand durfte etwas von seinem Fund erfahren. Auch Onkel Ortensio nicht? Nein, auch er nicht. Enzio hatte genug von der Gefahr gehört, die von ihren Gegnern ausging. Je weniger Onkel Ortensio wusste, desto besser. Er schaffte es, ein harmloses Gespräch mit seinem Onkel zu führen, ehe er sich verabschiedete und versprach, bald wiederzukommen.

Bis tief in die Nacht hinein saß Enzio in seinem Arbeitszimmer. Eine Liste mit sämtlichen Zunft- und Gildemeistern, eine weitere, erheblich längere, mit Namen, teils wichtiger Persönlichkeiten, teils völlig unbekannt. Ein Plan der Stadt, versehen mit roten Punkten. Am Rand weitere Namen, so klein geschrieben, dass selbst Enzio, der Pietros Schrift von klein auf kannte, sie nicht lesen konnte. Eine erschreckend lange Liste mit Namen von Frauen und Mädchen, die Opfer ihrer Schönheit wurden, wie Pietro geschrieben hatte. Zurückgeblieben waren Eltern und Ehemänner, die sich nie hatten etwas zu Schulde kommen lassen, die mit niemandem Streit gehabt hatten. Und die doch ihr Kind, ihre Geliebte auf grausame Weise verloren hatten. Eine weitere Liste mit Namen. Zwei Zunftmeister, Handwerker, einige Kaufleute, ein Sekretär des Duche, vier junge Mädchen und ein Knabe, Kinder verschiedener anderer Kaufleute. Hinter jedem dieser Name stand ein Kreuz und der Todestag. Eine Liste all der Menschen, die in den letzten eineinhalb Jahren vor Pietros Tod ermordet worden waren. Enzio spitzte eine Feder an, tauchte sie ins Tintenfass und schrieb ‚Príncipe Pietro Tiberio Andrea Maria Salvatore Rinaldini' als letzten Namen auf die Liste. Er ballte seine Hand so fest um die Feder, dass sie zerbrach.

„Ich werde deinen Tod rächen, Pietro, ich schwöre es dir!"

Quattro

Herr!" Marco klopfte heftig gegen die Tür.

„Was gibt es?!"

„Herr, wir machen uns Sorgen. Ihr seid heute nicht zum Frühstück erschienen und auch nicht zum Mittagsmahl. Ihr habt Euch gestern Nacht erst spät zu Bett begeben und Euch heute schon wieder sehr früh in Euer Arbeitszimmer eingeschlossen."

„Ich habe Wichtiges zu tun!"

„Gewiss, Herr, gewiss! Doch ohne Essen kann man nur schwer arbeiten. Das sagt jedenfalls meine Naara. Und sie ist nicht die Dümmste der Frauen. Sie bittet Euch, etwas zu Euch zu nehmen. Sie hat Euch einen Imbiss gerichtet. Insbesondere auch deshalb, weil in einer halben Stunde Conte Fosco vorbeikommt, um mit Euch zu fechten. Und mit leerem Magen fechten, das ist gewiss nicht gut. Naara und ich wollen nicht, dass Ihr stolpert, weil Ihr so schwach seid oder gar noch etwas Schlimmeres passiert." Wider Willen musste Enzio lächeln. Er schob die Papiere, die auf seinem Schreibtisch verteilt herumlagen, zusammen, verstaute sie in einer Schublade und öffnete seinem treuesten Diener die Türe.

„Danke, Marco, das duftet köstlich! Richte Naara meinen besten Dank aus!" Heiße Schokolade! Dazu noch Früchte in Schokolade getaucht. Naara wusste genau, wie sie ihn zum Essen bewegen konnte.

„Gewiss, Herr, gewiss, das werde ich, das werde ich!" Der Alte stellte das Tablett auf den Schreibtisch und ging davon.

„Weißt du etwas über den Meister der Kaufmannsgilde?", rief Enzio ihm im Plauderton hinterher. Marco wandte sich um. Blitzte Sorge in seinem Gesicht auf? Enzio konnte es im Widerschein des Lichtes, das durch das Fenster fiel, nicht recht erkennen.

„Über Bartolomeo, Herr? Der sich selbst Don Bartolomeo nennt? Wie kommt Ihr auf ihn?"

„Ach, er wurde lediglich in einem der Briefe erwähnt", erwiderte Enzio leichthin. „Ich habe mich darüber gewundert, dass ein einfacher Kaufmann, der das Glück hatte, zum Gildemeister gewählt zu werden, die Kühnheit besitzt, sich selbst Don zu nennen." Marco nickte.

„Gewiss, Herr, gewiss … es ist eine seltsame Geschichte. Man hört nicht viel Gutes über ihn. Er führt sich in den Ratsversammlungen auf, als wäre er der Herr der Stadt. Aber das habe ich immer nur von den Händlern auf dem Markt erfahren, und nur hinter vorgehaltener Hand. Keiner traut sich, laut etwas gegen ihn zu sagen. Benötigt Ihr noch etwas, Herr?"

„Nein, ich danke dir!" Enzio nahm sich eine weitere Traube vom Henkel und kaute nachdenklich. Er hatte Marco angelogen. Immer wieder war der Name Bartolomeo, Gildemeister der Kaufleute, in Pietros Notizen aufgetaucht. Das, was Marco ihm erzählt hatte, passte in das Bild. Pietro hatte Bartolomeo in Verdacht gehabt, ihm aber nichts nachweisen können. Er musste diesen Don Bartolomeo persönlich kennenlernen. Schnell stopfte Enzio das restliche Essen in sich hinein, verschloss die Schublade, hängte sich den Schlüssel um den Hals und schob ihn unter sein Hemd. Dann eilte er hinunter in den Park. Er wollte Conte Fosco nicht warten lassen. Und wer wusste schon, was alles auf ihn zukam. Vielleicht hatte er seine täglichen Übungen nötiger denn je.

„Ihr seid heute nicht bei der Sache, Herr!" Fosco wies ihn zurecht. Enzio lächelte schwach.

„Ich habe nicht gut geschlafen ... jeder hat einmal einen schlechten Tag ..."

„Das lasse ich bei Euch nicht gelten! Ihr seid zu gut, als dass Ihr Euch von einer durchwachten Nacht beeinflussen lassen würdet. Irgendetwas beschäftigt Euch. Wenn Ihr nicht Eure volle Aufmerksamkeit auf den Degen Eures Gegners richten könnt, dann hat es keinen Sinn, weiterzumachen." Enzio ließ die Waffe sinken.

„Ihr kennt mich schon zu gut."

„Ich unterrichte Euch seit über einer Woche." Enzio lächelte immer noch, seufzte aber dabei.

„Vielleicht ist es wirklich besser, wenn wir heute früher aufhören. Ich bin müde ... und ja, ich muss nachdenken!" Fosco blickte ihn an, packte seinen Degen ein, blickte zu Boden, dann wieder zu Enzio.

„Príncipe ...", begann er zögerlich. „Wenn es wegen des Vertrages ist ... ich ... wir ... wenn es Euch beliebt, dann können wir noch einmal darüber sprechen ..." Enzio sah ihn verständnislos an.

„Wie meinen?"

„Der Vertag ... Ihr erinnert Euch? Wir haben in Eurem Arbeitszimmer lange über den Vertrag gesprochen. Wenn sich nun etwas ergeben hat ... Ihr ihn ändern wollt ... ich bin bereit, noch einmal darüber zu sprechen. Über alles, worüber wir gesprochen hatten …"

„Wirklich? Ich wollte Euch damit nicht belasten …"

„Nun, Ylenia hat sich den Vertrag angesehen und gefragt, ob ich mich nicht schämen würde, so viel von Euch zu verlangen. Dass Ihr den Preis vorgeschlagen habt, wollte sie nicht gelten lassen." Conte Fosco wirkte leicht zerknirscht, doch er lächelte dabei. Enzio lachte zurück.

„Vielleicht sollte ich mich das nächste Mal gleich an Eure Frau wenden."

„Tut das nicht, Herr, Ihr hättet keine Freude daran …"

„Gut, dann lasst uns in mein Arbeitszimmer gehen!"

Enzio schloss die Tür, drehte den Schlüssel im Schloss und wies auf einen Sessel vor dem Schreibtisch. Er selbst ließ sich auf seinen Stuhl dahinter fallen, stützte die Ellenbogen auf die Tischplatte und barg sein Gesicht in seinen Händen. Conte Fosco schwieg, wartete, bis der Príncipe bereit war, zu reden. Schließlich richtete sich Enzio auf und sah sein Gegenüber an.

„Kann ich Euch vertrauen?"

„Das müsst Ihr selbst entscheiden, Herr." Fosco schien durch die Frage nicht gekränkt zu sein. „Ich könnte ohne rot zu werden ‚Ja' sagen und dabei der größte Lügner sein. Oder aber wirklich vertrauenswürdig. Doch eines kann ich Euch versichern: Mir tut sehr leid, was Príncipe Pietro geschehen ist. Ich sitze noch heute manches Mal in der Wachstube und vermisse ihn, sein Lachen und seine Fröhlichkeit, aber auch seine ernsthaften, durchdachten Vorschläge. Ich habe lange über Eure Worte nachgedacht. Ich möchte ebenfalls, dass die Mörder Príncipe Pietros ihre gerechte Strafe bekommen!" Enzio nickte.

„Verzeiht … ich bin müde … habe heute Nacht wirklich nicht viel geschlafen … und langsam fange ich an, ebenfalls überall Spione zu vermuten …" Er schwieg einige Augenblicke. „Ich habe Pietros Aufzeichnungen gefunden." Foscos Augen weiteten sich ein wenig, doch er schwieg und wartete, bis Enzio weiterredete. „Ich erspare Euch die Einzelheiten, all die Toten, all die Menschen, die auf offener Straße überfallen und misshandelt wurden. Ich denke, vieles ist ein offenes Geheimnis. Doch Pietro erwähnte immer wieder den

Namen des Gildemeisters der Kaufleute." Conte Fosco nickte.

„Bartolomeo – Príncipe Pietro hatte den Namen das ein oder andere Mal erwähnt, hatte ihn in einem Atemzug mit Flüchen und Drohungen ausgesprochen, wenn wir wieder einen Toten oder schwer Verletzten gefunden hatten."

„Pietro sah in ihm den Hauptverdächtigen. Aber er hatte wohl nicht genug in der Hand, um ihn anklagen zu können."

„Ja …" Fosco nickte bedächtig. „„Wer auch immer dahintersteckt, weiß, wie man Spuren verwischt."

„Jemand müsste sein Vertrauen gewinnen … müsste Zeuge seiner Taten werden …" Enzio spielte gedankenverloren mit einer Schreibfeder, die auf seinem Schreibtisch gelegen war. „Mich kennt hier niemand, am allerwenigsten dieser Gildemeister …"

„Herr, Ihr wollt doch nicht wirklich … dieser Bartolomeo ist gefährlich … Ihr würdet Euer Leben riskieren!"

„Wenn er denn wirklich dahintersteckt … aber vieles, was Pietro notiert hat, ist schlüssig. Leider kann er es nicht mehr bezeugen … aber Ihr habt Recht, ich sollte noch einmal eine Nacht darüber schlafen, alles überdenken." Das Gespräch war beendet, Enzio stand auf. Doch Conte Fosco erhob sich nur zögerlich, blickte zu Boden.

„Herr, da ist noch etwas …" Fosco suchte nach Worten. „Ylenia, sie hat eine tote Katze auf den Stufen unseres Hauses gefunden." Enzio ließ sich wieder auf seinen Stuhl fallen und starrte den Conte fragend an. „Ylenia ist sonst keine ängstliche Natur, Herr, das müsst Ihr mir glauben." Auch Fosco ließ sich wieder nieder. Er umklammerte die Lehne des Stuhls. „Aber so beginnt es immer … zuerst ein totes Tier, dann eine Forderung. Und wenn die nicht erfüllt wird …" Er beugte sich nach vorn, schlug die Hände vors Gesicht.

„Wie kann ich Euch helfen?" Enzio blieb ruhig.

„Herr … Ihr habt mir angeboten, dass Ihr meine Familie aufnehmen könntet … wenn wenigstens die Kinder …"

„Nein!" Enzio schüttelte den Kopf. „Wenn, dann alle! Oder zumindest Eure Frau und die Kinder. Ihr selbst solltet in den Unterkünften der Stadtwache bleiben, alles andere wäre zu auffällig. Ihr könnt mich und Eure Familie aber jederzeit besuchen. Dass Ihr mir Fechtunterricht gebt und in meinem Haus ein- und ausgeht, ist kein Geheimnis."

„Herr, Ihr seid zu gütig ..." Enzio hörte ihm kaum zu. Einen Ellenbogen auf die Lehne gestützt, die Beine ausgestreckt, starrte er an Fosco vorbei.

„Ihr glaubt also, sie werden mit einer Forderung an Euch herantreten. Ihr denkt nicht, dass sie etwas gegen Euch in der Hand haben ..."

„Nein, Herr. Ich habe heute Nacht wieder und wieder darüber nachgedacht. Alles, was ich mir vorstellen kann, ist, dass sie wollen, dass ich ebenfalls für sie spioniere. Vielleicht wissen sie sogar schon, dass ich Euch Fechtunterricht gebe ..." Enzio zog die Augenbrauen hoch und blickte ihn an.

„Ihr glaubt, sie wollen etwas über mich herausfinden? Wie könnte ich für sie von Interesse sein?" Fosco zuckte die Achseln.

„Hohe Herren sind für sie immer interessant. Und wenn die so mächtig sind, wie Ihr es seid ..." Enzio schwieg daraufhin, spielte weiter mit der Feder und starrte wieder an dem Conte vorbei. Der rutschte unruhig in seinem Stuhl hin- und her.

„Ihr habt ein Landhaus?", begann Enzio schließlich.

„Ja Herr, das Landgut meiner Familie."

„Einen Kutscher, dem ihr bedingungslos vertraut?"

„Nun … ja …"

„Eure Frau soll in der Nachbarschaft das Gerücht verbreiten, dass sie mit den Kindern für einige Zeit dorthin zieht, die wichtigsten Sachen zusammenpacken und losfahren. Auf halber Strecke sollen sie umkehren und sich zu meinem Palazzo begeben und erzählen, dass sie eine entfernte Base mit ihren Kindern ist, die Zuflucht in meinem Haus sucht, da ihr Mann sie schlägt."

„Herr!" Conte Fosco wollte protestieren, doch Enzio schaute ihn streng an.

„Wisst Ihr eine bessere Geschichte, die glaubwürdiger klingt? Nein? Dann schweigt!"

„Ihr habt Recht, Herr, es tut mir leid …"

„Gut, dann bereitet Eure Frau und Eure Kinder darauf vor, dass sie bald ihren Vetter besuchen werden. Es soll nicht der geringste Verdacht aufkommen."

„Das werde ich! Ich kann Euch nicht genug danken!" Enzio winkte ab.

„Ich brauche Euch als meinen Verbündeten … außerdem bin ich sehr gespannt darauf, Eure streitbare Gemahlin kennenzulernen." Enzio lächelte ihn an.

Cinque

Spät in der Nacht, es waren einige Tage ins Land gezogen, klopfte Marco aufgeregt an die Schlafzimmertür.

„Herr, eine Kutsche steht vor dem Tor. Eine Frau und vier Kinder sitzen darin. Die Dame behauptet, sie wäre Eure Base Ylenia." Enzio war wach, er hatte sie erwartet. Dennoch schaffte er es, seine Stimme verschlafen klingen zu lassen.

„Base Ylenia? Was will die denn hier? Und zu so später Stunde?" Mit einem Morgenrock bekleidet öffnete er die Tür und trat hinaus in den Flur. Marco stand vor ihm, eine Kerze in der Hand.

„Herr, ich kann mich an keine Base Ylenia erinnern …"

„Wie? Du kennst Base Ylenia nicht? Die Enkeltochter von Großtante Brunella? Die, die damals mit einem armen Conte durchgebrannt ist?" Enzio schaute seinen Diener ungläubig an.

„Gewiss, Herr, gewiss … dann sollen wir sie also hereinlassen?"

„Aber natürlich! Wie könnt ihr eine Frau mitten in der Nacht vor dem Tor stehen lassen? Und dazu noch mit Kindern! Schämt euch! Öffnet sofort das Tor!"

„Gewiss, Herr, gewiss …" Marco war nicht überzeugt, aber er gehorchte den Befehlen seines Herrn.

„Ist der Säufer Vinicio nicht dabei? Nun, das ist kein Verlust. Dieser Zweig der Familie hat ein besonderes Talent dafür, an Männer zu geraten, die nichts taugen. Naara soll ihnen eine Suppe kochen, sie sind sicherlich hungrig und ausgefroren, nach der langen Fahrt!", rief Enzio ihm nach.

„Gewiss, Herr, gewiss!" Enzio ging zurück in sein Schlafzimmer und legte den Morgenrock ab. Er war vollständig angekleidet. Einige Herzschläge wartete er noch, dann lief er hinunter in den Innenhof des Palazzos. Gerade rollte die Kutsche durch das Tor. Diener eilten herbei, um der Frau die schlafenden Kinder abzunehmen, ein Mädchen und zwei Knaben.

„Bringt sie in die Gästezimmer des Südflügels!", befahl Enzio. Ein weiteres Mädchen entstieg der Kutsche, hielt artig den Kopf gesenkt, als es vor Enzio knickste. Doch er konnte im Schein der Fackeln, die weitere Diener inzwischen angezündet hatten, erkennen, dass sie ein wenig die Augenlider hob, ihn verstohlen anblickte und neugierig musterte. Er lächelte.

„Base Stella?"

„Ja Herr … Vetter … verzeiht, ich weiß nicht, wie ich Euch anreden soll … und ich bin müde …", stammelte sie.

„Nenne mich einfach Vetter Enzio." Er lächelte sie immer noch an und hielt ihr seine Hand hin.

„Das ist eine große Ehre, ich danke Euch!" Sie legte ihre kleine Hand in seine große, starke.

„Die Ehre ist ganz auf meiner Seite, Base Stella!" Er beugte sich ein wenig zu ihr hinunter, seine Lippen berührten leicht den Rücken ihrer Hand. Dass Stella über und über rot wurde bei seinem Anblick, bei der kurzen Geste, konnte er im Schein der Fackeln nicht erkennen. Noch nie zuvor war sie einem solch gutaussehenden Mann begegnet. Einem Príncipe gar … Er wandte sich ihrer Mutter zu und half ihr aus der Kutsche.

„Base Ylenia, es ist mir eine Freude, Euch begrüßen zu dürfen!" Auch ihr küsste er die Hand, als sie sich vor ihm verbeugte. „Sagt, was führt Euch zu so später Stunde hierher?"

„Oh, Vetter Laurenzio, ich weiß mir keinen Rat mehr!" Ylenia hatte Tränen in den Augen. Sie spielte täuschend echt. „Vinicio, er schlägt mich, wann immer er zu viel getrunken hat. Und das geschieht inzwischen jeden Tag. Aber was noch viel schlimmer ist, er schlägt auch die Kinder. Ganz ohne Grund! Ich wusste weder ein noch aus. Ich konnte mich nur noch zu Euch flüchten, zum Oberhaupt unserer Familie. Ich bitte Euch, beschützt mich, nehmt mich in Eure Obhut!"

„Sorgt Euch nicht, Base! Hier seid Ihr und Eure Kinder sicher! Ich werde Euch gerne beherbergen, solange Ihr es wünscht!" Er wagte es, ihr tröstend über die Haare zu streichen. Weich waren sie, weich und dicht. Er sah Conte Foscos streitbare Gattin genauer an. Ihr Kinn wirkte energisch, ja, aber sonst … Ihr Gesicht war oval, ihre Züge im Schein der Fackeln weich. Conte Fosco konnte sich glücklich schätzen. Auch wenn sie ihm schon vier Kinder geboren hatte – seine Gemahlin war immer noch eine schlanke Schönheit.

„Ich kann Euch gar nicht sagen, wie dankbar ich Euch bin, Vetter Laurenzio!" Redete sie mit ihm? Enzio rief sich zur Ordnung.

„Das ist selbstverständlich! Und es ist mir eine große Freude, Euch hier im Haus zu haben. Sicherlich bringt Ihr viel Leben in diese alten Mauern. Es ist manches Mal recht einsam, hier. Kommt mit, ich habe meine Köchin angewiesen, Euch eine Suppe zu kochen. Wärmt Euch auf und stärkt Euch, während die Zimmermädchen die Gästezimmer richten."

Enzio sollte seine Worte schon sehr bald bereuen. Seine Räume lagen im Nordflügel. Er hatte gehofft, nach der langen Nacht gründlich ausschlafen zu können. Doch kaum war die Sonne aufgegangen, klang vom Innenhof das Geschrei zweier Jungen herauf. Er riss ein Fenster auf.

„Was soll das?! Gebt gefälligst Ruhe!"

„Domizio glaubt mir nicht, dass die Pferdeställe hier doppelt so groß sind wie zuhause. Und jetzt suchen wir sie, damit ich es ihm beweisen kann!" Enzio seufzte. Er war zu müde, um wütend zu werden.

„Geht in den Park und fragt einen der Gärtner. Oder sucht Marco. Auf jeden Fall hört auf, hier herumzulärmen! Verschwindet!" Er wandte sich zurück zu seinem Bett und ließ sich hineinfallen. Doch an Schlaf war nicht mehr zu denken. Conte Foscos Familie war in Sicherheit. Selbst sein treuester Diener Marco wusste nicht, wer Ylenia wirklich war. Die Söldner, die Onkel Ortensio ihm empfohlen hatte, bewachten Tag und Nacht seinen Palazzo und den Garten. Sein Heim glich einer

Festung, wie viele Palazzos in Adalgiso. Es war Zeit, seinen Plan in die Tat umzusetzen.

Ylenia und Stella hatten bereits im Speisezimmer Platz genommen, als Enzio zum Frühstück erschien. Die Kleinen wurden von der Dienerschaft in ihren Räumen versorgt.

„Verzeiht, dass ich so spät komme. Nein, bleibt sitzen, Base Ylenia, Stella." Er lächelte sie an. „Wir wollen doch innerhalb der Familie auf solche Förmlichkeiten verzichten!" Er setzte sich an das Kopfende des Tisches, winkte Marco, der die Diener anwies, die Speisen aufzutragen. Enzio musterte seine Gäste beim Frühstück. Er hatte sich heute Nacht nicht getäuscht. Contessa Ylenias honigfarbenen Haare leuchteten in der Morgensonne, die durch die hohen Fenster fiel, ihre Augen, braun wie die eines Rehes, blickten ihn warm an. Eine faszinierende Frau, begehrenswert. Schnell wischte er diesen Gedanken beiseite. Wie konnte er nur … sie war die Frau eines anderen, eines Mannes, der ihm vertraute. Ein Mann, dem Enzio sein Leben anvertrauen würde. Und vielleicht musste er das auch, irgendwann. Solche Gedanken durften sich gar nicht erst in seinem Kopf einnisten. Sein Blick wanderte zu Stella. Sie starrte ihn an, wandte aber schnell ihre Augen dem Teller zu, als sie bemerkte, dass er sie ansah. Sie wurde ein wenig rot. Enzio lächelte. Sie war das kindliche Ebenbild ihrer Mutter, ein liebes kleines Mädchen, und dazu noch wohlerzogen.

„Ich hoffe, ihr habt gut geschlafen!"

„Ja! Danke, Herr … Príncipe … Vetter …"

„Soll ich euch herumführen, den Park zeigen, die Bibliothek?" Stella hätte am liebsten laut ‚Ja‘ gerufen, das war unübersehbar. Ein Sonnenstrahl schien über ihr Gesicht zu huschen, so sehr strahlte sie. Doch ihre Mutter zerstörte ihre Hoffnung.

„Ich danke Euch, doch wir sind eben erst angekommen. Unser Gepäck ist noch nicht ausgepackt. Und auch wenn Ihr uns eine erhebliche Zahl von Dienern und Dienerinnen zur Verfügung gestellt habt, möchte ich dabei sein … nicht, dass ich Euren Dienern nicht trauen würde, doch … nun, vielleicht liegt es daran, dass eine Frau immer wissen möchte, wo ihre Sachen sind." Sie lächelte ihn leicht an. „Außerdem möchte ich Euch nicht von Eurer Arbeit abhalten. Ihr seid ein vielbeschäftigter Mann. Wir machen Euch schon genug Umstände."

„Keine Arbeit kann so wichtig sein, dass ich ihr nicht einen Spaziergang mit zwei bezaubernden Frauen vorziehen würde!" Er lächelte zurück. „Ich stehe euch jederzeit zur Verfügung. Ansonsten, fühlt euch hier wie zuhause!"

„Ich danke Euch!" Sie beendeten ihre Mahlzeit und standen auf.

„Ach, Marco … ich möchte in einer Stunde ausreiten. Sorge dafür, dass mein Brauner bereit steht."

„Gewiss, Herr, gewiss! An einem solch sonnigen Tag sollte man nicht in seinem Arbeitszimmer sitzen, da habt Ihr völlig Recht! Ihr vergrabt Euch in den letzten Tagen zu sehr, das sagt auch meine Naara. Und dass die Damen angekommen sind, wird Euch sicher gut tun. Ihr habt in den letzten Wochen sehr einsam gelebt." Enzio hörte ihm nicht richtig zu.

„Ach Frau Mutter, er ist so zuvorkommend … und sieht märchenhaft aus … wir gehen irgendwann einmal mit ihm spazieren, oder?", klang es aus dem breiten Flur in das Speisezimmer. Er lächelte leicht vor sich hin. Stella war ein liebes kleines Mädchen. Dann besann er sich wieder auf die Aufgaben, die vor ihm lagen.

„Marco, es ist möglich, dass ich in nächster Zeit in der einen oder anderen Nacht nicht nach Hause komme. Du musst deshalb nicht gleich das gesamte Aufgebot der Stadtwache alarmieren!"

„Nicht, Herr?"

„Nein!"

„Aber wenn wirklich etwas geschieht …"

„Marco!"

„Gewiss, Herr, gewiss …"

„Und suche mir einfache Kleidung heraus. Irgendeiner unserer Diener wird sicherlich meine Größe und Statur haben …"

„Herr?!?" Ein Blick Enzios genügte, um Marco zu Boden blicken zu lassen. „Gewiss, Herr, gewiss …"

ei

Enzio ritt durch die Straßen im Süden der Stadt. Häuser und Gärten lagen hinter hohen Mauern und Zäunen versteckt. Die Straßen waren jetzt, am späten Vormittag, fast menschenleer. Nur vereinzelt liefen noch Dienstboten mit letzten Einkäufen nach Hause. Er stieg vom Pferd und führte es am Zügel mit sich.

„Kannst du mir sagen, wo das Haus des Gildemeisters der Kaufleute ist?", sprach er ein Mädchen an.

„Nein, mein Herr, das weiß ich nicht." Sie sah ihn nicht an und eilte weiter. Das nächste Dienstmädchen war dafür umso gesprächiger.

„Ich zeige es dir gerne. Das Haus ist nur ein paar Häuser von meiner Herrschaft entfernt. Weißt du, meine Herrschaft, das ist ein Kaufmann, der bestimmt genauso reich ist, wie der Gildemeister. Drei Schiffe besitzt mein Herr. Und wir haben Dinge von überall auf der Welt in unserem Haus. Wir haben in einigen Zimmern sogar Marmorfußboden …" Fröhlich plauderte sie vor sich hin, während sie Enzio den Weg zeigte. „Siehst du, da vorn ist es schon! Das mit den goldenen Spitzen am Tor."

„Ich danke dir!" Er drückte ihr eine Münze in die Hand. Das Dienstmädchen schaute ihn mit großen Augen an. Enzio beachtete sie nicht mehr. Er musste nur noch ein wenig lächeln, als er darüber nachdachte, dass sie Marmorfußböden beeindruckend fand. Was sie wohl sagen würde, wenn sie im Palazzo der Familie Gabrielli stehen würde? Fußböden aus weißem, rotem und grünem Marmor waren eine Selbstverständlichkeit. Der Anblick des Ballsaals würde sie vermutlich ohnmächtig werden lassen. Er nahm ein ganzes Geschoss des Westflügels ein, die Wände waren an drei Seiten mit Spiegel ausgekleidet, zwischen denen Säulen aus grünem Marmor standen. Sieben goldene Lüster hingen von der Stuckdecke, reich behangen mit geschliffenem Glas. Die Wand zum Park hin war beherrscht von Fenstern, die vom Boden bis zur Decke reichten und den drei breiten gläsernen Flügeltüren, die es den Gästen ermöglichte, auf die Terrasse und in den Park zu gehen. Zwischen alledem war nicht mit Verzierungen aus Gold gespart worden. Enzio war im Gedanken versunken weitergegangen und vor dem Haus Bartolomeos angekommen. Eine Mauer umgab das Grundstück, auf der ein schmiedeeiserner Zaun angebracht war. Die goldverzierten Spitzen wirkten, als wären sie nur für die Schönheit gemacht, doch das waren sie ganz sicher nicht. Enzio erkannte die Schärfe des Metalls. Jeder, der versuchte, über diese Mauern zu kommen, musste mit schlimmen Verletzungen rechnen. Das Tor war ebenfalls mit gefährlichen Spitzen ausgestattet und so hoch wie die Mauer selbst. Durch das Gitter hindurch konnte Enzio einen Blick auf das Haus erhaschen. Es mochte von der Bauart den Palazzos der Adeligen nachempfunden sein, doch es war über und über mit Wandbildern bepinselt. Ein Versuch, mit dieser schreienden Farbenpracht den Reichtum des Besitzers zur Schau zu stellen, der sich solch üppigen Wandschmuck leisten konnte. Ein kläglicher, geschmackloser Versuch, der Enzio, der die schlichte Eleganz eines Palazzos gewöhnt war, in den Augen weh tat.

„He du, was lungerst du hier rum?" Ein Schrank von einem Mann kam zum Tor, den Säbel an der Seite, die Faustfeuerwaffe im Gürtel. Einen Hund führte er an der Leine, so groß, dass er dem Mann bis zu den Oberschenkeln reichte und ebenso breit gebaut wie sein Führer. Er knurrte Enzio an, zeigte seine Reißzähne und sabberte, während er an seiner Kette zog. Enzio lief schnell weiter. Er wollte nicht, dass sein Gesicht dem Wächter in Erinnerung blieb. An der nächsten Straßenecke stieg er wieder auf.

Auf dem Rückweg ritt er durch die Speicher und Lagerhäuser am Hafen. Kutscher hielten Ochsen oder Arbeitspferde, während Lagerarbeiter die Wagen der Gespanne beluden. Andere Gespanne drängten heran, die abgeladen werden sollten. Die Fuhrleute schimpften und fluchten. Die Lagerarbeiter taten es ihnen als Antwort gleich. Niemand beachtete Enzio, als er durch das Gewirr von Menschen ritt. In seiner einfachen Kleidung hätte ihm jeder geglaubt, dass er der Sekretär eines Kaufmanns sei. Die Lager des Gildemeisters waren leicht zu erkennen. Weithin sichtbar prangte Bartolomeos Wappen auf den Gebäuden.

„Angeber ...“ Langsam lenkte er sein Pferd durch die Straße, sah sich genauer um, als bei den anderen Lagerhäusern. Doch er konnte nichts Auffälliges erkennen. Er kehrte so rechtzeitig nach Hause zurück, dass Marco ihm noch eine kräftige Mahlzeit aufschwatzen konnte, ehe Conte Fosco zu ihren täglichen Übungen erschien.

Die Nachmittagssonne strahlte von einem wolkenlosen Himmel, leuchtete auf den Rasen rund um den Übungsplatz und die Blumenrabatten; Lavendel, Buchsbaum und Rosen, immer wieder Rosen.

Sie schlossen gerade die Lederriemen ihres Brustschutzes, als die Zwillinge angerannt kamen.

„Dürfen wir zusehen, Vetter Laurenzio? Stella und Mutter kommen auch. Wir wollten ihnen den Übungsplatz zeigen, den wir heute Morgen entdeckt haben, und die Reitbahn. Aber …"

„Sei nicht so aufdringlich, Domizio! Und vor allem nicht so respektlos unserem Gastgeber gegenüber!" Ylenia kam mit Stella den Weg herauf, in weiße Kleider gehüllt, Sonnenschirme in ihren Händen. Sie wandte sich Laurenzio zu und knickste vor ihm. „Verzeiht, wir wollten nicht stören. Wir wussten nicht, dass Ihr beschäftigt seid. Wir wollten nur ein wenig die frische Luft genießen, nachdem Ihr heute Morgen so freundlich erlaubtet, uns hier wie zuhause zu fühlen." Er starrte sie an. Er bemerkte es, als sie schwieg und auf eine Antwort von ihm zu warten schien.

„Ihr stört keinesfalls, Base Ylenia! Und wenn mein Lehrer nichts dagegen hat, dann würde ich mich freuen, zwei so charmante Zuschauerinnen zu haben!" Er wandte seinen Kopf zu Fosco, der hinter ihm stand.

„Selbstverständlich bin ich einverstanden, Príncipe. Was immer Ihr wünscht …" Er wirkte ein wenig verwirrt und schien nicht zu wissen, ob er sich freuen sollte oder nicht.

„Gut, dann sei es so! Darf ich Euch zu den Bänken dort drüben geleiten?" Er nahm ihre Hand und führte sie hinüber, spürte Foscos Augen in seinem Rücken. Ob dieser Enzios Blick auf Ylenia bemerkt hatte? Hoffentlich nicht! Enzio wollte sie selbst nicht ständig anstarren. Aber was sollte er tun? „Ihr beiden! Ihr bleibt brav hier bei Eurer Mutter sitzen und lauft uns nicht zwischen die Degen!" Er wies die Zwillinge schärfer zurecht als nötig. Dann stellte er sich so, dass er Ylenia während des Gefechts nicht sehen musste, auch wenn ihn dadurch die Sonne blendete. Er würde versuchen, nicht daran zu denken, dass sie hinter ihm saß, er würde es zumindest versuchen. Außerdem wollte er keinen eifersüchtigen Ehemann zum Gegner. Nun, nicht, dass er sich davor fürchtete, aber nicht Conte Fosco! Fosco vertraute ihm. Dieses Vertrauen wollte er um keinen Preis verlieren. Der griff ihn an, überraschend, heftig. Enzio sprang zurück. Die Zwillinge hinter ihm jubelten. Glücklicherweise waren sie vernünftig genug, in ihrer Freude nicht zu vergessen, dass sie Conte Fosco nicht als ihren Vater bezeichnen durften. Enzio schlug zurück. Stoß, Gegenstoß, Riposte, Finte. Blamieren wollte er sich vor den Damen und den Zwillingen nicht. Und so nett, dass er es Conte Fosco leicht machte, Frau und Kinder zu beeindrucken, war er auch nicht. Am Ende der Stunde waren die beiden erheblich erschöpfter als sonst. Sie reichten sich die Hand.

„Conte Fosco, verzeiht, ich habe Euch noch gar nicht meinen Gästen vorgestellt! Meine Base Ylenia ist heute Nacht mit ihren Kindern eingetroffen und sie werden eine Zeit lang meine Gäste sein." Er ging mit dem Conte zu der Bank hinüber. „Base Ylenia, Base Stella, das ist Conte Fosco, mein Fechtlehrer." Fosco und Ylenia wirkten ein wenig verlegen, als sie sich gegenüberstanden und sich anstrahlten. Ein Diener mit Erfrischungen eilte auf sie zu.

„Stell die Sachen auf den Tisch und sorge dafür, dass unsere jungen Gäste auch etwas zu Trinken bekommen! Und ein paar Häppchen wären nett. Sage in der Küche Bescheid.", wies Enzio ihn an. „Base Stella, willst du so lange meinen Becher nehmen?" Er führte sie hinüber zu dem Tisch. Stella lächelte ihn scheu an, wurde ein wenig rosa, als sie ihre Hand auf seinen dargebotenen Arm legte. „Conte Fosco, ich muss noch etwas mit Euch verhandeln." Fosco schien aus einem Traum zu erwachen.

„Selbstverständlich, Príncipe! In Eurem Arbeitszimmer?"

„Nein, ich denke, wir können das auch hier, in der netten Gesellschaft der Damen bereden. Hier Stella, möchtest du ein wenig Zitronensaft in dein Wasser?" Er winkte einem weiteren Diener. „Schaffe noch ein paar Stühle herbei!" Schließlich

saßen sie in fröhlicher Runde beisammen und ließen es sich gutgehen.

„Wie ich Euch vorhin sagte", begann Enzio
schließlich das Gespräch geschäftlich werden zu
lassen. „Sind gestern überraschend meine Basen
und Neffen angereist und sie planen, auf unbe-
stimmte Zeit zu bleiben. Ich habe keinen Hauslehrer und die Jungen müssen Unterricht erhalten!"
Donato setzte zum Protest an, doch ein strenger
Blick seiner Mutter ließ ihn verstummen.

„Das ist sehr freundlich von Euch, Príncipe,
Vetter, doch es ist nicht von Nöten!" Ylenia ergriff
das Wort. „Ihr tut schon genug für uns!"

„Das sehe ich anders! Ich habe die Verantwortung für Euch und Eure Kinder übernommen und
gedenke, meine Pflicht zu erfüllen. Außerdem
wollte ich gerade vorschlagen, dass Conte Fosco
diesen Unterricht übernimmt. Ein wenig unge-
wöhnlich, ich weiß, doch ich weiß, dass der Conte
selbst Kinder hat. Und da er so oder so regelmäßig
in mein Haus kommt … im Südflügel, in der Nähe
der Gästezimmer, in denen ihr untergebracht seid,
gibt es ein Studierzimmer, in dem die Jungen
völlig ungestört lernen können. Und damit meine
ich völlig ungestört. Ihr könnt Euch natürlich
dazusetzen, Base Ylenia, und die Mädchen auch."
Einige Herzschläge lang starrten sie Enzio an, mit
offenen Mündern.

„Herr, Príncipe … Vetter Laurenzio … ich kann Euch gar nicht sagen, wie dankbar ich Euch bin … Ihr seid zu gütig …" Ylenia bekam feuchte Augen. „Wenn es nicht völlig unschicklich wäre, würde ich Euch um den Hals fallen und Euch küssen!"

„Tut das besser nicht, wenn Vinicio davon erfährt, wird er mich töten!", erwiderte Enzio trocken, auch wenn die Vorstellung, von Ylenia geküsst zu werden …

„Vinicio?"

„Ylenias Ehemann Vinicio säuft und schlägt sie, darum hat sie hier Zuflucht gesucht", erklärte Enzio dem Conte.

„Ah, ja … der würde Euch ganz sicher töten, wenn Ihr sie küssen würdet!", erwiderte Fosco. Der drohende Unterton in seiner Stimme war nicht zu überhören. Trotzdem lächelte Enzio weiterhin. Was für eine schöne Art zu sterben. Er erhob sich, musste auf andere Gedanken kommen.

„Nein, bleibt sitzen!", wies er seine Gäste an, die sich gebotenermaßen ebenfalls erheben wollten. „Genießt noch ein wenig die Sonne. Es wäre schade um all die Leckereien, die uns Naara zubereitet hat. Ich muss leider noch arbeiten." Er trat hinter die Zwillinge, die auf einer Bank herumzappelten und beugte sich zu ihnen hinunter. „Und ihr, glaubt bloß nicht, dass ihr um das Lernen herumkommen werdet!", flüsterte er. „Ich werde euren Unterricht selbst übernehmen." Er richtete sich wieder auf, nickte noch einmal in die Runde

„Conte, ich erwarte Euch morgen wieder zur selben Zeit hier. Falls ich in nächster Zeit einmal verhindert sein sollte, dann habt Ihr ja nun eine andere Aufgabe. Verbringt einfach eine zusätzliche Stunde mit Eurer … nun, Euren Schülern." Er schritt davon.

„Frau Mutter, warum ist er so besorgt um uns?", hörte er einen der Zwillinge fragen.

„Er ist ein herzensguter Mensch! Ein richtiger Príncipe!", erwiderte Stella an Ylenias statt.

„Träume nicht so viel, Stella! Die Príncipe, die du dir erträumst, gibt es nicht. Aber ein Stück weit hast du Recht. Er ist wohlerzogen und hat gelernt, dass man sich um Menschen, die einem anvertraut sind, kümmern muss …" Ein echter Príncipe, ein herzensguter Mensch … wenn Stella wüsste, wie es in seinem Herzen manches Mal aussah. Alles dafür tun, dass Pietro gerächt wurde? Ja! Conte Fosco das Gefühl von Sicherheit vermitteln, damit er ihm half? Ja! Nett sein, um Contessa Ylenia zu beeindrucken? Immer! All das hatte wenig mit einem herzensguten Menschen zu tun.

Sette

``Marco, ich werde heute Abend in die Ratsversammlung gehen. Sorge dafür, dass ein Pferd bereit steht", wies Enzio seinen Diener an, als er ins Haus zurückkehrte.

„In die Ratsversammlung? Gewiss, Herr ... gewiss ..." Enzio bemerkte sein Zögern.

„Mache dir keine Sorgen, ich werde meinen Degen und einen Dolch mitnehmen. Kein Messerstecher wird mir zu nahe kommen."

„Gewiss, Herr, gewiss – ich darf mir auch kein Urteil erlauben ... aber wenn ich offen sprechen darf: Es sind nicht die Messerstecher auf den Straßen, die ich bei Eurem Vorhaben fürchte. Herr, nur noch wenige Eures Standes gehen in die Ratsversammlung."

„Dann wird es Zeit, daran etwas zu ändern, meinst du nicht auch? Seit Jahrhunderten hat die Familie Gabrielli Einfluss auf die Geschicke der Stadt ausgeübt. So soll es bleiben!"

„Gewiss, Herr, gewiss." Marco schlurfte davon. Enzio ging in seine Räume. Die Einladung zur Ratsversammlung für Príncipe Laurenzio Francesco Victoriano Maria Daniele Gabrielli lag auf seinem Schreibtisch. Längst hatte er eine Absage an den Sekretär des Rates geschickt. Die übliche Begründung; Geschäfte, die nicht aufgeschoben werden konnten und all das. Eine Kanne frischen Wassers stand immer für ihn bereit, wenn er vom Fechten zurückkehrte, die Waschschüssel daneben. Das kalte Nass in seinem Gesicht und auf seinem Oberkörper erfrischte ihn. Die Kleider des Dieners, die er heute Morgen getragen hatte, zog er sich über, auch wenn sie kratzten und zwickten. Er musste seinen Dienern bei Gelegenheit neue Kleider spendieren. Bei dem Gedanken, dass Stella ihn dann wieder als herzensguten Príncipe bezeichnen würde, musste er lächeln. Er schloss die Schublade seines Schreibtisches auf, zog den Siegelring der Familie Gabrielli vom Finger und legte ihn zu Pietros Papieren. Dann verschloss er sie wieder sorgfältig und hängte sich den Schlüssel um. Schließlich suchte er sich einen langen dunklen Kapuzenmantel heraus und verließ das Haus. Wenn Marco kommen würde, um die Kleidung für die Ratsversammlung zu richten, würde er bereits unterwegs sein. Enzio hatte nicht vor, als Mitglied des Rates dort zu erscheinen.

Die Soldaten der Stadtwache am Eingang des Ratssaales durchsuchten ihn nach Waffen, doch seinen Dolch fanden sie nicht. Enzio ließ sich in die letzte Reihe der Besucherplätze nieder. Wie lange war es her, dass er zuletzt hier gewesen war? Über acht Jahre. Vater hatte ihn manchmal mitgenommen. Dann war er zu Füßen seines Vaters auf dem erhöhten Podest der Familie Gabrielli gesessen. Heute war der hochlehnige Stuhl mit dem geschnitzten, gold und blau bemalten Wappen der Familie verwaist, so wie viele andere Stühle der Adeligen auch. Der Duche erschien mit einem kleinen Gefolge; vier Leibwächtern, dem Sekretär, zwei Boten des Rats. Er setzte sich auf seinen Thron. Müde wirkte er, alt und müde, wie Onkel Ortensio gesagt hatte. Enzio hatte ihn seit Jahren nicht mehr gesehen und erschrak über sein faltiges, eingefallenes Gesicht. Ob er freiwillig hier war? Oder ob auch er unter Druck gesetzt wurde? Ohne den Duche, so stand es in den Satzungen, konnte keine Ratsversammlung stattfinden. Sobald er saß, schloss der Duche die Augen. Rechts von ihm nahmen die wenigen Adeligen, die erschienen waren, Platz, links von ihm, den Adeligen gegenüber, die Zunft- und Gildemeister. Enzio konnte sich nicht erinnern, dass auch sie damals auf erhöhten Stühlen Platz genommen hatten.

Die Ratsversammlung selbst langweilte ihn. Der Gildemeister der Kaufleute legte seine Pläne für den Ausbau des Hafens vor, lobte sie in den höchsten Tönen; mehr Schiffe, mehr Waren, mehr Reichtum für die Stadt. Enzio beobachtete Bartolomeo. Der Gildemeister war kleiner, als Enzio vermutet hatte. Er schätzte, dass der Kaufmann ihm in etwa bis zu den Schultern reichen würde. Doch er war voller Energie, war während seines Vortrages ständig in Bewegung. Und er konnte überzeugend reden, hob und senkte die Stimme immer zum richtigen Zeitpunkt. Wenn Enzio nichts über ihn gewusst hätte, er hätte Bartolomeo ohne weiteres geglaubt. Doch Pietros Aufzeichnungen standen ihm stets vor Augen. Dieser kleine, agile Mann, etwa Anfang Fünfzig, mit grauen Strähnen in seinen kurzen schwarzen Haaren, baute sein Glück und seinen Reichtum auf dem Unglück anderer auf.

Die Entscheidung, so sprach der Sekretär des Rates, wurde vertagt, da die Zeit sehr weit fortgeschritten war. Enzio schlüpfte hinaus. Er hatte genug gesehen. Vor dem Ratsgebäude hielt er sich hinter einer Säule verborgen und beobachtete, wie die Menschen auf die Straße strömten. Bartolomeo kam in Begleitung einiger anderer Männer heraus. Wie Enzio vermutet hatte, bestiegen er und seine

Anhänger nicht sofort ihre Kutschen, um nach Hause zu fahren. Sie lenkten ihre Schritte in Richtung eines der Gasthäuser. Enzio folgte ihnen, unbemerkt zwischen all den anderen, die den Ratssaal verlassen hatten.

Er hasste Gasthäuser. Schon als Student hatte er sie gehasst, auch wenn er das nie zugegeben hätte, um vor seinen Kameraden nicht als Weichling dazustehen. Halbe Kinder waren sie gewesen. Ein Mann wäre zu seiner Entscheidung gestanden. Er hasste den Lärm, der selbst in einem solch gediegenen Raum, wie dem, den er eben betreten hatte, herrschte. Die Tische waren zu dieser Stunde voll besetzt, die Menschen unterhielten sich. Einen Augenblick lang hielt er die Luft an. Dieser Gestank nach Rauch, der durch den großen offenen Kamin und die unzähligen Kerzen hervorgerufen wurde, machte ihm das Atmen schwer. Zudem hatten einige der Männer sich Pfeifen angesteckt. Ein Zeichen des Wohlstandes, gewiss, denn Tabak war teuer. Doch es gab bessere Möglichkeiten, wenn man seinen Reichtum präsentieren wollte. Nun, er würde sich daran gewöhnen müssen. An einem kleinen Tisch fand er einen Platz und beobachtete die Ratsherren. Verstehen konnte er sie nicht, zu groß war der Lärm im Gastraum. Einer seiner Tischgenossen hatte Bier verschüttet. Enzio rümpfte die Nase ob des süßlichen Gestanks. Glücklicherweise ließen die anderen ihn in Ruhe und glaubten nicht, ihn in ein Gespräch verwickeln zu müssen. Er bestellte sich bei der drallen Wirtin einen Kelch Wein, lehnte sich zurück und schloss die Augen halb, beobachtete. Bartolomeo saß am Kopfende des größten Tisches, war unübersehbar der Wortführer. Nach und nach verließen die Gäste das Wirtshaus. Auch Bartolomeo und die anderen. Enzio stand auf und ging an die Theke, um seine Zeche zu zahlen.

„Ihr müsst ein bedeutender Wirt sein, habt vornehme Gäste!" Er blickte zu dem nun verlassenen großen Tisch. Der Wirt musterte ihn misstrauisch.

„Ihr seid neu hier in der Stadt?"

„Auf der Durchreise. Ja … vermutlich auf der Durchreise."

„Vermutlich?"

„Nun, ich bleibe dort, wo ich die besten Geschäfte machen kann … sagt, Ihr habt nicht zufällig ein Zimmer für die Nacht? Oder für länger?" Der Gedanke kam Enzio aus dem Augenblick heraus. Er musste dem Wirt etwas bieten, wenn er etwas bekommen wollte. Und vielleicht würde es noch nützlich sein, hier zu residieren. Ganz sicher würde es das. Der Wirt schaute immer noch misstrauisch, doch er witterte ein Geschäft.

„Kommt mit, ich zeige es Euch!" Er nahm einen Schlüssel vom Haken, und einen Kerzenständer, führte Enzio die Treppe nach oben, öffnete eine der Türen und leuchtete hinein.

„Hier!" Enzio trat ein, sah sich um, blickte zum Fenster hinaus. Der Raum lag zur Rückseite des Hauses, im ersten Geschoss. Einige Fässer standen im Hinterhof, Kisten stapelten sich.

„Ist es hier auch sicher? Der Hinterhof scheint mir durch diese Gasse dort leicht zugänglich. Und nachts verlassen … Unter uns ist nur der Gastraum, oder?"

„Ja, Herr, das ist wohl wahr! Aber ich habe hier im Hinterhof meine Lagerräume. Er muss leicht zugänglich sein. Doch sorgt Euch nicht, Ihr habt selbst gesehen, dass bedeutende Persönlichkeiten unserer Stadt hier ein und aus gehen. Niemand wird es wagen, in mein Gasthaus einzubrechen."

„Ihr lasst es nächtens bewachen?"

„Nein, das ist nicht nötig. Ich … nun, ich stehe unter einem besonderen Schutz." Enzio blickte noch einige Augenblicke zum Fenster hinaus. Dann wandte er sich dem Wirt zu.

„Gut, ich nehme das Zimmer!" Er griff in seinen Beutel und zog eine Goldmünze heraus. „Hier, ich denke, das wird für die ersten Nächte reichen. Wenn du mehr benötigst, lass es mich wissen!" Der Wirt sah mit großen Augen auf das Goldstück, dann auf Enzio.

„Ich danke Euch, Herr! Wenn ich Euch noch helfen kann … ich stehe Euch jederzeit zur Verfügung. Ich hoffe, Eure Geschäfte in unserer Stadt werden erfolgreich sein!" Enzio blickte schon wieder halb zum Fenster hinaus.

„Das hoffe ich auch, Wirt, das hoffe ich auch."

Otto

Enzio wartete, bis es im Gastraum still geworden war und der Wirt über die Treppe in das Obergeschoss schlurfte. Dann ließ er sich vorsichtig auf die Kisten im Hinterhof gleiten, zog das Fenster zu, stieg dann auf die Fässer und sprang in den Hof. Er würde vor Sonnenaufgang zurückkehren müssen. Sein Pferd hatte er vorhin vor einem der anderen Gasthäuser angebunden. Er zog sich die Kapuze des Mantels über den Kopf und eilte davon.

Im Palazzo angekommen war eine Begegnung mit Marco unausweichlich.

„Herr, ich kann Euch gar nicht sagen, wie froh ich bin, dass Ihr hier seid! Ich war entsetzlich in Sorge. Ihr seid einfach verschwunden gewesen …"

„Ich hatte dir gesagt, dass es vorkommen kann, dass ich in mancher Nacht nicht nach Hause komme."

„Gewiss, Herr, gewiss … aber Sorge … das kann man nicht einfach unterdrücken … das sagt auch meine Naara …"

„Ich werde in nächster Zeit öfter in der Stadt übernachten! Ich habe mir dort ein Zimmer genommen. Es besteht also nicht der geringste Grund! Sage das auch Naara!"

„Gewiss, Herr, gewiss ..." Marco ließ den Kopf hängen.

„Marco, vertraue mir ..." Der alte Diener blickte auf, sah seinen Herrn lächeln. Erleichterung zog über sein Gesicht. Der Príncipe war ihm nicht böse.

„Gewiss Herr, das tue ich."

Enzio zog die unbequeme Kleidung aus. Endlich wieder kühle Seide und weiche Wolle auf seiner Haut. Dann setzte er sich an den Schreibtisch in seinem Arbeitszimmer. Noch immer hing der Schlüssel zu der Schublade an einem Lederband um seinen Hals. Er zog ihn hervor und öffnete sie. Pietros Aufzeichnungen, er blätterte sie durch. Die Karte der Stadt mit den roten Punkten. ‚Mein Gasthaus steht unter einem besonderen Schutz. Es wird nicht überfallen werden' Er hatte richtig vermutet. Das Gasthaus war mit einem roten Punkt gekennzeichnet.

Eine weitere Stunde verbrachte er damit, sich die Lage der anderen roten Punkte einzuprägen; Gasthäuser, Kaufleute und Handwerksbetriebe. Immer öfter fielen ihm die Augen zu. Sollte er es riskieren und einige wenige Stunden in seinem eigenen Haus schlafen? Besser nicht, Marco würde Mitleid mit ihm haben und ihn nicht wecken, wenn er zu fest einschlafen sollte. Er suchte sich einige einfache Kleidungsstücke heraus und stopfte sie in einen Beutel. Er hatte mit dem Goldstück angegeben, also konnte er auch bequemere Kleidung tragen als die des Dieners. Die Kleidung eines Kaufmanns, nicht zu edel, nicht zu auffällig. Aber ein bisschen Bequemlichkeit durfte sein. Eine Stunde später stieg er wieder über Fässer und Kisten in sein Zimmer im Gasthaus. Er war zu müde, um sich auszuziehen, fiel in einen tiefen Schlaf, sobald er sich auf das Bett gelegt hatte.

Das Dienstmädchen, das am Morgen an die Türe klopfte und ihm mitteilte, dass es frisches Wasser bringe, schaute ein wenig seltsam, als er komplett angezogen aber noch völlig verschlafen die Türe öffnete. Seine Kleidung war zerknittert, sein Gesicht sicher ebenfalls. Er verließ so schnell wie möglich den Gasthof und ritt in seinen Palazzo. Nachdem er mit den Damen gefrühstückt hatte, schlief er noch einige Stunden in seinem eigenen Bett. Dann machte er sich auf, spazierte durch die Stadt, erinnerte sich an die roten Punkte. Keine der auf der Karte gekennzeichneten Gaststätten, Händler- oder Handwerksbetriebe zeigten Spuren von Überfällen. Andere dafür umso mehr: eingeschlagene Fensterscheiben, Brandspuren, Türen, die lose in den Angeln hingen. Die meisten der Geschäfte waren geschlossen. ‚Meine Herberge steht unter einem besonderen Schutz' Doch Enzio erinnerte sich auch an das, was Pietro aufgeschrieben hatte: ‚Sie kamen mit Knüppeln und Messern, verlangten Geld, versicherten, dass den Besitzern der Läden nichts mehr geschehen würde, wenn sie zahlten. Wer die Summe nicht geben konnte oder wollte, wurde überfallen. Keiner konnte sich dagegen schützen. Manche zahlten, hatten eine Zeit lang ihre Ruhe. Doch sie kamen immer wieder. Und wenn sie ihr Geld nicht bekamen, wenn sie auch nur um Aufschub gebeten wurden, so war die Zerstörung sicher. Bezeugen vor dem Duche? Nein, das wollte keiner! Zu groß war die Angst um das eigene Leben, das Leben der Frauen und Kinder. Denn das war das Einzige, was ihnen geblieben war.

Am Abend saß er erneut in seiner Ecke und starrte mit halb geschlossenen Augenlidern zu Bartolomeo hinüber. Er und einige Mitglieder des Rats hatten sich wieder um den großen Tisch versammelt. Enzio war es heute schwer gefallen, seine Aufmerksamkeit auf das Fechten zu richten. Danach war er schnellstmöglich hierher zurückgekehrt, hatte dem Wirt eine Geschichte von einem Mietstall erzählt, in dem sein Pferd mitsamt dem Gepäck in der letzten Nacht untergebracht gewesen sein sollte. Hoffentlich kam er nicht auf die Idee, genauer nachzuforschen. Jetzt hatte das Tier zumindest einen warmen Platz im Stall des Wirts. Enzio hatte vorher überprüft, ob er es nötigenfalls unbemerkt herausführen konnte, wenn es einmal nötig sein sollte. Tücher, um die Hufe zu umwickeln, hielt er in der Satteltasche versteckt.

„Hier, Herr, Wein von meinem Besten!" Der Wirt ließ es sich nicht nehmen, Enzio nach dessen großzügiger Gabe gestern Abend selbst zu bedienen.

„Ich danke dir, Wirt! Sag, kommen die Herren eigentlich jeden Abend?" Der Wirt folgte seinem Blick.

„Nun … ja … zumindest ziemlich oft …", antwortete er zögerlich. „Warum wollt Ihr das wissen?"

„Wie ich sagte, ich bin hier, um Geschäfte zu machen … Und ein Geschäftsmann erkennt einen anderen auf Anhieb. Sag, was glaubt du, wann ist die beste Gelegenheit, um den Mann mit dem roten Hemd einmal alleine zu sprechen?"

„Ihr habt wahrlich einen Blick dafür, Herr! Er ist der Gildemeister der Kaufleute. Aber ob Ihr ihn sprechen könnt …" Der Wirt zögerte. Enzio griff in seinen Beutel und zog eine weitere Goldmünze hervor.

„Hier, das Geld für den Wein. Könntest du dir vorstellen, ihn zu fragen, ob er sich kurz mit mir zusammensetzen möchte?"

„Herr … ich weiß nicht …" Doch dann griff er zu. „Ich werde ihn fragen …"

Sie saßen sich in einem Nebenzimmer der Gaststube gegenüber und fixierten sich. Enzio lehnte sich entspannt in seinem Stuhl zurück. Bartolomeo saß ein wenig nach vorne gebeugt, hatte die Unterarme auf den Tisch gelegt, hielt die Hände gefaltet. Seine Augen waren ein wenig vorstehend, klein wie er selbst.

„Ihr wolltet mich sprechen!"

„Nun, ich habe gehört, dass man an Euch nicht vorbei kommt, wenn man in dieser Stadt Geschäfte machen will."

„Wer sagt das?"

„Ist das wichtig?" Sie starrten sich an, schwiegen. Enzio konnte Bartolomeos Gedanken nicht erraten, seine Miene war undurchdringlich.

„Nehmen wir einmal an, es wäre so. Welche Art von Geschäften wollt Ihr machen? Und warum gerade in dieser Stadt?"

„Nun … ich muss gestehen, ich weiß noch nicht genau, welche Art von Geschäften … aber mein Vater ist Kaufmann und er hat mir vieles beigebracht. Mehr kann ich nicht. Leider musste ich meine Heimatstadt überstürzt verlassen … und hier gefällt es mir!"

„Ihr habt ein Verbrechen begangen?!"

„Ich schwöre Euch, der andere ist unglücklich in meinen Degen gelaufen! Ich wollte das nicht, ganz sicher nicht … und das alles nur, weil ich seine Schwester … Ihr wisst schon …"

„Dann könnt Ihr also doch noch mehr als das, was Euch Euer Vater beigebracht hat? Ihr seid geschickt mit dem Degen?"

„Nun ja … für den Hausgebrauch …" Wieder schwiegen sie einige Augenblicke. Bartolomeo musterte Enzio gründlich.

„Wie ist Euer Name?"

„Enzio … Enzio Lauretini", log der, ohne rot zu werden. „Aus Ternia."

„Ihr wohnt hier im Gasthaus?"

„Ja"

„Ihr werdet von mir hören!" Bartolomeo stand auf. Das Gespräch war beendet. Auch Enzio erhob sich. Noch einmal musterte Bartolomeo ihn, dann verließ er das Nebenzimmer. Enzio kehrte an seinen Platz zurück, trank langsam seinen Kelch leer, nachdenklich. Nun gab es kein Zurück mehr.

Nove

In den nächsten Tagen kehrte Enzio nicht nach Hause zurück. Er wurde beobachtet, er spürte es. Er erkannte es an den immer gleichen Gesichtern, die hinter ihm herliefen, den immer gleichen grobschlächtigen Männern in schwarzer Kleidung. Mit einigem Abstand zwar, aber für den aufmerksamen Enzio unübersehbar. Er schlenderte durch die Stadt, beobachtete, ritt stundenlang aus, ließ das Tor hinter sich und gönnte seinem Pferd, das oft viel zu lange im Stall stand und sich nur auf gepflasterten Straßen fortbewegen konnte, die Freiheit von Wiesen und Feldwegen. Einige Male hatte er es geschafft, seine Verfolger abzuschütteln. Trotzdem wagte er es nicht, durch ein anderes Tor in die Stadt zurückzukehren und kurz zuhause vorbeizuschauen. Noch war das Risiko zu groß. Doch der Tag würde kommen, an dem Bartolomeo ihm vertraute.

Regelmäßig ging er hinunter zu dem Wäldchen am Strand, das noch innerhalb der Stadtmauern lag. Hier, irgendwo zwischen Strand und Wald, hatte man Pietro tot aufgefunden. Er zog seinen Degen und kämpfte gegen unsichtbare Gegner. Sein tägliches Üben mit Conte Fosco vermisste er wohl am meisten. Er spürte schon nach wenigen Tagen, dass seine Geschicklichkeit und Wendigkeit nachließen. Wenn Fosco sich an die Vereinbarung hielt, würde er jetzt mit seiner Familie zusammen sein, mit Ylenia. Würde sich an ihren warmen Augen erfreuen können, ihr vielleicht über das Gesicht streichen, über ihre Haut, die Alabaster glich. Enzio schlug fester zu, trennte einige Blüten von ihren Stielen. Nur nicht an sie denken! Nicht an die Gemahlin des Mannes, den er dringend sprechen musste. Fosco wusste nichts von Enzios Plänen. Doch was ihn noch viel mehr beschäftigen sollte, war, warum ein totes Tier auf Foscos Eingangstreppe gelegen war. Hatten ihn seither weitere Drohungen erreicht? Wurde er erpresst? Musste er spionieren? Wenn ja, über was? Redete er? Was erzählte er ihnen? Enzio und Fosco hatten nie wieder darüber gesprochen. Hätte Enzio das alles mit dem Conte besprechen sollen, ehe er handelte? Hatte er zu unüberlegt begonnen? Doch konnte er sich Zögern leisten, wenn täglich Gefahr für Leib und Leben, Hab und Gut der Einwohner von Adalgiso bestand?

Ein breit gebauter Mann in schwarzen Kleidern sprang vom Kutschbock der geschlossenen Kutsche, die am Straßenrand hielt. Genauso einer, wie die, die Enzio verfolgt hatten. Genauso einer, wie der Wächter am Zaun Bartolomeos. Wortlos trat er Enzio gegenüber, zog seinen Säbel, grüßte und verbeugte sich leicht spöttisch. Enzio erwiderte die Geste und nahm die Kampfansage an. Der andere focht nicht schlecht. Doch eine wirkliche Herausforderung stellte er für Enzio nicht dar. Innerhalb kürzester Zeit hatte er dem anderen eine Wunde am Arm zugefügt, kurz darauf ihn entwaffnet.

Wie Enzio vermutet hatte, öffnete sich daraufhin die Tür der Kutsche. Bartolomeo entstieg ihr.

„Nur für den Hausgebrauch? Das ist mehr als nur für den Hausgebrauch, Enzio Lauretini." Enzio steckte seine Waffe ein, zuckte mit den Achseln und schritt auf Bartolomeo zu.

„Er war ein leichter Gegner."

„Er ist einer meiner besten …"

„Dann habt Ihr die falschen Leute, Bartolomeo, Meister der Kaufmannsgilde. Ein guter Fechter muss schlank sein, wendig. Eure Leute sind kräftig und breit gebaut. In einem Faustkampf wäre ich ihnen zweifelsohne unterlegen, auch wenn ich kein

Schwächling bin." Wieder musterte Bartolomeo ihn von Kopf bis Fuß. Wieder war seine Miene selbst für Enzio undurchdringlich. Wohl war ihm unter diesem Blick nicht. Doch er hielt ihm stand.

„Komm mit! Dein Pferd kann mein Kutscher am Zügel mitführen. Setze dich zu mir in die Kutsche!"

Eine Zeit lang schwiegen sie, während die Kutsche auf die Hauptstraße zurollte, dann Richtung Süden abbog, hin zu den Häusern der Reichen der Stadt. Der angeberischen Möchtegernreichen, wie Enzio sie insgeheim immer nannte. Er blickte zum Fenster hinaus, bemerkte aber trotzdem, dass Bartolomeo ihn nicht aus den Augen ließ.

„Wer bist du?" Enzio wandte sich ihm zu, lächelte ihn an.

„Das sagte ich Euch bereits. Mein Name ist Enzio Lauretini, Kaufmannssohn aus Ternia." Bartolomeo schüttelte den Kopf.

„Das bist du ganz sicher nicht! Auch wenn ich dir deine Geschichte glaube, dass du einen Mann bei einem Duell getötet hast. Und vorher seine Schwester verführt."

„Ein tragischer Unfall, Herr, es war ein tragischer Unfall! Ich bin unschuldig, glaubt mir. Ich wollte diesen Mann nicht töten, ich wäre sogar bereit gewesen, sein Schwager zu werden."

„Was weißt du von meinen Leuten?" Bartolomeo ging nicht auf Enzios Beteuerungen ein.

„Nun, sie haben mich in den letzten Tagen auf Schritt und Tritt begleitet, fast jedenfalls. Einige Male ist es mir gelungen, ihnen zu entkommen."

„Woher weißt du …"

„Sie waren deutlich zu erkennen, Herr. Ihr wurdet schlecht beraten, als Ihr sie ausgewählt habt. Wenn man jemanden beobachten lässt, dann sollte man auf Menschen unterschiedlicher Größe und Statur setzen. Und ihnen möglichst verschiedenfarbige Kleidung zur Verfügung stellen. Sie sind sonst zu auffällig."

„Wer bist du?", fragte Bartolomeo noch einmal. „Du bist mehr als ein Kaufmannssohn! Gut, ich werde dir vertrauen, auch wenn du mich diesbezüglich anlügst. Aber ich warne dich: Wenn ich herausbekomme, dass du etwas gegen mich im Schilde führst, dann werde ich es herausfinden. Und dann wirst du es bitter bereuen! Dann wirst du mich anflehen, dass ich dich sterben lasse! Ich habe schon einmal den Tod eines Hauptmanns der Stadtwache befohlen … ich werde auch einen weiteren, der versucht, mich auszuspionieren, nicht leben lassen." Ob Bartolomeo in dem schwachen

Licht des Kutscheninnern bemerkte, dass Enzio bei der Erwähnung Pietros kurz zusammenzuckte? Ganz leicht nur, kaum merklich. Doch für einen offensichtlich geübten Beobachter wie Bartolomeo ... Enzio verzog seine Lippen zu einem Lächeln.

„Ich würde es nie wagen, einen solch mächtigen Mann, wie Ihr es seid, zu hintergehen, Herr! Und die Stadtwache? Mit der möchte ich nichts zu tun haben, das versteht Ihr hoffentlich ... Nach diesem tragischen Unfall ..."

„Nein ... ich kenne alle Hauptleute ... doch dich habe ich noch nie gesehen ..." Bartolomeo schien durch Enzio hindurchzublicken, tief in Gedanken versunken. Dann sah er ihn wieder an. „Gut! Du bist gewarnt! Ich werde dich Augustino vorstellen, meiner rechten Hand. Er wird dich mit all unseren Geschäften vertraut machen. Ich werde eine Verwendung für dich finden!"

„Ich danke Euch, Herr! Ich danke Euch von Herzen!" Mit allen Geschäften? Besser hätte es für Enzio nicht laufen können.

Augustino war ein Mann Ende dreißig. Offensichtlich wollte er sich einen Bart wachsen lassen, doch die Stoppeln wuchsen langsam und unregelmäßig. Was bei anderen gut aussah, auch Enzio rasierte sich manches Mal einige Tage nicht, wirkte bei ihm ungepflegt. Außerdem zeigten sich gerade in jenen Stoppeln, dass er langsam ergraute.

Sie standen sich in Bartolomeos Arbeitszimmer gegenüber. Das Haus mochte nach außen hin geschmacklos bunt sein, innen konnte man es durchaus als hübsch bezeichnen. Weiß war die vorherrschende Farbe, die an heißen Tagen die nötige Kühle schenkte und im dunklen Winter Helle. Die Wände waren mit Stuckornamenten verziert, die Säulen und die Kaminbänke aus rotem Marmor, die Möbel aus dunklem Holz. Nichts wirkte ärmlich, nichts überladen.

Bartolomeo setzte sich hinter seinen Schreibtisch.

„Augustino, das ist Enzio. Er wird dir ab sofort zur Hand gehen. Ich erwarte, dass du ihn in unsere Geschäfte einweist." Der Angesprochene blickte Enzio misstrauisch an.

„In alle Geschäfte, Herr?"

„Nun, natürlich nicht in alle gleichzeitig. Ich denke, zuerst in die der Handelsschiffe. Hast du Erfahrung mit Handelsschiffen, Enzio?"

„Leider nicht, Herr! Ternia hat keinen Hafen … außerdem … mein Vater wollte einmal, dass ich mit einem befreundeten Kaufmann auf große Fahrt ging. Doch mir war die ganze Zeit auf See übel. Nie wieder möchte ich so etwas erleben. Hier, im sicheren Hafen möchte ich bleiben … aber mit Geschäften über Land kenne ich mich aus."

„Gut, dann sind Handelsschiffe ein guter Anfang … nein, fürchte nichts, du musst nicht mit ihnen fahren. Du sollst dir nur einen Überblick verschaffen, was wohin transportiert wird und welche Waren wir dann wieder mit zurücknehmen. Ich hoffe, du lernst schnell!"

„Ich werde mir die größte Mühe geben, Herr! Ich kann Euch nur noch einmal danken, dass Ihr mir die Gelegenheit gebt, für Euch zu arbeiten!"

„Freue dich nicht zu früh – ich verlange viel von meinen Mitarbeitern! Alles! Lass uns jetzt alleine – du kannst im Garten warten, bis das Abendessen serviert wird. Sei heute Abend mein Gast!"

„Ich danke Euch, Herr!" Enzio eilte hinaus.

Enzio schritt die Eingangsstufen hinunter und sah sich im Garten um. Das Arbeitszimmer befand sich rechts im Haus, hatte ein Fenster zum Garten. Und dieses Fenster war offen gestanden. Er fand es rasch, tat so, als ob er sich an den Rosen erfreute, die im ganzen Garten reichlich angepflanzt waren. Irgendjemand in diesem Haus schien Rosen zu lieben.

„… Herr, er ist ein Fremder …“

„Vertraust du meinem Urteil nicht, Augustino?“

„Doch, natürlich …“

„Ich habe es dir erklärt: Er soll sich in kleinen Dingen bewähren. Wenn er das tut, dann können wir ihn auch in die großen einweihen. Er ist klug und geschickt mit dem Degen. Er wird uns nützlich sein.“

„Trotzdem … außerdem ist er ein Schönling. Und denen traue ich grundsätzlich nicht.“ Enzio musste sich die Hand vor den Mund halten, um nicht laut loszulachen. Was Bartolomeo darauf antwortete, hörte er leider nicht, eine Kutsche rumpelte an ihm vorbei und hielt vor dem Hauseingang. Eine Frau schritt die Eingangstreppe herab

… eine Frau … Enzio konnte sich nicht satt sehen. Ihre Haut, so weiß wie die Rosenblüten, über die er gerade strich. Und sicherlich genauso zart. Ihre schwarzen Haare waren kunstvoll hochgesteckt, ringelten sich in kleinen Löckchen. Sie bemerkte, dass sie beobachtet wurde und wandte sich zu ihm um. Ihre Augen … grüne Augen, glitzernd wie Edelsteine. Sie lächelte ihn an, mit ihren Lippen, voll und rot wie süße Beeren. Einmal nur versuchen, ob sie auch so schmeckten … Ein Zwinkern ihrer Augen, ein letzter Wimpernschlag. Sie verschwand in der Kutsche. Der Kutscher schloss die Tür hinter ihr, sprang auf den Kutschbock und fuhr davon.

Enzio war während des Abendessens sehr schweigsam. Wer war die unbekannte Schöne gewesen? Hatte Bartolomeo eine Geliebte? Wohnte sie hier oder war sie nur zu Besuch gewesen? Aber warum war sie dann vor dem Abendessen wieder gegangen? Diese roten Lippen – sich einmal einen Kuss von ihr stehlen, ein Mal nur. Selbst wenn sie Bartolomeos Geliebte war, seine Gemahlin gar.

„Enzio?" Er schrak aus seinen Gedanken auf.

„Verzeiht, Herr, ich war mit meinen Gedanken woanders."

„Ich hoffe, es waren angenehme Gedanken …"
Enzio fühlte sich ertappt und wurde wider Willen
rot. Bartolomeo lachte laut.

„Schau an, unser Draufgänger kann erröten wie
ein junges Mädchen. Hier, probiere diese Früchte,
sie sind so süß wie hoffentlich dein Tagtraum."
Enzio grinste gutmütig verlegen. Bartolomeo lachte weiter. „Du gefällst mir, Enzio, du gefällst mir."
Augustino fand keinen Grund, zu lachen.

Dieci

Enzio ärgerte sich. Er betrat das Zimmer der Herberge, schleuderte seinen Mantel auf den Stuhl, die Stiefel in eine Ecke. Einige Male schlug er auf die Kissen des Bettes ein, ehe er sich darauf fallen ließ. Wie hatte er sich nur von einem hübschen -zugegebenermaßen sehr hübschen- Gesicht von seiner Aufgabe ablenken lassen können? Hatte er seinen besten Freund so schnell vergessen? Bartolomeo hatte in der Kutsche selbst zugegeben, dass er Pietro hatte töten lassen. Er hatte keinen Namen genannt, aber welcher Hauptmann der Stadtwache war sonst umgebracht worden? Alles, was er über Bartolomeo erfahren konnte, war wichtig. Er war mit ihm drei Stunden an einem Tisch gesessen. Und was hatte er getan? Statt ihm Fragen zu stellen, ihm zu lauschen, aus seinen Worten Schlüsse zu ziehen, hatte er geträumt. Das durfte nicht wieder vorkommen. Er musste seine Aufmerksamkeit völlig auf die nächsten Schritte richten. Und er musste einen Weg finden, Conte Fosco Nachrichten zukommen zu lassen. Wenn er sein Wissen nicht weitergab, dann war alles umsonst gewesen, wenn Bartolomeo ihm auf die Schliche kam. Mit solchen Gedanken schlief er ein. Ihm war gar nicht bewusst geworden, dass er nicht wie sonst immer bei seinen Gedanken an Conte Fosco auch an dessen schöne Gemahlin gedacht hatte.

Wochenlang, arbeitete er mit Augustino zusammen. Bartolomeo hatte veranlasst, dass ein Schreibtisch für ihn in Augustinos Arbeitszimmer aufgestellt wurde. Es war einige Zeit her, dass Enzio das Recht der Handelstreibenden gelernt hatte. Er hatte es immer als langweilig empfunden, doch nun war er froh darum. Alles andere lernte er schnell. Augustino war nicht mehr ständig schlecht gelaunt, wenn er mit Enzio zusammen war. Er musste Enzios Begabung in vielen Dingen anerkennen. Enzio bewährte sich. Etwas anderes konnte Augustino dem Gildemeister der Kaufleute nicht melden.

Bartolomeo vertraute ihm. Und nach Wochen in der Herberge erfüllte sich Enzio einen lange gehegten Wunsch. Er kehrte nach dem Tag in Augustinos Arbeitszimmer nicht sofort in die Herberge zurück. Er ritt aus dem Südtor aus der Stadt, durch das Osttor wieder hinein, den mit Pinien gesäumten Weg die Hügel hinauf, nach Hause.

Wenn Marco nicht ein so respektvoller Diener gewesen wäre, wäre er ihm sicherlich um den Hals gefallen vor Freude.

Ylenia und Stella traf er im Speisezimmer.

„Príncipe … Vetter Enzio!" Stella strahlte über das ganze Gesicht. Ihre Mutter hielt sie am Arm fest, um zu verhindern, dass sich ihre Tochter eine Verletzung der Standesregeln erlaubte. Stella blieb daraufhin brav neben ihr stehen und rannte nicht zu Enzio hin. Ylenia knickste vor ihm.

„Vetter Laurenzio – welche Freude, dass Ihr wieder einmal unter uns weilt."

„Base Ylenia" Er küsste ihre Hand. „Die Freude ist ganz auf meiner Seite! Es tut mir leid, wenn ich so lange nicht hier war und Euch dadurch Sorge bereitet habe."

„Das habt Ihr nicht, Vetter. Marco hat uns regelmäßig über Euer Befinden in Kenntnis gesetzt."

„Marco?" Enzio wandte sich zu seinem Diener um, der gerade das Auftragen des ersten Ganges beaufsichtigte.

„Ich wollte sichergehen, dass es Euch gut geht, Herr! Darum habe ich einige unserer Diener beauftragt, Euch zu überwachen. Natürlich nur diejenigen, denen ich absolut vertraue. Treue Männer, die Euch fast ebenso lange dienen, wie ich." Er ließ sich nicht durch Enzios Blick aus der Ruhe bringen.

„Du hast mich überwachen lassen? Und ich habe es nicht bemerkt?"

„Herr, die Aufgabe eines Dieners ist es, still und unauffällig für das Wohl seines Herrn zu sorgen. Nichts anderes haben wir getan." Enzio wollte etwas erwidern, irgendetwas Strenges, das seinen Majordomus in die Schranken wies. Er war zu sprachlos.

„Das wird aufhören!", war das Einzige, was er hervorbrachte.

„Gewiss, Herr, gewiss." Marco schien nicht von Enzios Worten beeindruckt zu sein. Der gab auf, wandte sich Stella zu und küsste auch ihr die Hand.

„Base"

„Vetter Enzio" Sie knickste, doch ihren Blick senkte sie nicht, ihre Augen leuchteten ihn ununterbrochen an.

„Lasst uns zu Tisch gehen. Ich habe mich seit Wochen nach einer richtigen Mahlzeit in charmanter Gesellschaft gesehnt."

Doch die Freude währte nicht lange. Nach dem dritten Gang brachte Marco einen großen Stapel Post.

„Ich wollte Euch nicht den Appetit verderben, Herr. Aber da ich nicht wusste, wie lange Ihr bleibt …" Enzio seufzte.

„So wie es aussieht, werde ich lange verweilen müssen." Doch dann lächelte er wieder die Damen an. „Was auch nicht das Schlechteste ist …" Er würde in seinem Palazzo übernachten. Dem Wirt konnte er eine Geschichte von einem Liebchen außerhalb der Stadt andeuten. Dem Wirt und Bartolomeo am besten auch.

„Ich hoffe, Ihr nehmt es mir nicht übel, wenn ich nicht meine volle Aufmerksamkeit auf Euch und Stella richten kann, Base Ylenia!"

„Aber nein, im Gegenteil. Ich weiß, dass Ihr ein vielbeschäftigter Mann seid und Eure Zeit hier im Palazzo eng bemessen ist. Es ist schön, dass Ihr überhaupt Zeit habt, um mit uns zu speisen. Ich gebe zu, es war einige Male recht einsam, hier im Haus."

„Wir sollten Conte Fosco bitten, dass er zukünftig zum Abendessen bleibt! Ja, das wäre in jeder Hinsicht gut! Dann könnte ich vor dem Essen noch meine Fechtübungen mit ihm durchführen. Sie fehlen mir. Und nach dem Essen … nun, ich muss einiges mit ihm besprechen. Wenn ich ihm eine Botschaft schreibe, würdet Ihr sie ihm übergeben, Base Ylenia?"

„Selbstverständlich, Vetter Laurenzio"

Stella hatte währenddessen die ganze Zeit auf den Stapel mit den Briefen gestarrt. Obenauf lag eine Karte, die sie magisch anzog. Eine Karte mit Goldrand und goldener Schrift. ‚Einladung' stand in geschwungenen Lettern darauf. Ylenia bemerkte den Blick ihrer Tochter.

„Stella! Sei nicht so neugierig!"

„Verzeiht, Mutter!" Stella wurde rot und sah schuldbewusst auf ihren Teller. Auch Enzio hatte Stellas Blick bemerkt. Er nahm die Karte und sah sie sich an.

„Es ist eine Einladung zu einem Ball. Möchtest du sie sehen?"

„Ein Ball?" Stella blickte wieder auf und sah ihn mit großen Augen an.

„Ja – Principessa Venieri und ihr Gemahl laden zu einem Maskenball." Er reichte die Karte an Stella weiter. Die schaute unsicher zu ihrer Mutter, dann zu Enzio, nahm sie schließlich und betrachtete sie.

„Schon die Einladung ist prächtig … es muss wunderbar sein, zu einem Ball zu dürfen …" Sie träumte vor sich hin. „Ich würde auch gerne einmal auf einen Ball gehen … die ganze Nacht tanzen …"

„ Stella!" Die Angesprochene schreckte auf.

„Verzeiht, Mutter, ich habe nur geträumt … ich möchte natürlich nicht damit sagen … möchte nicht unverschämt erscheinen …" Sie lief wieder rot an, dunkelrot. Enzio lächelte zu ihr hin. Er hatte Stella vermisst. Sein kleines Mädchen war etwas ganz Besonderes. Und es lag in seiner Macht, sie glücklich zu machen. Sie würde ihn wieder für einen herzensguten Menschen halten.

„Möchtest du auf den Ball? Principessa Venieri ist eine gute Freundin meiner Mutter. Wenn ich ihr schreibe, dass meine Base und ihre bezaubernde Tochter in meinem Haus zu Gast sind, dann wird sie mir sicherlich noch zwei Einladungskarten zukommen lassen." Stella sah ihn mit großen Augen an.

„Das ist sehr freundlich von Euch, aber das können wir nicht annehmen." Ihre Mutter enttäuschte ihre Hoffnungen. „Warum denn nicht? Würde es Euch keine Freude machen?"

„Doch, schon …", musste Ylenia zugeben. „aber Príncipe und Principessa Venieri … das sind Kreise, die zu hoch über uns stehen, in die wir nicht gehören … außerdem, wir haben noch nicht einmal passende Kleidung."

„Vergesst nicht, wer Ihr seid, Base Ylenia. Ich gehöre in diese Kreise und Ihr als meine Base ebenso. Außerdem ist es ein Maskenball, keiner wird Euch erkennen, keiner fragen. Und vor der Demaskierung um Mitternacht muss ich selbst wieder verschwunden sein. Das mit der Kleidung sollte ebenfalls kein Problem darstellen. Für einen Maskenball benötige auch ich ein neues Kostüm. Mein Schneider wird so oder so ins Haus kommen. Ihr könnt die Kostüme mit ihm besprechen." Ylenia senkte den Kopf.

„Das ist sehr freundlich, doch ich möchte offen sein. Wir können uns kostspielige Kostüme für einen Maskenball nicht leisten … mein Mann … wir haben einfach nicht so viel Geld. Es tut mir leid!" Enzio sah auf seinen Teller, aß einige Bissen, dachte nach. Er fühlte Stellas enttäuschten Blick förmlich.

„Ich möchte Euch nicht beschämen, Base Ylenia", begann er schließlich, blickte dabei immer noch auf den Teller. „Und daher möchte ich Euch zu nichts drängen. Aber ich möchte Euch dennoch sagen, dass es für mich selbstverständlich zu der Gastfreundschaft gehört, die ich Euch gewähre, für die Unkosten aufzukommen. Es wäre Ehrensache für mich. Und es würde mich in meiner Ehre kränken, wenn Ihr darauf bestehen würdet, selbst zu zahlen." Er blickte auf. „Möchtet Ihr Eurer Tochter nicht die Freude machen, Base Ylenia? Wann seid Ihr selbst zum letzten Mal auf einem Ball gewesen? Könnt Ihr Euch noch daran erinnern, wie es ist, eine ganze Nacht lang zu tanzen?" Ein Lächeln huschte über Ylenias Gesicht.

„Ja, es war immer herrlich!" Doch ganz überzeugt war sie noch nicht. „Wird es nicht zu gefährlich sein? Man sagt doch, Bartolomeo habe seine Spione überall. Wenn Ihr erkannt werdet …" Enzio schüttelte den Kopf.

„Es stimmt, alleine wäre ich vermutlich nicht dorthin gegangen. Aber es ist ein Maskenball. Wenn ich mich entsprechend kostümiere, wird niemand Bartolomeos neuen Vertrauten erkennen. Ich muss nur darauf achten, dass ich vor Mitternacht verschwinde …" Er blickte zu Stella. „Ist das dein erster Ball? Schade, dass wir nicht offiziell deine Einführung in dir Gesellschaft feiern können, denn das wäre dann doch zu auffällig. Aber ich verspreche dir, dass wir das nachholen. Sobald Bartolomeo überführt ist, veranstalten wir einen Ball hier im Haus. Und es wird ein Ball allein zu deinen Ehren sein!" Ylenia lag wieder Protest auf der Zunge, doch sie verbiss ihn. Stella jedoch machte etwas völlig Ungehöriges. Sie sprang von ihrem Stuhl auf, rannte zu Enzio, fiel ihm um den Hals und legte ihren Kopf vertrauensvoll auf seine Schulter.

„Danke, Vetter Enzio. Ich danke Euch! Ihr seid …". Sie suchte nach Worten.

„… ein herzensguter Mensch", ergänzte er lächelnd.

Undici

So gerne Enzio mit den Damen gefrühstückt hätte, er konnte nicht warten, er musste das Haus früh verlassen. Zwei Briefe legte er im Speisezimmer ab. Einen, den Contessa Ylenia ihrem Mann übergeben sollte und einen mit einem netten Gruß an Stella. Sie sollte den herzensguten Menschen nicht vergessen. Er wusste selbst nicht, warum er das tat.

„Ich komme heute Abend wieder!", versprach er Marco, ehe er davonritt.

Doch er konnte sein Versprechen nicht halten.

„Enzio! Da bist du ja endlich! Bartolomeo wartet auf dich. Und er wartet nicht gerne!" Augustino sah ihm ungeduldig entgegen.

„Ich hatte … nun, Ihr wisst schon …"

„Nein, ich weiß nicht. Und ich möchte es auch gar nicht wissen! Komm mit." Gemeinsam liefen sie zu Bartolomeos Arbeitszimmer.

„Da seid ihr ja endlich!", begrüßte Bartolomeo sie.

„Verzeiht, Herr, Enzio … er kam spät." Augustino versuchte, sich zu verteidigen.

„Das stimmt, Herr, ich hatte heute Nacht eine Verabredung außerhalb der Stadt, wenn Ihr versteht … die Bauerntöchter sind so hübsch, dass man als Mann leicht die Zeit vergessen kann." Bartolomeo verstand und grinste. Dieser Enzio, das war ein ganzer Kerl, nicht nur mit dem Degen.

„Ich habe für heute Abend einige unserer wichtigsten Geschäftspartner zum Essen eingeladen. Ich möchte, dass ihr beide dabei seid. Ja, Enzio, du auch! Es wird höchste Zeit, dass du sie kennenlernst. Hast du passende Kleidung? Nun, vermutlich nicht, woher auch, wenn du aus der Stadt fliehen musstest. Augustino, ihr werdet euch mit der Gästeliste vertraut machen, du wirst Enzio erklären, mit wem er es zu tun bekommt. Ich verlange, dass du die Menschen heute Abend mit Namen ansprechen kannst! Na, das wirst du, da bin ich mir sicher, klug wie du bist. Ich werde derweil eine Botschaft an meinen Schneider schicken. Er wird vorbeikommen und dir etwas Passendes fertigen." Enzio starrte Bartolomeo mit offenem Mund an.

„Herr, Ihr seid zu gütig!" Bartolomeo winkte nur.

„Ich hoffe, du wirst es mir danken, indem du mir für meine Geschäfte nützlich bist. Aber das wirst du, Bursche, das wirst du, da bin ich sicher."

Enzios Hand bebte ein wenig, als er die Gästeliste aus Augustinos Händen entgegennahm. Acht Jahre war er nicht in der Stadt gewesen. Er hatte sich verändert, war vom Jüngling zum Mann geworden. Aber was, wenn er doch von einem der Gäste wiedererkannt wurde? Der Sohn des Príncipe Gabrielli war für das Volk von Adalgiso kein Unbekannter gewesen. Die Namen auf der Liste sagten ihm nichts. Aber er hatte sich damals nie mit den Händlern und Kaufleuten beschäftigt. Er war der Sohn eines Príncipe, was hatte er mit dem einfachen Volk zu schaffen gehabt?

Augustino ging mit ihm die Liste durch, erklärte ihm, welche Bedeutung die Gäste für Bartolomeo und seine Geschäfte hatten. Er blickte dabei die ganze Zeit starr geradeaus. Nun, ein Griesgram war er stets. Aber heute … Enzio fragte nicht, war viel zu sehr mit seinen eigenen Gedanken beschäftigt.

Bartolomeo hatte sich nicht lumpen lassen, hatte für Enzio schwarze Seide und weich gegerbtes Leber bei seinem Schneider ausgewählt, der in Windeseile die Kleidung für den Günstling des reichen Gildemeisters genäht hatte. Stolz führte Bartolomeo Enzio durch den Saal und stellte ihn den Gästen als seinen Vertrauten vor. Augustino ging an Bartolomeos anderer Seite. Er war lange nicht so edel gekleidet wie Enzio. Seine schlechte Laune hatte er noch immer nicht abgelegt.

„Ah, da ist sie ja!" Enzio folgte Bartolomeos Blick zur Tür. Die schöne Unbekannte! Sie lächelte, schwebte in den Raum, auf Bartolomeo zu.

„Verzeiht, Herr Vater, dass ich zu spät bin."

„Dir verzeihe ich doch alles, mein Kind! Enzio Lauretini hast du noch nicht kennengelernt, oder? Er ist einer meiner besten Mitarbeiter! Ein Kaufmannssohn aus Ternia. Enzio, das ist meine Principessa, meine Tochter Luciana." Enzio nahm kaum wahr, was Bartolomeo sagte. Diese grünen Augen ließen ihn versinken und schalteten sein Denken aus. Er konnte nur das tun, was er gelernt hatte, instinktiv. Er fasste ihre Hand und zog sie an seine Lippen.

„Es ist mir eine Ehre und große Freude, Euch kennenzulernen." Sie lächelte. Unsicher? Sicherlich war sie es nicht gewohnt, die Hand geküsst zu bekommen. Enzio benahm sich völlig daneben. Er war hier im Haus eines Kaufmanns. Das durfte er nicht vergessen! Nie! Bartolomeo glaubte ihm seine Geschichte sowieso nicht. Dann durfte er nicht auch noch mit seinem Benehmen zu dieser Unglaubwürdigkeit beitragen.

„Schau an, Manieren hat er auch!" Bartolomeo lachte. Enzio lachte mit ihm.

„Nun, meine Mutter hat immer viel Wert auf solche Sachen gelegt. Sie war die Tochter eines Conte, die mit meinem Vater durchgebrannt ist."

„Ah … das erklärt einiges. Komm, Enzio, setze dich zu meiner Linken! Der Platz an meiner rechten Seite ist natürlich für meine Tochter reserviert." Gemeinsam schritten sie hinüber in das Speisezimmer. Enzio bedauerte, dass Bartolomeo zwischen ihm und Luciana saß. So konnte er nur einige Male, wenn Bartolomeo sich zurücklehnte und zufrieden über den Bauch strich, den Kelch heben und sie anlächeln. Augustinos Blick wurde immer drohender. Nach dem Essen zogen sich die Frauen in einen Salon zurück, während sich die Männer in einem anderen an Spieltische setzten. Diener brachten Karaffen mit Wein und stärkeren Getränken. Enzio lehnte ab und blieb bei seinem Wasser, wie den ganzen Abend schon. Sein Kopf war berauscht genug von Lucianas Anblick. Er musste nüchtern bleiben, wollte nicht denselben

Fehler machen, den er nach der ersten Begegnung mit ihr begangen hatte. Hier waren wichtige Männer versammelt. Er musste so viel wie möglich über sie herausfinden. Lässig lehnte er sich in seinem Sessel zurück und beobachtete die anderen, die Würfel und Karten vor sich ausbreiteten. Seinen Kelch hielt er in der Hand, nippte einige Male daran. Er hatte nicht vor, sich am Glücksspiel zu beteiligen. Bartolomeo beobachtete ihn, er spürte dessen Blick auf sich ruhen. Der Gildemeister der Kaufleute lächelte wohlwollend. Offensichtlich war er zufrieden mit ihm. Augustino dagegen hatte seine schlechte Laune immer noch nicht verloren. Er schlenderte zu Enzio und setzte sich auf den Stuhl neben ihn.

„Damit du es gleich weißt und dir keinerlei Hoffnung machst! Komme Luciana nicht zu nahe. Ich bin dabei, ihr den Hof zu machen! Ich lasse mir diese Frau nicht wegnehmen. Sie wird das Vermögen ihres Vaters erben und ich habe genug dafür getan, damit er dieses Vermögen anhäufen kann. Ich bin die rechte Hand Bartolomeos! Komm mir nicht in die Quere. Weder bei Luciana noch in der Gunst Bartolomeos. Ich habe genug von ihm gelernt, um dich auszuschalten …" Enzio lächelte, ließ sich von dieser plumpen Drohung nicht einschüchtern. Im Gegenteil.

„Was würde wohl Bartolomeo sagen, wenn er von deinen Plänen wüsste …" Gelassen drehte er seinen Kelch in der Hand und sah Augustino nicht einmal an.

„Fühle dich nicht zu stark!", drohte der. „Fühle dich nur nicht zu stark!" Enzio verlor seine lächelnde Maske nicht.

Bezüglich Bartolomeos Machenschaften ergaben sich für ihn an diesem Abend keine neuen Erkenntnisse. Die Geschäfte schienen alle mit rechten Dingen zuzugehen. Das gab ihm Gelegenheit, weiter an Luciana zu denken. Und daran, wie er Augustino am besten eines auswischen konnte. Wie konnte der glauben, dass er das Recht hätte, ihm Vorschriften zu machen?

Die Nacht war schon weit fortgeschritten, die Gäste verabschiedeten sich nach und nach. Bartolomeo zog Enzio an seine Seite, als er an der Tür stand und ihnen eine gute Heimkehr wünschte. Luciana und Augustino gesellten sich zu ihnen. Luciana erwiderte Enzios Blicke, Enzios Lächeln. Endlich hatte der letzte Gast das Haus verlassen.

„Kommt, Enzio, Augustino, lasst uns noch eine Flasche zusammen aufmachen! Lasst uns auf den heutigen Erfolg anstoßen!" Bartolomeo wirkte sehr heiter. Und das lag sicherlich nicht nur an den guten Geschäften. Er führte sie zurück in den Salon.

„Ihr erlaubt, dass ich mich zurückziehe, Vater?"

„Selbstverständlich, mein Kind, selbstverständlich!" Luciana verabschiedete sich. Noch einmal wagte es Enzio, nach ihrer Hand zu greifen und sie mit seinen Lippen zu berühren.

„Wann kann ich Euch wiedersehen?", flüsterte er. Bartolomeo konnte ihn nicht hören, er rief lautstark nach einer weiteren Flasche Perlwein. Augustino? Das war ihm egal. Luciana lächelte und blinzelte ihm zu.

„Vater spricht in den höchsten Tönen von Eurer Klugheit! Werdet Ihr mich nicht von alleine finden?"

„Bitte ..."

„Morgen nach der Mittagsmahlzeit, im Garten ... in der Laube."

„Enzio, komm endlich!" Bartolomeo hatte sich in einen Sessel fallen lassen. Augustino saß neben ihm, auf der vorderen Stuhlhälfte, klammerte sich an seinem Becher fest. Sein rotes Gesicht zeugte davon, dass auch er zu viel getrunken hatte.

„Ich werde da sein!", flüsterte Enzio. Dann wandte er sich um und nahm den Kelch aus Bartolomeos Hand. Er setzte sich, lehnte sich entspannt zurück, schloss die Augen halb. Luciana … der Abend hatte sich auch für ihn gelohnt.

„Lasst uns anstoßen!" Bartolomeo sprach schon sehr langsam. „Du hast den ganzen Abend nur Wasser getrunken, Enzio. Warum? Hat dir mein Wein nicht geschmeckt?"

„Doch, Herr, natürlich! Aber mein Vater hat mir beigebracht, bei wichtigen Treffen einen klaren Kopf zu bewahren." Einer der wenigen Sätze heute Abend, die nicht gelogen waren, dachte Enzio sich. Bartolomeo nickte vor sich hin.

„Ein kluger Mann, dein Vater … ein kluger Mann …" Seine Augen fielen ihm zu. Fast schien es, als sei er eingeschlafen. Augustino rutschte unruhig auf seinem Stuhl hin und her. Enzio blickte zu ihm. Augustino erwiderte seinen Blick. Ob sie einfach gehen konnten?

„Enzio, warum wohnst du noch immer in dem Wirtshaus?" Sie schreckten beide auf, sie hatten nicht mehr damit gerechnet, dass Bartolomeo noch wach war. „Wir haben viele Gästezimmer hier im Haus! Komm zu uns." Augustino blieb der Mund offenstehen. Sein Blick auf Enzio wurde noch feindseliger. Enzio war selbst völlig überrascht von dem Angebot und wusste nicht, ob er annehmen oder ablehnen sollte. Er wollte, nein, er musste regelmäßig nach Hause. Er durfte seine Freiheit nicht verlieren. Aber die Aussicht, mit Luciana unter einem Dach zu leben ...

„Ich danke Euch, Herr. Und für diese eine Nacht nehme ich Euer großzügiges Angebot gerne an. Es ist schon spät und ich wäre froh, wenn ich nicht mehr ins Wirtshaus zurück müsste ... alles andere muss ich entscheiden, wenn ich ausgeschlafen habe." Wieder nickte Bartolomeo vor sich hin.

„Ja, ausschlafen ... wir sollten morgen früh ausschlafen ..." Er erhob sich wankend. Enzio sprang auf, blieb an seiner Seite, hielt ihn, als er sich zu sehr zur Seite neigte.

„Bist ein guter Junge, Enzio! Bist ein guter Junge ... he, du da!" Er winkte einem Diener. „Sorge dafür, dass ein Gästezimmer für meinen guten Jungen gerichtet wird! Und dann, Enzio, wenn wir alle ausgeschlafen haben, dann erzähle ich dir von meinen anderen Geschäften." Schritt für Schritt wankte er aus dem Saal. Enzio blieb an seiner Seite. „Meine andere Geschäfte ... du wirst sie genauso erfolgreich erledigen wie die normalen, da bin ich sicher. Man muss kaltschnäuzig sein dafür, ja, das muss man. Kaltschnäuzig und mutig. Und das bist du! Nicht so wie der Zahlenschieber Augustino. Der ist gut für die normalen Geschäfte, aber von den anderen … nein. Da bist du die bessere Wahl … Weißt du was? Wenn ich dir alles erklärt habe, dann werde ich dich über alle meine anderen Geschäfte setzen! Ja, das werde ich …hast das Zeug dazu." Bartolomeo schlief fast im Gehen ein. Doch er plauderte munter vor sich hin. Enzios Blick fiel auf Augustino. Der stand leichenblass hinter ihnen. Und das lag nicht am Alkohol.

„Er ist betrunken", flüsterte Enzio halbherzig. „Morgen hat er sicherlich alles vergessen."

„Ach? Das glaubst auch nur du!"

Dodici

Am nächsten Morgen saß Enzio alleine im Speisezimmer. Bartolomeo schlief noch. Die edle Luciana? Sie pflegte immer in ihrem Bett zu frühstücken. Meist zu späterer Stunde. Augustino war im Arbeitszimmer und suchte Papiere zusammen. Er erwiderte Enzios Gruß nicht.

„Heute Nacht ist eines unserer Schiffe im Hafen angekommen. Ich werde hinunterfahren. Du wirst hierbleiben, falls Bartolomeo erwacht und einen von uns benötigt. Außerdem hat er ja vor, dich über seine Geschäfte zu setzen. Da solltest du in seiner Nähe bleiben!"

„Augustino, es tut mir leid … ich wollte Euch nicht verdrängen, glaubt mir …" Enzio meinte es ehrlich. Außerdem konnte er es sich nicht leisten, ihn zum Feind zu haben. Er hatte auch ohne einen zusätzlichen Feind genug Gefahren am Hals.

„Das ist allein Bartolomeos Entscheidung. Hier, das sind die Briefe, die heute Morgen eingetroffen sind. Die kannst du durcharbeiten." Er nahm die Ledertasche, die er gerichtet hatte und schritt zur Tür. Im Türrahmen wandte er sich noch einmal um.

„Aber eines sage ich dir! Lass die Finger von Luciana! Die werde ich mir nicht nehmen lassen!" Er knallte die Tür hinter sich zu. Enzio zog eine Augenbraue hoch. Nun, vielleicht kam es auf den einen Feind doch nicht mehr an. Er wandte sich dem Stapel Briefe zu. Er war es, der später eine Verabredung mit Luciana hatte, nicht Augustino!

Die Stunden schlichen dahin. Bartolomeo ließ sich den ganzen Morgen nicht sehen. Enzio arbeitete sich durch die Papiere, versüßte sich die langweilige Beschäftigung mit Gedanken an Luciana. Bald schon würde er in ihren grünen Augen versinken können, würde alleine mit ihr sein, in der versteckten Laube im Garten. Ihm wurde schon jetzt warm bei dem Gedanken daran. Er legte die Feder beiseite. Seine Aufmerksamkeit auf die Arbeit richten konnte er sowieso nicht mehr

Sie saß in der Laube, hielt ein Buch vor sich. Einige Augenblicke verbrachte er damit, sie zu beobachten. Ihre Haare waren heute zu einem Zopf geflochten, der ihr weit in den Rücken hing. Immer

wieder strich sie die Strähnen aus ihrem Gesicht, die sich aus dem Zopf gelöst hatten. Sie lächelte still vor sich hin. Dass sie das Buch verkehrt herum hielt, bemerkte er erst, als er auf sie zuging. Sie hatte nicht gelesen? Was tat sie dann?

„Luciana …" Sie klappte langsam das Buch zu und schaute auf.

„Ah, du bist tatsächlich gekommen?" Sie lächelte. Ihr weiter Rock bedeckte die ganze Bank. Sie dachte nicht daran, ihn zur Seite zu ziehen und ihm einen Platz anzubieten. Er lehnte sich an den Pfosten der Laube. Ihr Lächeln … ihre Lippen. Nur ein Mal …

„Du wolltest mich sprechen …"

„Ich wollte Euch wiedersehen, wollte in Eurer Nähe sein … Luciana, seit ich Euch zum ersten Mal gesehen habe, träume ich von nichts anderem …"

„Nur davon, in meiner Nähe zu sein? Das klingt wenig aufregend. Vater erzählt immer, du wärest ein Draufgänger." Sie hielt den Kopf ein wenig schräg, lächelte immer noch.

„Nun, wenn Euer Vater das sagt, dann wird es sicherlich der Wahrheit entsprechen." Er trat einen Schritt auf sie zu.

„Oh, nun wirst du aber stürmisch!" Sie nahm ihr Buch wieder in die Hand. „Ich würde sagen, wir machen morgen mit dem Spiel weiter. Du hast natürlich die Erlaubnis, weiter an mich zu denken. Und wenn dir ein Geschenk begegnet, das mir gefallen könnte, darfst du es mir natürlich mitbringen. Das wäre schon einmal mehr, als nur in meiner Nähe zu sein. Jetzt musst du sicher zurück zu deiner Arbeit." Sie schlug das Buch auf und beachtete ihn nicht mehr. Enzio blieb nichts anderes übrig. Er kehrte ins Haus zurück.

Bartolomeo tauchte den ganzen Tag nicht mehr auf. Auch Augustino verschonte ihn mit seiner Anwesenheit. Sehr früh packte er die Papiere zusammen. Zuhause wartete Arbeit genug auf ihn. Und hoffentlich auch Conte Fosco. Er wollte Lucianas Vater zahlreicher Verbrechen überführen. Er konnte es sich nicht leisten, ständig an sie zu denken. An ihr eng anliegendes Kleid, grün wie ihre Augen. Hochgeschlossen, und doch … Entschlossen stand er auf, rief nach einem Diener und ließ sich sein Pferd satteln.

Stoß, Finte, Gegenstoß, Parade, Riposte. Anspannung, volle Aufmerksamkeit auf den Gegner, den Degen des anderen keinen Augenblick aus den Augen lassen. Reflexartige Bewegungsabläufe. Es tat gut, an nichts anderes denken zu müssen. Es tat gut, nach Wochen wieder mit Conte Fosco auf dem Übungsplatz zu stehen. Auch wenn Enzio schnell seine Müdigkeit spürte. Es war höchste Zeit, dass er wieder regelmäßig zu üben begann. Sie reichten sich die Hand. Wie immer stellte ein Diener Erfrischungen bereit.

„Ihr habt meine Botschaft erhalten?"

„Ja, Herr, Ylenia … Eure Base … war so freundlich, sie mir zu geben, als ich gestern die Jungen unterrichtet habe."

„Und … werdet Ihr zum Abendessen bleiben?"

„Gerne, Herr … Ihr seid zu freundlich …"

„Nun, wie ich schrieb: Meine Einladung ist nicht ganz uneigennützig. Wenn es Euch beliebt … wir müssen einige Fragen klären … bezüglich des Vertrages …"

„Ich stehe Euch diesbezüglich jederzeit zur Verfügung, Herr. Das ist das Geringste, was ich für Euch tun kann."

„Gut – wir sollten uns frisch machen und die Damen nicht mit dem Abendessen warten lassen.

Danach können wir immer noch reden." Gemeinsam schritten sie durch den Garten zurück zum Haus.

Ihr Duft erfüllte die Luft, stieg in Enzios Nase, als sie an ihr vorbei schritten. Er schloss die Augen. Rosa patrizia. Keine andere seiner Rosen duftete wie sie. Sie kletterte an einer Laube empor, doch von dem weiß getünchten Holz war von außen wenig zu erkennen. Die Rose hatte sich völlig über ihr ausgebreitet und hüllte sie ein. Purpur mit weißer Narbe und weißen Staubgefäßen. Eine seltene Schönheit. Genau wie Luciana auch. Ein Geschenk, das ihrer würdig war.

Beim Abendessen schenkte er den Damen nicht die Aufmerksamkeit, die ihnen gebührte. Glücklicherweise war Conte Fosco an seiner Seite und erzählte von seinem Tag. Nun, wahrscheinlich war er, Enzio, sowieso überflüssig. Seine Gedanken ließen sich nicht zurückhalten, wanderten wieder zu Luciana. Ihr Lächeln ... alle Sorgen vergaß er, wenn er an ihr Lächeln dachte.

Nach dem Abendessen folgte Conte Fosco ihm ins Arbeitszimmer und nahm ihm gegenüber Platz.

„Ihr wolltet mich sprechen, Herr?" Enzio nickte.

„Habt Ihr etwas von Euren Erpressern gehört?" Fosco senkte ein wenig den Kopf.

„Ja Herr! Es ist so, wie ich befürchtet habe. Sie wollten mehr über Euch wissen. Ein Mann hat mir neulich aufgelauert, als ich auf dem Weg nach Hause war. Er hat mich gepackt und zu einer Kutsche gestoßen, bewacht von drei weiteren Männern. Ich konnte nicht so schnell reagieren, Herr. Sonst hätte ich mich gewehrt. Wer in der Kutsche saß, konnte ich nicht erkennen, die Vorhänge waren geschlossen. Doch das Messer in seiner Hand sah ich durch einen schmalen Streifen Lichtes aufblitzen. Er hat mich nach Euch gefragt. Ich habe zugegeben, dass ich Euch Fechtunterricht gebe, Herr. Und Eure Neffen unterrichte. Und dass Ihr sehr zurückgezogen lebt und Euch erst in die Arbeit, die nach dem Tod Eures Vaters auf Euch lastet, einarbeiten müsst. Mehr nicht … Ich hoffe, das war richtig." Enzio nickte.

„Das war sehr gut! Ihr hättet es nicht besser machen können."

„Nun, dass keiner erfahren soll, dass Ihr Bartolomeo hinterherspioniert, liegt auf der Hand." Enzio lächelte ihn an.

„Hat Marco es Euch auch schon erzählt?" Fosco lachte mit ihm.

„Ja, das hat er."

„Ich werde ihn vierteilen! Es muss ein Geheimnis bleiben!"

„Er ist klüger, als man es von einem alten Diener erwarten würde, Príncipe. Und er hat ein feines Gespür dafür, wem er vertrauen kann und wem nicht." Die beiden lachten. Dann jedoch wurde Enzio wieder ernst.

„Die Männer, die die Kutsche bewacht haben. Waren es große, breit gebaute Kerle in schwarzen Kleidern."

„Ja."

„Bartolomeos Schergen also." Enzio schwieg, stützte die Ellbogen auf die Tischplatte, faltete die Hände und stützte sein Kinn darauf. „Ich habe sein Vertrauen gewinnen können. Sein vollständiges Vertrauen. Er möchte mich in die anderen Geschäfte einweihen. Und ich denke, wir wissen, welche Geschäfte das sein werden."

„So schnell, Herr? Dann glaubt Ihr also, dass wir ihn bald überführen können?"

„Nun, wenn alles weiter so läuft, wie bisher …" Der Gedanke war ihm in dem Moment unheimlich, in dem er ihn aussprach. Konnte es wirklich genauso weitergehen? So einfach?

„Ich werde weiterhin versuchen, so oft wie möglich hierherzukommen. Ich werde alles, was ich höre und sehe schriftlich festhalten. Meine Aufzeichnungen werde ich in der obersten Schreibtischschublade aufbewahren, bis mir ein besseres Versteck einfällt. Und ich werde Euch alles, was ich herausfinde, erzählen. Falls mir etwas zustoßen sollte, werdet Ihr dann Bartolomeo des Mordes anklagen und alles aussagen, was ich Euch anvertraut habe?"

„Herr … natürlich … aber soweit dürft Ihr nicht denken!"

„Mir ist bewusst, dass ich täglich mein Leben aufs Spiel setze. Und ich möchte Euch nicht täuschen. Auch für Euch ist die Gefahr keine geringe. Wenn Bartolomeo jemals erfahren sollte, dass Enzio und Príncipe Laurenzio Gabrielli ein und derselbe sind ... Oder schlimmer noch, dass Ihr meine Geheimnisse kennt und mich deckt ..."

„Das weiß ich, Herr, das weiß ich. Und da meine Familie bei Euch in Sicherheit ist, fürchte ich mich nicht."

„Ich danke Euch!"

„Ich muss Euch danken, Herr." Sie standen auf.

„Es ist schon spät. Bleibt über Nacht hier, das ist sicherer." Er klingelte nach Marco. „Ein Dienstmädchen soll Euch ein Gästezimmer richten. Im Südflügel."

„Herr … ich danke Euch!" Enzio hatte die Freude, den alten Kämpen erröten zu sehen.

Während der Conte die Nacht mit seiner Frau verbrachte, saß Enzio noch lange an seinem Schreibtisch, arbeitete, schrieb. Dann sank er in sein Bett. Doch schlafen konnte er nicht. Luciana … wie viele Stunden waren es noch, bis er sie wiedersehen würde? Keine zwölf mehr.

Tredici

Schon vor Sonnenaufgang war er wieder auf den Beinen. Mit dem ersten Morgenrot stand er vor seiner Lieblingsrose, ein Rosenmesser in der Hand. Eigenhändig schnitt er eine Blüte ab, eine zweite, drei. Noch einmal steckte er seine Nase zwischen die Blütenblätter. Dieser Duft …

Bartolomeo erschien recht früh, blickte in Augustinos Arbeitszimmer. Enzio saß hinter seinem Schreibtisch, in Arbeit vertieft. Augustino? Der war noch nicht gekommen. Bartolomeo schnuffelte. Und dann erblickte er sie.

„Eine Rosa Patrizia!" Enzios Blick fiel auf die drei Rosen, die er in einer Ecke in eine kleine Vase gestellt hatte. Verwundert sah er zu Bartolomeo.

„Ihr erkennt sie?"

„Woher hast du sie?" Bartolomeo starrte sie an, ging nicht auf Enzios Frage ein. „Sie ist selten. Ich suche schon seit Jahren nach einem Setzling für meinen Garten."

„Nun …" Enzio zögerte, suchte nach einem Ausweg. Welche Ausrede klang glaubwürdig? Sollte er sich wegen einer Rose verdächtig machen? Sollte sein Geheimnis bekannt werden? Aber wie hatte er ahnen können, dass Bartolomeo …

„Ich habe sie gestohlen …", flüsterte er schließlich. Er blickte dabei zu Boden.

„Wie willst du sie gestohlen haben? Und wo?"

„Herr, es ist wirklich wahr!", beteuerte Enzio. „Ich suchte ein besonderes Geschenk für eine besondere Frau … und da Frauen Rosen lieben … ich dachte mir, in den Gärten der Adeligen wachsen sicherlich die schönsten … also bin ich heute Nacht über eine Mauer gestiegen …"

„Du willst mir erzählen, dass du in einen Palazzo eingebrochen bist?"

„Nicht in einen Palazzo, Herr. Nur in den Garten … es stimmt, auch der Garten war bewacht, aber wenn man Geduld hat und sich wie ein Schatten zwischen den Wegen bewegen kann … und diese Rose – ihr Duft hat mich angezogen." Bartolomeo nickte, strich über die Blütenblätter.

„Rosa Patrizia – deine Verehrte muss etwas ganz Besonderes sein." Enzio nickte und lächelte.

„Ja, das ist sie." Innerlich atmete er auf. Offensichtlich glaubte Bartolomeo ihm die Geschichte.

„Weißt du, aus welchem Garten du sie gestohlen hast?"

„Nun … ich bin leider nicht sicher …"

„Schade, wirklich schade … irgendeiner dieser hochnäsigen Adeligen hat eine Rosa Patrizia in seinem Garten. Ich werde herausfinden, wer. Ich werde es ganz sicher herausfinden!"

Bartolomeo riss sich von der Rose los und wandte sich Enzio zu.

„Es tut mir leid, dass ich gestern … nun … unpässlich war. Doch ich habe mein Versprechen nicht vergessen. Ich werde dich mit den Geschäften vertraut machen, die ich nebenher noch betreibe. Komm mit in mein Arbeitszimmer."

Bartolomeo geleitete Enzio zu den bequemen Stühlen in der Ecke des Zimmers. Sie saßen sich gegenüber, Enzio blickte ihn aufmerksam an. Bartolomeo schien nach den richtigen Worten zu suchen.

„Enzio ...", begann er langsam. „Wenn du einen Menschen bewachst, ihn vor Unannehmlichkeiten schützt, dann hast du doch auch Lohn dafür verdient."

„Nun ... ja, Herr! Ihr vermittelt Leibwächter?"

„Nein, nein ... schau, Adalgiso ist eine reiche Stadt. Viele Händler, Handwerker und Kaufleute leben hier. Und da ist es doch sinnvoll, ihnen einen besonderen Schutz angedeihen zu lassen ..."

„Die Stadtwache, Herr? Verzeiht, aber mit der möchte ich nichts zu tun haben."

„Nein, fürchte dich nicht. Ich meine nicht die Stadtwache. Schau, du bist meinen Männern doch schon begegnet."

„Diese auffälligen, groben Kerle?"

„Nun, ja, genau die!" Bartolomeo wurde sichtlich ungeduldig. „Sie gehen durch die Geschäfte und sammeln das Geld ein, damit diese nicht überfallen werden."

„Und dann bewachen sie sie?"

„Ja … nein! In unserer Stadt gibt es keine Verbrecher mehr! Dafür haben meine Männer und ich gesorgt!"

„Dann müssen die Geschäfte nicht mehr beschützt werden?"

„Nein … ja … doch!" Bartolomeo verlor endgültig die Geduld. „Die Leute müssen zahlen, sonst werden sie überfallen! Von meinen Leuten … so einfach ist das."

„Sie müssen an Eure Leute Geld zahlen, damit sie nicht von eben jenen Euren Leuten überfallen werden." Enzio fasste Bartolomeos Erklärungen ruhig zusammen.

„Genau!"

„Und was sagt die Stadtwache dazu? Ich möchte in nichts hineingezogen werden …"

„Du musst die Stadtwache nicht fürchten. Solange du unter meinem Schutz stehst, musst du in dieser Stadt niemanden fürchten! Wenn man genug Geld hat, kann man sich alles kaufen. Selbst die Meinung des Rates der Stadt. Selbst die Männer der Stadtwache …"

„Ihr erpresst die Menschen …" Es war eine Feststellung, keine Frage.

„Wenn du es so sagen willst … Ich ziehe vor, zu sagen, dass sie guten Lohn dafür erhalten, dass sie mir dienen."

„Wer dient Euch genau?" Enzio bemerkte, dass er zu weit gegangen war, noch ehe er die Frage vollständig ausgesprochen hatte. Bartolomeo zog die Augen zu Schlitzen zusammen. „Verzeiht, ich wollte nicht neugierig erscheinen … doch wenn ich in das Geschäft einsteigen soll …"

„Enzio … ich habe dich schon einmal gewarnt! Vielleicht ist jetzt ein guter Zeitpunkt, diese Warnung zu erneuern: Wage es nicht, mich zu hintergehen. Du würdest deines Lebens nicht mehr froh. Ein grausamer Tod würde auf dich warten! Du würdest lange um deinen Tod flehen, ehe er dich ereilt."

„Nichts liegt mir ferner, Herr! Außerdem, wie sollte irgendjemand einem solch mächtigen Mann wie Euch etwas anhaben können. Ihr sagt doch selbst, dass Ihr überall Eure Leute habt …" Bartolomeo seufzte.

„So einfach ist es leider nicht. Ich stehe nicht über dem Gesetz, Enzio, noch nicht. Nur die wenigsten, vertrauenswürdigsten wissen, dass ich hinter alledem stehe und die Fäden in der Hand halte. Sollte dieses Wissen in die falschen Hände geraten …"

„… dann würdet Ihr fallen. Und ich mit Euch!"

„Genau! Darum – vertraue niemandem!"

„Ja, Herr!" Genau dasselbe hatte Onkel Ortensio ihm auch geraten. „Außer Euch, natürlich!" Bartolomeo blickte ihn an, schätzte ihn ab. Er schien zu keinem Ergebnis zu kommen.

„Du wirst heute Nachmittag mit Remigio mitgehen und einige der Läden besuchen. Er wird dir seine Kameraden vorstellen."

‚Die, die wehrlose Menschen verprügeln', lag Enzio auf der Zunge. Doch er sprach es nicht aus. Er musste vorsichtig mit dem sein, was er sagte.

„Ich bin bereit, Herr. Ich würde aber gerne nach der Mittagsmahlzeit, nun, noch einen Spaziergang durch den Garten machen." Erneut sah Bartolomeo Enzio abschätzend an.

„Die Rose … ich verstehe. Aber bleibe nicht zu lange! Und schwängere mir meine Dienstmädchen nicht!"

„Nein, ganz bestimmt nicht, Herr!" Enzio grinste. Er wollte aufstehen, doch Bartolomeo gebot ihm, dass er noch nicht zu Ende war.

„Wann ziehst du hierher, in mein Haus?"

„Herr …" Enzio suchte nach Worten.

„Du wärest näher bei deiner Liebsten!" Bartolomeo lächelte, lockte. Ja, das wäre er. Sollte er nicht doch? In Lucianas Nähe sein, Tag und Nacht, womöglich regelmäßig mit ihr speisen. Er blickte zu Boden. So sehr es sich sein Herz wünschte, er konnte nicht. Er durfte nicht! Er musste seinen Plan weiter ausführen.

„Herr … Euer Angebot ist eine große Ehre für mich!", begann er langsam. „Und ein Teil von mir möchte es annehmen. Doch ich möchte frei bleiben und mir selbst etwas aufbauen. Ich möchte der Frau, die ich liebe, etwas bieten können." Bartolomeo nickte, sah ihn einige Augenblicke an.

„Ich verstehe dich", begann er schließlich. „Ich hatte noch nicht einmal die Hälfte von dem, was ich heute besitze, als ich um die Hand von Lucianas Mutter anhielt. Das habe ich mir alles erarbeitet, weil ihr Vater mich für einen Taugenichts hielt. Ich musste beweisen, dass ich das nicht bin. Alles habe ich für sie gemacht, ihren Vater schließlich überzeugt. Als sie dann bei Lucianas Geburt starb … nun, ich habe nie wieder eine Frau so sehr geliebt … vielleicht habe ich deshalb meine Principessa ein wenig zu sehr verwöhnt." Enzio wusste nichts darauf zu sagen, war aber von Herzen erleichtert, dass Bartolomeo ihn nicht unter Druck setzte. Auch Bartolomeo schwieg einige Augenblicke, tief in Gedanken versunken. „Nun denn!", begann er schließlich erneut. „Ich erwarte dich, eine Stunde nach dem Mittagsmahl!" Sie erhoben sich.

„Ich werde da sein."

Quattordici

Er schlich sich von hinten an die Laube heran, kletterte leise über die Brüstung, katzengleich. Sie bemerkte ihn nicht und schrie auf, als er ihr die Hand auf die Augen legte. Mit der anderen hielt er ihr die Rose unter die Nase.

„Pst, leise!", hauchte er in ihr Ohr. „Ich bin es. Wir hatten eine Verabredung, erinnert Ihr Euch?" Er streichelte ihr mit der Rose über die Wange.

„Enzio – du hast ja wirklich etwas von einem Draufgänger!" Sie lächelte. „Was ist das denn? Oh … nur eine Rose? Weißt du, wie viele Rosen hier im Garten wachsen?"

„Nicht diese!" Dieses Mal setzte er sich neben sie, ohne auf ihre Aufforderung zu warten. „Das ist eine Rosa Patrizia. Eine höchst seltene Rose. Nur in den wenigsten Gärten findet man eine. Eine alte Rosenzüchtung, unbezahlbar. Ich habe sie aus dem Garten eines dieser Adeligen gestohlen. Nur für Euch!" Wenn ihr Vater diese Lüge glaubte, konnte er bei ihr ebenfalls Eindruck schinden.

„Ach …" Sie nahm sie ihm aus der Hand. „Und dennoch ist sie nur eine Rose, die bald verblühen wird … ein schlechtes Zeichen Eurer Zuneigung, so sie das sein sollte."

„Das ist sie, Luciana. Denn Ihr seid so einmalig, so schön, so selten zu finden, wie diese Rose! Ihr Duft verzaubert mich so sehr, wie Ihr es tut." Er wagte es, ein wenig näher an sie heranzurücken und griff nach ihrer Hand. Sie sprang auf.

„Dann wärest du bereit, auch mich zu stehlen?" Sie lachte. Auch er erhob sich.

„Aus den tiefsten Kerkern, wenn es sein muss!" Sie lachte erneut und ging den Weg entlang.

„Ein wahrer Draufgänger … kommt, begleitet mich ein wenig." Sie erlaubte ihm, ihr seinen Arm zu reichen, damit sie ihre Hand auf ihn legen konnte. Enzio schwieg, genoss ihre Nähe, ihre zarte Berührung. Rechts und links des Weges blühten Rosensträucher, säumten den Rasen. Die Mauer war hier höher als am Eingang, doch die gefährlichen Spitzen fehlten. Der Weg führte durch ein kleines, Schatten spendendes Wäldchen. Er ließ die Augen nicht von ihren Lippen. Sie lächelte still vor sich hin.

„Ich muss Euch verlassen", sprach er schließlich. „Euer Vater erwartet mich."

„Ach? Der Mann, der mich aus tiefsten Kerkern befreien will, fürchtet, zu spät zu meinem Vater zu kommen."

„Ich fürchte es nicht, aber ... nun, wenn ich um Euch werben will, dann muss ich auch ihn beeindrucken."

„Du willst um mich werben?"

„Ahnt Ihr das nicht. Luciana ... seit ich Euch das erste Mal gesehen habe ..."

„... kannst du an nichts anderes denken, als in meiner Nähe zu sein." Sie lachte. „Du bist ein Träumer!"

„Ja ... immer wenn ich an Euch denke ..."

„Du solltest jetzt wirklich gehen! Du hast recht, Vater kann sehr streng sein!" Sie schob ihn ein wenig von sich.

„Darf ich morgen wieder kommen?" Sie antwortete nicht, schenkte ihm zum Abschied nur ein Lächeln. Dann wandte sie sich um und lief davon.

Augustino saß in seinem Arbeitszimmer, als Enzio zurückkehrte.

„Du wirst erwartet!". Bartolomeos rechte Hand deutete mit dem Kopf den Gang entlang, in Richtung des Arbeitszimmers Bartolomeos. Enzio pfiff ein Liedchen vor sich hin, als er weiterging. Wenn Augustino wüsste …

Er kannte den Mann, der in Bartolomeos Arbeitszimmer stand. Der Mann, gegen den er sein Degengefecht ausgetragen hatte.

„Du kennst Remigio noch?" Enzio nickte.

„Gut. Remigio, er wird dich in den nächsten Wochen begleiten und sich einen Überblick verschaffen. Außerdem wirst du ihm die anderen vorstellen. Er wird ab sofort die Geschäfte aus meiner Hand übernehmen. Alles, was er euch sagt, hat so viel Gewicht, als ob ich es euch sagen würde. Enzio, ich habe befohlen, dein Pferd satteln zu lassen. Hier", er reichte ihm eine Augenmaske. Eine, die man zum Karneval überall bekommen konnte. „Zieh sie dir über. Ich möchte nicht, dass du erkannt wirst. Zu viele haben dich schon als meinen Vertrauten kennengelernt."

„Danke!"

„Ich hoffe, du hattest viel Freude im Garten!"

„Ja, danke, Herr!" Enzio lachte. Bartolomeo lächelte mit ihm. „Ein ganzer Kerl."

Remigio lachte nicht, redete nicht, bis sie das Tor hinter sich gelassen hatten.

„Eines sage ich dir, Jüngelchen! Wage es nicht, mir im Weg herumzustehen!"

„Wie redest du mit mir?

„Wie du es verdienst! Bilde dir nichts ein, weil du ein bisschen besser mit dem Degen umgehen kannst. Ich nehme dich mit, weil der Meister es befiehlt, doch gebrauchen kann ich dich nicht! Ich bin bisher ganz gut ohne Hilfe ausgekommen. Und meine Männer auch!"

„Ich wäre vorsichtig, mit dem was du sagst. Und zu wem du es sagst!"

„Ach … glaubst du, ich hätte vor dir Angst? Ich kenne deine Sorte, Kaufmannssöhnchen! Du schaust auf mich herab. Und dabei vergisst du, dass ich es bin, der das Geld für Bartolomeo eintreibt. Ohne mich wäre er nur halb so reich!" Enzio lag eine Erwiderung auf der Zunge, doch er schwieg. Diesen Mann konnte man nicht mit Worten überzeugen.

„Wir besuchen die Handwerker und die Händler einmal in der Woche und sammeln das Geld ein", erklärte Remigio. „Wer nicht zahlen kann, wird niedergeschlagen, so einfach ist das." Ein Goldschmied, ein Schuhmacher, bei ihnen ging alles gut. Die Handwerker hatten das Geld schon bereitstehen. Enzio hielt sich im Hintergrund und versuchte, so unauffällig wie möglich eine Münze aus seinem Beutel zu fischen und sie irgendwo abzulegen.

Der Laden des Chocolatiers machte schon von außen den Eindruck, dass er einem wohlhabenden Besitzer gehörte. Der Mann hinter der Theke wirkte rund und gutmütig. Als er die beiden eintreten sah, wurde sein rotes Gesicht jedoch bleich.

„Ich bitte Euch, flehe Euch an, verzeiht. Ich habe mich im Tag vertan. Ich kann Euch das Geld erst morgen geben! Ich habe eine Lieferung bekommen, musste den Kaufmann bezahlen …" Er konnte nicht mehr weiterreden, zog sich in eine Ecke zurück, krümmte sich zusammen und hielt schützend einen Arm über sich. Remigio war an ihn herangetreten.

„Willst du Wurm mir erzählen, dass du unser Geld nicht hast? Wir verschonen dich! Nichts geschieht dir! Und das ist der Dank! Wir sind es dir nicht wert?" Er packte den Schluchzenden am Kragen.

„Doch, natürlich – aber ich brauchte die Ware", wimmerte der Chocolatier. Enzio hatte genug gesehen. Mit einer raschen Bewegung zog er seinen Degen und hielt ihn dem dicken Mann an den Hals. Selbst Remigio sprang erschrocken einen Schritt zurück.

„Ich bin sicher, dass er noch Geld versteckt hat. Lass ihn los, er soll im Hinterzimmer danach suchen!", befahl Enzio.

Remigio schaute ihn misstrauisch an.

„Keine Sorge, ich werde ihn nicht aus den Augen lassen! Er wird meinen Degen spüren, bis er das Geld herausgerückt hat. Du kannst dich ja hier noch einmal ein wenig umsehen, wenn du möchtest."

Zögerlich zog Remigio seine Hand zurück. Enzio deutete mit einer Kopfbewegung an, dass der Chocolatier in seine Küche vorausgehen sollte. Er atmete innerlich auf, als er sah, dass Remigio ihnen nicht folgte, sondern die Pralinen der Auslage betrachtete. Als sie in dem anderen Raum angekommen waren, senkte er den Degen.

„Wie konntest du nur so vergesslich sein?", fuhr er den anderen an.

„Es tut mir leid, es tut mir so leid …"

„Sage mir die Wahrheit, Mann! Hast du wirklich kein Geld mehr im Haus?" Enzio hob seinen Degen wieder ein Stück.

„Nein, Herr, wirklich nicht … wie ich sagte, die Lieferung … das Schiff, das heute eingetroffen ist …" Enzios Blick fiel auf die unverarbeiteten Schokoladentafeln, die fein säuberlich gestapelt auf den Regalen lagen wie Goldbarren. Und Enzio konnte nicht widerstehen. Er steckte den Degen ein und fasste in seinen Beutel. Wenn er das nächste Mal mit Remigio unterwegs war, musste er mehr Goldstücke mitnehmen.

„Wieviel brauchst du?"

„Herr?"

„Reichen fünf Goldstücke?"

„Ja, Herr, das ist mehr als genug …"

„Gut …" Er warf ihm die Münzen zu, ging hinüber zu dem Regal, nahm sich einige der Barren und packte sie ein, während der Chocolatier die Goldmünzen aufsammelte. Erst dann wurde er gewahr, was Enzio tat.

„Herr, sie sind ein Vermögen wert …"

„Ich weiß! Aber bestimmt nicht mehr als fünf Goldstücke und dein Leben und deine Gesundheit

… Los, komm!" Er zog wieder seinen Degen und trieb den Mann hinaus. „Wie ich sagte, es finden sich immer und überall noch Münzen."

Remigio hatte sich inzwischen an der Auslage bedient und kaute zufrieden. Noch zufriedener war er, als er die Goldmünzen sah. Er steckte sie in seine Tasche.

„Rausgeben kann ich nicht! Aber ich verschone dich und strafe dich nicht dafür, dass du uns betrügen wolltest! Bin ich nicht nett?" Er griff sich noch einige Pralinen. „Das Zeug ist wirklich gut! Habe ich noch nie probiert … ist sein Geld wert! Ich werde nächste Woche gerne wiederkommen!"

Der weitere Nachmittag verlief ohne Zwischenfälle. Remigio verhielt sich nicht mehr ganz so feindselig ihm gegenüber.

Im Palazzo übergab er die Schokoladenbarren an Marco.

„Hier, Naara kann sicherlich etwas Feines daraus zaubern." Marco sah ihn mit großen Augen an.

„Wo habt Ihr denn die her, Herr? Und in solch großer Anzahl?"

„Die gab es heute besonders günstig." Enzio grinste. Ein wenig mahnte ihn das schlechte Gewissen. Aber nur ein wenig.

Quindici

Jeden Morgen arbeitete er mit Augustino in ihrem Arbeitszimmer, verbuchte die Beträge, die durch die ,anderen' Geschäfte eingegangen waren, hakte Listen ab, machte Kalendereinträge. In den letzten Tagen hatten alle bezahlt, Mauro, Zenone und ihre Schlägerbande, die Remigo Enzio vorgestellt hatte, hatten nichts zu tun. Was sie stattdessen machten? Ein Bürger war in den letzten Tagen auf dem Weg aus dem Wirtshaus nach Hause überfallen und ausgeraubt worden. Nachweisen konnte er ihnen nichts. Doch er würde sie anklagen, irgendwann! Die Münzen, die Príncipe Laurenzio in den bedrohten Geschäften zurückließ? Nun, sie taten ihm nicht sonderlich weh, wenn er versuchte, seinen Plan möglichst rasch zu Ende zu bringen. Er musste sich an diesen Geschäften beteiligen, um Beweise gegen Bartolomeo zu sammeln, doch er wollte möglichst wenig Schaden anrichten.

Jeden Tag traf er sich nach dem Mittagsmahl mit Luciana im Garten. Er wurde süchtig nach ihr, nach ihrem Lächeln, ihren grünen Augen, ihrer zarten Haut. Mehr und mehr beherrschte sie sein Denken, so sehr er auch versuchte, seine Aufmerksamkeit auf seine Aufgaben zu richten. Ihre Hände mit seinen Lippen berühren, das war prickelnde Wärme, das weckte Sehnsucht nach mehr. Sie saßen auf der Gartenbank zusammen, er hielt ihre Hände in den seinen, beugte sich ein wenig nach vorn, so dass seine Lippen ihren Wangen nahe kamen. Sie rückte nicht von ihm weg. Ob sie seine Nähe ebenso genoss, wie er die ihre?

„Luciana, ich liebe dich! Ich möchte für den Rest meines Lebens mit dir zusammen sein!" Sie sah zur Seite und sprang schließlich auf.

„Lass uns noch ein wenig spazieren gehen! Ich werde nach dem Mittagsmahl immer so leicht schläfrig. Auch er stand auf, nickte und reichte ihr seinen Arm. Wieder war sie ihm ausgewichen.

Sie spazierten durch das Wäldchen, als Enzio plötzlich Stimmen vernahm. Er drängte Luciana zwischen die Bäume.

„Schnell weg hier!"

„Was ist denn los?"

„Leise – Euer Vater!" Er zog Luciana eng an sich, fand mit ihr Zuflucht hinter einem breiten Baumstamm. Es war nicht Bartolomeos Stimme, die ihm Sorge bereitete. Príncipe Caroni – was tat er hier?

„Und warum soll es für mich von Vorteil sein, wenn meine Handelsschiffe mit Euren zusammen in See stechen?"

„Nun, die Vorteile liegen auf der Hand. Je mehr Schiffe in einem Konvoi fahren, desto schwerer sind sie anzugreifen. Gemeinsam könnten wir es uns leisten, eine Fregatte auszustatten, die noch zusätzlich der Abschreckung dient ..." Die beiden Männer spazierten durch das Wäldchen, an ihnen vorbei, weiter durch den Garten. Enzio wagte, wieder zu atmen. Wenn Príncipe Caroni ihn gesehen hätte ... Er hätte ihn mit Sicherheit erkannt. Allmählich wurde ihm bewusst, dass er seine Arme um Luciana geschlungen hatte und sie fest an sich drückte.

„Verzeiht!" Er ließ sie los.

„Wolltest du wirklich meinem Vater aus dem Weg gehen oder war das nur ein Vorwand?" Sie lächelte und strich ihr Kleid glatt. Wieder ein Grund, aufzuatmen. Sie war ihm nicht böse.

„Darf ich Euch morgen wieder treffen?", fragte er zum Abschied.

„Werde ich es verhindern können?" Sie lächelte.

„Luciana ..."

„Pst, sage nichts." Ihr Finger legte sich auf seine Lippen. Dann verschwand sie lachend im Garten.

Enzio sah ihr hinterher, bis sie zwischen den Bäumen verschwunden war.

Er musste auf andere Gedanken kommen. An diesem Abend machte Enzio seine Drohung wahr. Es war noch eine gute Stunde Zeit zwischen seinen Fechtübungen mit Conte Fosco und dem Abendessen. Er bestellte die Zwillinge in die Bibliothek, ging in seine Räume, um sich umzuziehen und frisch zu machen. Als er in die Bibliothek kam, saßen sie bereits in den Sesseln und sahen ihn trotzig an.

„Warum mussten wir hierherkommen? Draußen scheint die Sonne! Warum sollen wir in diesem staubigen Zimmer sitzen?"

„Ich hatte euch angekündigt, dass ich euch unterrichten werde. Also, packt Feder und Tinte aus und lasst uns anfangen. Die Zeit ist knapp."

„Feder und Tinte? Haben wir nicht!"

„Hat uns keiner gesagt, dass wir sowas mitbringen sollen."

„Wenn die Zeit eh knapp ist, warum fangen wir dann überhaupt an?"

„Genau!"

„Weil ihr etwas lernen müsst!" Enzio konnte nicht unterscheiden, welcher der Zwillinge Donato und welcher Domizio war. Eine Tracht Prügel hätten sie beide verdient. Mit zusammengekniffenen Lippen klingelte er nach einem Diener.

„Bringe Feder und Tinte für die jungen Herren. Und Papier." Er wandte sich ihnen wieder zu. „Und ihr erzählt mir, was ihr schon alles gelernt habt. Fremdsprachen, Astronomie, Mathematik, Geschichte …"

„Pfff, keine Lust …"

„Wozu das alles?"

„Weil ich es sage!"

„Pfff, schlimmer als Mutter …" Donato flüsterte es. Oder war es Domizio? Enzio hörte es trotzdem und warf ihm einen bösen Blick zu. Der Diener kam mit dem gewünschten und stellte alles auf den Tisch in der Ecke.

„Gut, dann schreibt mir auf, was ihr schon alles wisst … Domizio, du die Fremdsprachen, Donato, du alles andere …"

„Und wenn nicht?" motzte Domizio. Oder Donato?

„Dann werdet ihr Bekanntschaft mit dem Meister meiner Pferdeknechte machen! Und seiner Reitpeitsche!" Das schien Eindruck zu machen. Sie murrten, doch sie erhoben sich, kamen zu dem Tisch hinüber und begannen zu schreiben. Schreiben? Sie kleksten das Papier voll. Enzio lehnte sich in seinem Sessel zurück und beobachtete sie. Wie lange war es her, dass er selbst hier gesessen war, zusammen mit seinem Hauslehrer, während draußen die Sonne schien? Er konnte sie verstehen. Nur zu gut konnte er sie verstehen. Doch das half nichts. Sie mussten lernen. Nicht nur auswendig lernen, weil es ihnen befohlen wurde, so wie jetzt. Sie mussten es mit dem Herzen aufnehmen.

„Donato, was möchtest du einmal werden, wenn du groß bist?"

„Kapitän! Und zwar nicht so ein langweiliger Kapitän auf einem Handelsschiff. Ich mag Kapitän auf einer Fregatte oder einem Linienschiff werden. Und alle Bösen zusammenschießen!"

„Und ich werde ein Hauptmann der Stadtwache! Genau wie Vater auch!"

„Ein Hauptmann muss anhand der Sterne bestimmen können, wie weit die Nachtwache fortgeschritten ist. Er muss Berichte lesen und schreiben können. Und stelle dir vor, Feinde greifen die Stadt an, reden in fremden Sprachen. Denkst du nicht, dass es hilfreich wäre, sie zu verstehen, damit du sie ausspionieren kannst? Dasselbe gilt für einen Kapitän, vielleicht noch viel mehr. Er muss Entfernungen berechnen können, die Koordinaten bestimmen ..." Die Jungen erwiderten nichts, doch ihre Schrift wurde weniger fleckig. Enzio schritt derweil durch die Bibliothek, sah sich die Bücher an und zog das ein oder andere heraus. Sie arbeiteten weiter, bis eines der Dienstmädchen erschien.

„Verzeiht, Herr, ich habe erfahren, dass die jungen Herren hier sind. Ich soll sie abholen und in ihre Räume bringen. Aber wenn Ihr sie noch benötigt ..." Enzio schüttelte den Kopf.

„Nein, sie waren fleißig. Sie haben eine Ruhepause verdient." Er legte zwei der Bücher auf den Tisch. „Hier, das sind Bücher über Astronomie. Seht sie euch bis morgen an, am besten gleich morgen nach dem Frühstück. Dann habt ihr den ganzen Tag Zeit zum Spielen. Morgen treffen wir uns um dieselbe Zeit hier. Dann will ich einen schriftlichen Bericht darüber von euch sehen, was ihr aus den Büchern gelernt habt."

„Na gut!" Sie folgten dem Dienstmädchen.

„Ich glaub, der ist gar nicht so übel ..."

„Nö, denke ich auch nicht – vor allem nach dem, was Vater erzählt hat. Muss ein cooler Typ sein, wenn er sich das alles traut …" Enzio lächelte und sammelte die Blätter ein. Er würde sie später durcharbeiten, kurz vor dem Schlafengehen. Es gab noch einiges zu tun, bis dahin. Doch zuerst würde er das Abendessen genießen.

Sedici

Jeden Abend saß Enzio mit Conte Fosco zusammen, erstattete ihm Bericht und machte sich danach noch Aufzeichnungen. Immer, wenn er Bartolomeo erwähnte, sah er Luciana vor sich; ihr Lächeln, ihre schwarzen Locken. Konnte er sie verraten? Konnte er ihren Vater anklagen?

Und wieder saß er am nächsten Morgen bei Bartolomeo, verbuchte Beträge. Geld, das sie von Menschen erpresst hatten. Geld, für das andere hart gearbeitet hatten. Sicher hätten sie eine bessere Verwendung dafür gehabt. Doch die Angst war größer als alles andere. Selbst Conte Fosco, der mutige Hauptmann der Stadtwache, hatte sie empfunden. Sicherlich konnten viele Menschen in der Stadt nicht mehr ruhig schlafen, seit Bartolomeo sein Unwesen trieb. Pietro – ob auch er Angst empfunden hatte? Leiden durch die Hand von Bartolomeos Schergen hatte er auf jeden Fall müssen. Pietro … Freund seiner Kindheit, seiner Jugend, geliebter Bruder. Er hatte sich Bartolomeo entgegengestellt. Und nun war er tot. Enzio hatte geschworen, diesen Tod zu rächen. Er spielte mit der Schreibfeder, blickte auf die Papiere vor sich, ohne sie richtig zu sehen. Bartolomeo musste überführt werden, so schnell wie möglich. Nur dann konnte weiteres Leid verhindert werden.

Doch dann schwebte Luciana einer wunderschönen Elfe gleich durch den Garten, auf die Laube zu, in der er auf sie wartete.

„Luciana, ich liebe Euch, liebe Euch von ganzem Herzen!" Er wagte es, beugte sich zu ihr hinunter, seine Lippen berührten ihre Wangen, ihren Mund. Sie wehrte sich nicht, wandte sich nur ein wenig ab. Doch sie lächelte.

„Schade, dass du immer nur davon redest und es mir nie beweist."

„Wie soll ich es Euch noch beweisen?" Er nahm ihre Hand, wollte sie küssen. Sie entzog sie ihm.

„Nun, außer dieser Rose, die am nächsten Tag schon verwelkt war, habe ich noch keinen Liebesbeweis erhalten." Sie ging einige Schritte den Pfad hinab. Er folgte ihr.

„Was für einen Beweis benötigt Ihr?"

„Wie ich schon sagte: Etwas Dauerhaftes, etwas, das deine Wertschätzung zum Ausdruck bringt. Du wirst sicherlich etwas finden …" Sie lächelte ihn an, fasste seine Hand und zog ihn mit sich.

„Komm, lass uns die Zeit nutzen und noch ein wenig im Garten spazieren gehen!"

Und wieder waren alle guten Vorsätze vergessen.

Mit Remigio ausreiten, anderen Menschen Schaden zufügen. Die Münzen, die er den Leuten heimlich zurückließ, beruhigten sein Gewissen immer weniger. Auch wenn Luciana seine Gedanken nicht verließ. Wie lange würde er das noch können? Oder würde er irgendwann einmal sein Herz verhärten und mitleidlos werden? Würde er dann Luciana noch lieben können?

Als er nach Hause zurückkehrte, stand ein Leiterwagen im Innenhof. Marco kam ihm entgegen.

„Herr, das Bild Eures Vaters, das Ihr in Auftrag gegeben hattet, ist angekommen. Habt Ihr Euch schon entschieden, wo es aufgehängt werden soll? Die Burschen haben es in die Eingangshalle gebracht und ausgepackt. Nun wissen wir nicht mehr weiter."

„Hast du ihnen eine Erfrischung angeboten?"

„Gewiss, Herr!" Marco stieg hinter seinem Príncipe die Stufen hinauf.

Das Bild war lebensgroß. Fast schien es Enzio, als ob sein Vater ihm tatsächlich gegenüberstehen würde, in seinen besten Jahren, in seiner ganzen Kraft. Der Künstler hatte schon oft für die Familie Gabrielli gearbeitet, Príncipe Tiberio seit Jahrzehnten persönlich gekannt. Viel zu wenig Zeit hatten Vater und Sohn füreinander gehabt, in ihrer Welt, die von standesgemäßen Pflichten geprägt war. Doch wenn, dann waren es glückliche Stunden gewesen. Príncipe Tiberio hatte seinen Stammhalter über alles geliebt. Und Enzio hatte seinen Vater vergöttert.

„Unsere Familie ... die Familie Gabrielli ... du bist der letzte ... sorge dafür, dass sie nicht ausstirbt ... nimm dir eine Frau, möglichst rasch! Mache nicht den Fehler und warte zu lange, mit dem Heiraten! Damit du Kinder zeugen kannst, viele Kinder ... Ich habe diesen Fehler gemacht und kann dem Allmächtigen nur von Herzen dankbar sein, dass du noch geboren wurdest. Ein Segen meines Alters." Enzio hatte es ihm versprechen müssen, immer wieder. Es war der letzte Wunsch seines Vaters gewesen. „Pass auf dich auf, mein

Sohn, pass auf dich auf! Bringe dich nicht in unnötige Gefahren. Du bist der letzte der Familie Gabrielli." Enzio war gerade dabei, genau das Gegenteil zu tun.

„Ins Arbeitszimmer", befahl er schließlich. „Ich möchte es in meiner Nähe haben. Werft nötigenfalls das Portrait von Großonkel Rodolfo hinaus. Marco, sorge dafür, dass das Bild meines Vaters einen würdigen Platz erhält. Ich möchte es im Blick haben, wenn ich arbeite."

„Gewiss, Herr, gewiss!"

Vater blickte ihn an. Marco hatte den Platz für das Bild gut gewählt, einige andere umhängen lassen, um neben dem Spiegel über dem Kamin Platz zu schaffen und Großonkel Rodolfo vermutlich in den Keller verbannt. Enzio saß in seinem Stuhl am Schreibtisch und musste kaum den Kopf bewegen, um seinen Vater zu sehen. Wieder einmal saß ihm Conte Fosco gegenüber und hörte ihm zu. Enzios Bericht war halbherzig, er spürte es selbst.

„Was glaubt Ihr, wann endlich können wir das Spiel beenden? Wann können wir unsere Klage vor den Duche bringen?", fragte Fosco ihn schließlich.

„Woher soll ich das wissen?!" Enzio sprang auf und lief im Zimmer hin und her.

„Verzeiht, Príncipe … ich wollte nicht drängen. Es ist nur … mir tun diese Menschen leid." Auch Fosco erhob sich. „Wenn ich Euch alleine lassen soll …"

„Nein, nein … Ihr habt Recht … den Menschen der Stadt muss geholfen werden, so schnell wie möglich." Enzio ließ sich in seinen Stuhl fallen und schlug die Hände vor sein Gesicht. Conte Fosco setzte sich langsam.

„Verzeiht, Príncipe. Ihr steht ständig in der Gefahr, durch irgendetwas oder irgendjemanden entlarvt zu werden. Das muss Euch unsagbar belasten."

„Ich bin es, der sich entschuldigen muss. Ich hätte Euch nicht so anfahren dürfen." Enzio ließ die Hände sinken.

„Ihr solltet Euch ausruhen, Príncipe. Jeden Tag steht Ihr früh auf, erledigt Eure Arbeit bei Bartolomeo. Jede Nacht arbeitet Ihr hier. Versucht heute, früh schlafen zu gehen." Enzio nickte.

„Ihr habt Recht. Ich werde es versuchen …"

Dennoch, er blieb an seinem Schreibtisch sitzen, nachdem Fosco ihn verlassen hatte. Von wem würde er träumen, wenn er sich schlafen legte. Von Luciana? Seiner Elfe Luciana? Sollte er Conte Fosco enttäuschen, all das aufgeben, was er herausgefunden und mit Fosco geteilt hatte?

Heirate bald! Begib dich nicht unnötig in Gefahr! Aber Vater hatte ihm auch gelehrt, dass ein Príncipe Gabrielli für das Wohl des Volkes von Adalgiso verantwortlich war. Dass er Ungerechtigkeiten nicht zulassen konnte. Pietro, Freund, Bruder, er hatte leiden, sterben müssen, durch Bartolomeos Schuld – würde er von ihm träumen? Er stützte die Ellbogen auf den Tisch und legte seine Stirn auf die Hände. Würde er überhaupt schlafen können?

Vater blickte ihn an.

Diciassette

Vetter Enzio … ich hätte eine Frage …"

„Stella!" Ylenia wies ihre Tochter zurecht. „Belästige Príncipe Laurenzio nicht!"

„Mutter, Ihr habt doch gesagt, dass Vetter Enzio es erlauben müsse."

„Ich habe dir aber auch gesagt, dass wir ihn damit nicht belästigen können!"

„Mu … Eure Mutter hat Recht, Stella." Conte Fosco stimmte seiner Frau zu. „Er hat genug andere Sorgen …" Ein weiterer Tag war vergangen, wieder saßen sie zusammen beim Abendessen.

„Um was geht es denn?" Enzio mischte sich in den Streit ein. „Du kannst mich fragen, Stella. Dann kann ich entscheiden, ob ich damit belästigt werden möchte oder nicht." Er blinzelte ihr zu.

„Danke, Vetter Enzio!" Wieder einmal strahlte sie ihn an. „Es ist so, dass Naara heute auf dem Markt war. Sie hat erzählt, dass ein Vogelhändler in der Stadt ist. Ich habe mir schon immer eine Nachtigall gewünscht, Vetter Enzio. Bitte, darf ich auf den Markt gehen und mir eine Nachtigall kaufen? Darf ich sie hier im Palazzo in mein Zimmer stellen?"

„Nein, Stella! Ich kann dir nicht erlauben, dass du das Anwesen verlässt! Es ist zu gefährlich." Ihr Lachen verschwand, sie blickte auf ihren Teller. Sie traurig machen, das hatte er nicht gewollt. „Aber du kannst gerne Marco fragen. Er soll einen Diener auf den Markt schicken, der dir einen Vogel kauft."

„Dann darf ich also?"

„Natürlich darfst du …"

„Danke, Vetter Enzio. Ich kann gar nicht sagen, wie dankbar ich Euch bin." Enzio lächelte, wurde dann aber nachdenklich. Luciana hatte sich ein Geschenk gewünscht, ein Beweis seiner Liebe. Eine Nachtigall? Vielleicht …

„Sag, Stella, warum möchtest du so gerne eine Nachtigall? Was ist das Besondere daran?"

„Sie sind wunderbar …" Stella dachte einen Moment nach. „Sie singen sehr schön … man ist nie alleine, wenn man ein Tier hat, fühlt sich nicht einsam … kann mit ihm reden. Sie können sehr zutraulich werden, dann kann man sie streicheln …" Wie oft in den letzten Tagen war Enzio während des Essens sehr in sich versunken. Am nächsten Morgen machte er sich früh auf den Weg, durch das Osttor aus der Stadt, zum Südtor hinein. Doch er hielt nicht wie sonst umgehend auf das Haus Bartolomeos zu. Er lenkte sein Pferd zuerst zum Marktplatz, auf dem die Händler bereits lautstark ihre Waren feilboten.

‚Eine Nachtigall, damit du nie einsam bist. Damit du immer an mich denkst.‘ Er schritt den Gartenweg entlang zur Laube, lächelte bei dem Gedanken, ihr den Vogel, der friedlich in seinem Käfig hockte, zu überreichen. Sollte er sich wieder von hinten anschleichen? Sollte er das Tier vor sein Gesicht halten? Schon von weitem hörte er ihr Lachen. Und kurz bevor er die Laube erreichte wurde es ihm bewusst: Sie war nicht allein. Er kannte diese Stimme, dieses Gekichere. Er hatte gar nicht gewusst, dass der auch lachen konnte. Dann stand er vor ihnen, unfähig, sich zu bewegen, unfähig, auch nur ein Wort zu sagen. Augustino saß neben Luciana. Sie hatte einen Arm um seine Schultern gelegt. Ihre zarten Lippen berührten die Bartstoppeln auf seinen Wangen. Er hielt sie umschlungen und drückte sie an sich.

„Enzio!" Augustino lächelte dümmlich, als ihm bewusst wurde, dass sie beobachtet wurden.

„Enzio, verzeih, ich hatte dich völlig vergessen." Luciana tat überrascht, legte ihren Kopf ein wenig schief und lachte ihn an. „Schau, was mir Augustino mitgebracht hat." Auf dem kleinen Tisch stand eine goldene Dose, besetzt mit Edelsteinen; Rubine und Diamanten. Luciana nahm sie in die Hand. „Wenn man den Deckel öffnet, spielt sie eine Melodie, schau."

„Sie spielt ,Oh, du lieber Augustin'. Ein Kinderlied, ich weiß. Aber sie erinnert dich immer an mich."

„Ja, das wird sie tun!" Wieder küsste Luciana ihn, auf die Wange, auf den Mund. Enzio schaffte es, sich von dem Anblick loszureißen, wandte sich um und schritt davon, hielt den Kopf gesenkt. Was hatte Augustino, das er nicht hatte? Nur das teure Geschenk? Nichts anderes konnte sich Enzio vorstellen. Hatte er sich in Luciana getäuscht? War sie nur hinter dem Geld her? Gedankenverloren öffnete er die Tür des Käfigs und ließ den kleinen Vogel frei.

Enzio ging nicht zurück ins Haus. Er begab sich zu den Ställen, ließ sein Pferd satteln und lief unruhig hin und her, bis die Pferdeknechte ihre Arbeit erledigt hatten. Dann gab er seinem Pferd die Sporen, sprengte hinaus auf die Straße und trieb es zum Galopp an. Er achtete nicht auf die Fußgänger, die erschrocken zur Seite sprangen. An dem vereinbarten Treffpunkt hielt er schließlich an, stieg ab, führte sein Pferd zum Brunnen und tätschelte seinen Hals. Das arme Tier konnte nichts dafür.

„Du kommst zu spät!", fuhr er Remigio an. Der blickte irritiert zu ihm hin.

„Vielleicht bist du zu früh gekommen?" Enzio sah ihn böse an und bestieg dann wieder sein Pferd. Sie ritten los und hielten vor einem Gasthaus. Der Wirt eilte davon, als er sie erblickte.

„Ich hole das Geld, Ihr Herren, ich hole das Geld." Remigio bediente sich an dem Bier, Enzio lief in der Gaststube hin und her. Am liebsten hätte er sich die Nase zugehalten. Dieser Gestank, er hasste es! Schwer atmend schleppte sich der Wirt die Kellertreppe herauf.

„Hier ist das Geld. Verzeiht, Ihr Herren, ich hatte es im Keller versteckt … und gleich noch einige Krüge Wein heraufgebracht. Er grinste breit und reichte Remigio das Säckchen mit den Münzen. Enzio jedoch riss einem Gast den Tonkrug aus der Hand und schleuderte ihn auf den Wirt. Das noch darin enthaltene Bier flog durch die gesamte Gaststube, der Krug zersprang an der Mauer.

„Du lässt uns hier warten?", schrie er. „Du wagst es, deinen Geschäften nachzugehen und uns warten zu lassen?" Enzio nahm einen weiteren Krug vom Tisch, schleuderte ihn in Richtung des Wirtes. Der duckte sich ängstlich, der Krug zersprang klirrend auf den Fliesen. Remigio starrte Enzio mit offenem Mund an.

„Ich hoffe, das war dir eine Lehre!", wandte er sich an den Wirt. Und ehe Enzio weiteren Ton zerschlagen konnte, packte er ihn am Arm und drängte ihn hinaus. Enzio befreite sich aus seinem Griff, stürmte voraus und schlug die Tür hinter sich zu. Luft brauchte er, frische Luft. Tief atmete er ein. Hinter ihm öffnete sich die Tür, Remigio trat an seine Seite.

„Sieh mich nicht so an!" Remigio erwiderte nichts, ging zu seinem Pferd und stieg auf.

„Na, hat dich deine Alte heute Nacht nicht rangelassen?", fragte er, als sie nebeneinander die Straße entlang ritten. Enzio schwieg, blickte starr geradeaus. Remigio grinste. „Das gibt sich wieder, glaube mir, das gibt sich wieder. Und wenn nicht – so ein Kerl wie du ist doch nicht auf eine einzelne angewiesen, der kann jederzeit eine neue haben." Dass er sich Remigios Respekt erworben hatte, war ein schwacher Trost. Wieder in Ordnung kommen? Eine andere finden? Das konnte Enzio sich nicht vorstellen.

„Komm, ich weiß ein paar unserer Schuldner, bei denen du noch mehr zusammenschlagen kannst. Das wird dir gut tun."

Glücklicherweise hatten die sonst oft säumigen Schuldner das Geld dieses Mal bereit. Enzio bedauerte inzwischen, dass er die Nerven verloren hatte. Er hätte nicht noch einmal so auftreten können.

„Beachte sie einfach nicht! Gehe ihr aus dem Weg. Du wirst sehen, sie kommt schnell wieder angekrochen. Ich habe Erfahrung in solchen Dingen … beim ersten Mal ist es schwer, aber du wirst sehen, wenn du es durchhältst, wird sie dir aus der Hand fressen", riet ihm Remigio zum Abschied. Enzio brachte ein Lächeln zustande.

„Danke! Dir auch eine gute Nacht! Morgen an der Linde?"

„Ja …" Sie ritten in unterschiedlichen Richtungen davon.

Als er an diesem Abend nach Hause kam, erwartete Stella ihn am Eingangstor.

„Marco hat mir eine Nachtigall gekauft. Ich danke Euch, Vetter Enzio, ich danke Euch von Herzen", rief sie ihm entgegen, noch ehe er von seinem Pferd gestiegen war. „Außerdem ist der Schneider angekommen. Er hat seine Stoffe im kleinen Saal ausgebreitet, aber Mutter hat mir verboten, hineinzusehen. Sie sagte, wir müssen warten, bis Ihr hier seid." Enzio hatte keine Gedanken für Schneider und Maskenbälle. Doch er sah, wie sehr Stella sich freute und wollte ihr das nicht verderben. Er zwang sich zu einem Lächeln.

„Lass uns nach dem Abendessen die Stoffe anschauen, ja. Ich bin müde und möchte mich ein bisschen ausruhen. Ist dein Vat… Conte Fosco schon da? Er soll mich in einer halben Stunde in meinem Arbeitszimmer … nein, am Übungsplatz. Danach steht mir jetzt mehr der Sinn … am Übungsplatz. Richtest du ihm das aus? Und Marco soll den Schneider solange vertrösten. Er soll ihm ein Abendessen und einen Krug Wein bringen. Danke! Du bist ein liebes Mädchen!" Er sah ihr nach, als sie davoneilte. Der Pferdeknecht wartete.

Enzio bemerkte es und übergab ihm sein Pferd. Dann schritt er die Stufen hinauf. Marco kam ihm entgegen.

„Herr ...“

„Lass mich alleine, Marco, lass mich alleine!“

In seinen Räumen ließ er sich auf sein Bett fallen und wünschte sich, wieder ein kleines Kind zu sein und laut weinen und schreien zu können.

Diciotto

Parade, Stoß, Finte, Gegenstoß, Riposte, Filo.

„Ihr seid zu hitzig, Herr! Zügelt Euer Temperament. Lasst Euch nicht von Euren Gefühlen leiten! Ihr müsst sie immer im Griff haben, sonst macht Ihr unnötige Fehler." Enzio atmete tief durch und lächelte seinen Fechtlehrer an. Doch sein Lächeln wirkte freudlos.

„Ich kann Euch nichts vormachen."

„Nein. Vor allem nicht, wenn Ihr nicht Eure volle Aufmerksamkeit auf das Gefecht richtet."

„Lass uns für heute aufhören …"

„Noch eine Runde, Herr! Gebt nicht so schnell auf! Das ist nicht Eure Art, ich kenne Euch." Nicht so schnell aufgeben? Conte Fosco hatte leicht reden … ja, wenn es nur um ein Gefecht ginge … er nickte, grüßte, machte sich bereit für einen erneuten Klingenwechsel.

Stella war während des Abendessens zappelig, erntete manch mahnenden Blick ihrer Mutter. Enzio amüsierte sich. Zum ersten Mal an diesem Tag amüsierte er sich. Sein kleines Mädchen, für sie war heute ein Glückstag. Er genoss die Nachspeise und befahl noch einen Nachschlag. Stella, die Süßes über alles liebte, hatte dem Diener längst gestattet, die Schale mitzunehmen. Sie blickte zu Enzio und versuchte, ihre Ungeduld nicht zu deutlich zu zeigen. Der beschloss, sie nicht länger zu quälen, winkte dem Diener, dass er abräumen solle und erhob sich. Stella wollte aufspringen, wurde aber noch rechtzeitig von dem mahnenden Blick ihrer Mutter gewarnt. Sittsam stand sie auf und schritt gemessenen Schrittes neben ihrer Mutter hinter Príncipe Laurenzio und ihrem Vater her.

„Hättet Ihr ebenfalls Freude daran, an dem Ball teilzunehmen? Ich habe Euch noch gar nicht gefragt. Wenn Ihr möchtet, kann ich Euch eine Einladung besorgen."

„Das ist sehr freundlich von Euch, Herr! Und es macht mich glücklich, dass Ihr meiner … Euren Basen … dieses Vergnügen ermöglicht. Für mich selbst … nun, es wäre kein Vergnügen. Es ist das Vorrecht der Jugend, zu tanzen! An mir hätten die Damen wenig Freude. Ich würde ihnen höchstens zertretene Füße bereiten, mit meinen Tanzkünsten. Aber ich verlasse mich darauf, dass Ihr die beiden

sicher über das Parkett führen werdet." Enzio lachte. Er mochte diesen aufrechten Mann mehr denn
je.

„Es wird mir eine Ehre sein." Diener öffneten
die Tür des kleinen Saals, sie traten ein. Und Stella
blieb sprachlos auf der Schwelle stehen.

Seidenballen und Samt in den verschiedensten Farben, Brokat, Damast. Bänder, Perlen, goldene und
silberne Kordeln, weiches Leder und Pelz. Sie
wusste nicht, wohin sie zuerst schauen sollte.
Schüchtern strich sie mit ihren Fingerspitzen über
einen Ballen roter Seide.

„Herr, es ist mir eine Ehre, wieder für die Familie Gabrielli arbeiten zu dürfen!" Der Schneider
machte einen tiefen Buckel vor Enzio. Der wies
auf die beiden Damen.

„Da sind die Hauptpersonen. Um die sollst du
dich kümmern!"

„Zu Euren Diensten, Herr!" Er wandte sich an
Stella.

„Ein edler Stoff, meine Dame. Er passt wunderbar zu Euren Haaren."

„Ja?"

„Aber nicht zu deinen Augen, Base Stella." Enzio mischte sich ein. „Außerdem wirkt dieses Rot zu gewöhnlich, zu leuchtend. Aber wahre Aufmerksamkeit erhältst du mit Eleganz, nicht mit schreienden Farben. Die vermitteln nur, dass du dringend auf Aufmerksamkeit angewiesen bist. Aber das bist du nicht. In dir steckt mehr als die äußere Hülle." Er sah sich um. „Schau, dieses zarte Grün. Oder dieses Himmelblau. Ein wenig verziert mit goldenen Perlen und eine goldene Maske – und du trägst die Farben der Familie Gabrielli. Nun, zumindest fast. Himmelblau ist das Blau in unserem Wappen nicht." Stella starrte ihn an. Er lächelte.

„Verzeih, ich habe natürlich längst nicht so viel Ahnung wie du, was gerade in Mode ist."

„Nein, nein, das ist es nicht." Stella blickte auf die blaue Seide, die er ihr hinhielt. „Ich bin nur überrascht … Ihr seid so sicher … in allem, was Ihr tut. Ihr wisst immer, was richtig ist. Selbst hier … ich bin überwältigt von der Auswahl und Ihr müsst Euch nur einmal umschauen und trefft genau die richtige Entscheidung."

„Nun, schaue dich zuerst selbst genau um und überprüfe, ob es wirklich die richtige Entscheidung war. Und wenn du nicht sicher bist, dann lass dir zwei Kleider fertigen."

„Oh, Vetter Enzio … darf ich?"

„Ihr sollt sie nicht verwöhnen … Vetter!" Ylenia dämpfte Stellas Freude.

„Seid nicht so streng mit ihr … Base! Mich macht es glücklich, ihr –und auch Euch- eine Freude zu bereiten. Verderbt mir das nicht." Er wandte sich an den Schneider. „Die Wünsche der Damen sollen allesamt erfüllt werden. Die junge Dame darf sich so viele Kleider bestellen, wie sie möchte. Und achte darauf, dass meine Base sich nicht zu sehr zurückhält. Ich ziehe mich mit Conte Fosco in mein Arbeitszimmer zurück." Er wandte sich zur Tür und wollte den Saal verlassen.

„Aber was werdet Ihr tragen, Vetter Enzio?" Stella hielt ihn zurück. „Frau Mutter, wir müssen einen Stoff für ihn heraussuchen." Enzio wandte sich noch einmal um und lächelte sie an.

„Nun, das ist nur gerecht … was würdest du vorschlagen? Oder wollt ihr mich überraschen?" Stella blickte zu ihrer Mutter. Die schien ein wenig mit sich zu ringen und lächelte dann ebenfalls. Ein wenig blitzte der Schalk in ihren Augen. Der siegte.

„Gut, dann überraschen wir Euch. Und wenn wir nicht sicher sind, lassen wir einfach zwei Kostüme für Euch fertigen!"

„Ich danke Euch, Base!" Er lachte. „Meine Maße hat der Schneider."

„Vetter Enzio …", begann Stella noch einmal, während sie über die himmelblaue Seide strich. „darf ich wirklich die Farben des Hauses Gabrielli tragen?"

„Aber natürlich! Du gehörst doch zur Familie, Base!" Enzio lächelte. Dann zog er sich mit Fosco zurück. Fünf Minuten war er abgelenkt gewesen. Fünf Minuten hatte er nicht an Luciana und Augustino gedacht. Er musste diesen Angeber auffliegen lassen. Aber wenn er das tat, dann würde er unweigerlich auch Luciana … Doch spielte das noch eine Rolle? Ein paar Tage nicht beachten, sollte er sie. Remigio hatte zweifelsohne Erfahrung mit Frauen. Er war kein Mann, der rasch aufgab, schätzte Conte Fosco Enzio ein. Aber war es Luciana wert, dass er um sie kämpfte? Hatte er sich so sehr in ihr täuschen können? Er lehnte sich in seinem Stuhl zurück und seufzte. Fosco saß ihm gegenüber und wartete auf seinen täglichen Bericht. Dass er einem Wirt das Geschirr zertrümmert hatte, erwähnte Enzio nicht. Wieder blickte er auf das Bild seines Vaters. Eigentlich sollte er sich darüber freuen, dass endlich eine Entscheidung gefallen war. Seine Gefühle für Luciana standen ihm nicht mehr im Weg. Taten sie das wirklich nicht? Diese Sehnsucht, dieser stechende Schmerz in seiner Brust, der sich anfühlte, als wäre er körperlich. Er konnte ihn nicht verdrängen. Er konnte sie nicht aufgeben, nicht an diesen Augustino verlieren. Morgen würde er wieder mit ihm in einem Zimmer sitzen müssen.

Augustinos Grinsen war fast nicht zu ertragen. Enzio versuchte, ihn nicht zu beachten, seine Aufmerksamkeit auf die Arbeit zu richten. Doch Augustino machte es ihm schwer. Er pfiff zufrieden vor sich hin.

„Ich habe dir gesagt, dass du die Hände von Luciana lassen sollst. So ein armer Bursche wie du hätte bei ihr nie Erfolg gehabt, das hätte ich dir von Anfang an sagen können!", glaubte er schließlich sagen zu müssen. Enzio starrte auf die Papiere vor sich. Er durfte sich nicht reizen lassen. Denn das war es, was Augustino wollte. Er konnte sich nur vorstellen, wie seine Faust in Augustinos Gesicht flog, wie dieser Schwächling dann aussehen würde. Eine gebrochene, blutende Nase stellte Enzio sich vor, aufgeplatzte Lippen, ausgeschlagene Zähne, blutunterlaufene Augen. Das würde Augustinos Gesicht sein, wenn er mit ihm fertig war. Dann würde er Luciana einiges bieten müssen, damit sie ihn wieder ansah. Es beruhigte ihn etwas. Er wollte nicht schon wieder in dieser Stimmung mit Remigio unterwegs sein. Ein wenig half es ihm auch, nach dem Mittagsmahl aus der Stadt zu reiten, seinem Pferd die Zügel lang zu lassen und über die Felder zu galoppieren. Ganz vergessen, dass er um diese Zeit immer mit Luciana zusammen gewesen war, konnte er nicht.

Wieder war es ein Gastwirt, der ihnen Schwierigkeiten bereitete. Enzio riss das Fenster auf und sah hinaus, während Remigio an die Theke trat und das Geld verlangte.

„Willst du mich zum Narren halten?!", schrie Remigio plötzlich los. „Wie kannst du es wagen, uns betrügen zu wollen?!" Er packte den Wirt am Kragen, schlug ihn mit der flachen Hand ins Gesicht und schleuderte ihn zurück. Der Wirt stolperte, fiel in Flaschen und Krüge.

„Habt Erbarmen!", winselte er. „Ich habe nicht mehr. Ich schwöre bei Gott und allem was mir heilig ist, dass ich nicht mehr habe!"

„Das ist mir egal! Du hast an uns zu zahlen!" Remigio ging um die Theke herum, hob den am Boden liegenden hoch und schlug noch einmal zu. Enzio musste handeln. Aber wie? Noch einmal den Degentrick? Das wäre zu auffällig. Die Frau, die aus dem Nebenraum rannte, kam ihm zu Hilfe. Ein junges Mädchen folgte ihr, die Wirtin und ihre Tochter, vermutete Enzio. Er packte das Mädchen, zog es an sich und umklammerte es mit einem Arm. Sie schrie, Enzio fühlte, dass sie zitterte. Er führte seine Lippen an ihre Wangen.

„Fürchte nichts! Dir wird nichts geschehen.", flüsterte er ihr dabei zu. „Hör auf, wenn er tot ist, kann er nicht mehr zahlen!", sprach er laut zu Remigio. „Wir nehmen die Kleine hier als Geisel." Die Wirtin schrie auf.

„Ich bitte Euch, Herr! Verschont mein Kind …"

„Das werden wir, Frau. Wenn dein Mann zahlt. Morgen kommen wir wieder. Ich hoffe, bis dahin habt ihr das Geld, das ihr uns schuldet. Ansonsten wird eure Tochter sie abarbeiten müssen. Dann müsstet ihr euch allerdings keine Sorgen mehr machen. So mancher Adelige würde für sie so viel zahlen, dass ihr ein Jahr lang keine Schulden mehr bei uns hättet." Einen Moment hingen seine Worte im Raum, bis alle ihre Bedeutung begriffen hatten.

„Nein!", schrie die Wirtin. Bereit, um ihr Kind zu kämpfen, trat sie auf Enzio zu. Der zog seinen Degen.

„Wagt es nicht! Wie ich sagte: Zahlt, und ihr werdet eure Tochter unversehrt zurückerhalten. Wenn nicht ..." Er winkte Remigio mit dem Kopf. "Komm, lass uns gehen. Morgen also!" Remigio stieß den Wirt noch einmal von sich, dann folgte er Enzio hinaus.

Diciannove

Er hob sie auf sein Pferd, stieg hinter ihr auf und schlang seinen Arm um ihre Taille. Sie weinte still vor sich hin.

„Was hast du mit ihr vor?" Remigio lenkte sein Pferd neben seines. Enzio zuckte mit den Schultern.

„Ich werde sie aus der Stadt hinausbringen. Auf dem Bauernhof eines meiner Mädchen findet sich sicher eine Kammer, in die ich sie einsperren kann." Remigio pfiff.

„Dann hast du also mehr als eine. Das habe ich mir fast gedacht. So einer wie du ..." Er warf einen Blick auf das junge Mädchen in Enzios Armen. „Hübsch, die Kleine ... man wünscht sich fast, dass dieser Wirt nicht zahlt." Er grinste anzüglich. Enzio senkte ein wenig den Blick. Das Mädchen war etwa in Stellas Alter. Und doch fühlte er den Körper einer Frau in seinen Armen. Ein Körper der Gedanken und Gefühle in ihm weckte, die ... nun, die eines Príncipe Gabrielli nicht würdig waren.

„Ich bringe sie am besten so schnell wie möglich aus der Stadt. Kannst du den Rest für heute alleine erledigen und mir heute Abend alles auf meinen Schreibtisch bei Bartolomeo legen?"

„Ich habe es vorher auch ohne dich geschafft! Das habe ich dir schon einmal gesagt. Naja, vielleicht suche ich mir Mauro. Ich habe mich daran gewöhnt, Gesellschaft zu haben, das muss ich zugeben." Remigio grinste breit. Enzio lächelte zurück. Dann gab er seinem Pferd die Sporen und verließ die Stadt durch das Südtor.

„Habe keine Angst!", sprach er noch einmal zu dem Mädchen. „Dir wird nichts geschehen. Dafür sorge ich." Sie erwiderte nichts, schien ihm nicht zuzuhören. Wie gelähmt hing sie in seinem Arm. Doch als er durch das Osttor wieder in die Stadt ritt, einen Hügel hinauf, durch das Tor eines Palazzos gar, schienen ihr Enzios Worte wieder in den Sinn zu kommen. Sie schrie, schlug um sich und versuchte zu fliehen. Enzio musste die Zügel loslassen, um sie mit beiden Armen umklammern zu können. Glücklicherweise kam ihm wie meist Marco entgegen.

„Marco, hole Naara. Sie soll sich ihrer annehmen." Marco staunte nicht schlecht. Doch gehorsam führte er die Befehle seines Herrn aus.

„Gewiss, Herr, gewiss!"

Naara schaffte es, die inzwischen verzweifelt Schluchzende zu beruhigen. Enzio konnte endlich absteigen, sein zerrissenes Hemd und die Kratzer auf seinem Arm begutachten. Sollte er wirklich ihren Eltern einen Beutel mit Silbermünzen und ein Schreiben, dass es ihrer Tochter gut ging, zukommen lassen? Verdient hatte sie es nicht. Aber ihre Eltern ... sie waren sicherlich halb tot vor Sorge. Enzio zog sich in sein Arbeitszimmer zurück und erledigte seine Aufgaben. Dann genoss er, endlich einmal früh zuhause zu sein, freie Zeit zu haben. Er wanderte hinaus in den Garten.

Stella stand da, in einem einfachen weißen Leinenkleid. Ihren Sonnenschirm hielt sie über der Schulter, drehte ihn verträumt. Ihre andere Hand strich über die Rosenblüten. Rosa patrizia. Sein kleines Mädchen schien diese Rose genauso sehr zu lieben wie er selbst. Enzio wollte sie nicht stören, blieb auf dem Weg stehen und sah ihr zu. Sie bemerkte, dass sie beobachtet wurde. Als sie sich zu ihm umwandte, wurde sie ein wenig rot.

„Verzeiht, Herr ... Vetter Enzio ... ich wollte nicht ...“

„Du wolltest nicht beobachtet werden, richtig? Deshalb muss ich dich um Verzeihung bitten." Er schritt zu ihr hin. „Dass du diese Rose nicht berühren wolltest, glaube ich dir jedoch nicht. Jeder, der vor ihr steht, ihren Duft einatmet, möchte sie streicheln, ihre Zartheit fühlen." Er strich über eine Blüte und atmete tief ein. Stella ließ ihn nicht aus den Augen.

„Sie ist etwas ganz Besonderes, nicht wahr?"

„Ja, das ist sie. Eine sehr alte Züchtung. Leider gibt es nicht mehr viele Rosenstöcke ihrer Art. Ich kann mich glücklich schätzen, dass in meinem Garten einer gedeiht. Weißt du, Stella, Reichtum bedeutet nichts, macht nicht glücklich. Aber einen solchen Schatz zu besitzen …" Stella nickte.

„Ich verstehe, was Ihr meint. Man möchte immer bei ihm sein, alles andere verliert neben ihm seine Bedeutung … ich meine … nun, ich komme jeden Tag hierher, um sie zu betrachten, seit ich sie entdeckt habe ... Verzeiht, Vetter Enzio!" Sie raffte ihre Röcke zusammen und lief davon. Enzio schaute ihr verwirrt hinterher. Warum war Stella rot angelaufen? Warum wurde er das Gefühl nicht los, dass sie mit dem Schatz nicht die Rose gemeint hatte? Aber was dann? Warum war sie davongelaufen? Ein Schatz, neben dem alles verblasste, in dessen Nähe man immer sein wollte. Wieder spürte Enzio diesen tiefen Stich in seiner

Brust. Luciana. Er hatte geglaubt, diesen Schatz zu besitzen. Er machte sich auf den Weg zurück ins Haus, er musste sich ablenken. Conte Fosco würde bald eintreffen. Enzio würde ihm nur wenig Zeit geben, seine Familie zu begrüßen.

Stella war beim Abendessen so zappelig, dass sie wieder mahnende Blicke ihrer Mutter erntete. Wie immer, wenn er sein kleines Mädchen sah, musste er lächeln. Sie war so anders als die jungen Mädchen, die er kannte. Seine Nichte war vier Jahre jünger als Stella und doch war sie ein aufgetakeltes Püppchen. Stella jedoch hatte sich ihre Natürlichkeit bewahrt. Sie war aufrichtig wie ihr Vater. Gleichzeitig tat ihre Mutter alles, um ihr eine gute Erziehung angedeihen zu lassen. Was ihr auch im Großen und Ganzen gelungen war. Aber gerade weil sie sich nicht immer streng an die Regeln hielt, mochte Enzio sie. Es unterstrich ihre Natürlichkeit noch.

„Hattest du einen schönen Tag, Base Stella?", sprach er sie an.

„Oh ja, Vetter Enzio! Heute Morgen war ich mit meinen Brüdern bei den Ställen. Euer Stallmeister war so freundlich, mir zu erlauben, ein wenig durch den Park zu reiten. Ihr habt prächtige Pferde, Vetter! Und heute Nachmittag war der Schneider hier, ich durfte die Kleider noch einmal anprobieren, um zu sehen, ob sie wirklich passen. Vetter Enzio, bereits morgen Abend findet der Maskenball statt. Oh, ich bin so aufgeregt. Wann werden wir aufbrechen?"

„Nun, ich denke, wir werden das Abendessen etwas vorziehen müssen. Möchtest du das zusammen mit Marco organisieren? Damit alles so passt, dass wir zur zweiten Stunde der ersten Nachtwache dort ankommen? Die Kutsche muss rechtzeitig bereitstehen und ihr müsst Zeit für die Kostüme und die Masken haben."

„Oh ja, das übernehme ich gerne! Mein Kammermädchen freut sich sehr darauf, mir die Haare hochzustecken und die Maske anzulegen." Enzio lächelte über ihren Eifer.

„Gut! Ich verlasse mich auf dich. Und ich bin gespannt auf die bezaubernde junge Dame, die ich zum Ball führen darf." Er wandte sich an Ylenia. „Auf beide bezaubernde Damen. Ich werde von allen Männern beneidet werden. Und Ihr seid sicher, dass Ihr nicht mitkommen wollt, Conte Fosco."

„Oh ja! Doch ich hoffe, dass … Eure Base einen unvergesslich schönen Abend erlebt." Fosco blickte Ylenia an. „Amüsiert Euch und habt kein schlechtes Gewissen. Versprecht Ihr mir das?" Ylenia senkte den Kopf ein wenig. „Leicht wird es mir nicht fallen. Aber ja, ich verspreche es Euch!"

Augustino war nicht im Arbeitszimmer, als Enzio dort erschien. Vermutlich war ein Schiff angekommen. Dann würde er den gesamten Vormittag am Hafen sein. Enzio blieb dieses spöttische Dauergrinsen erspart. Eigentlich durfte er sich nicht über diesen Erbsenzähler ärgern. Aber Luciana verlieren, das tat weh. Und dann auch noch an einen wie Augustino. Nur, weil er in Bartolomeos Diensten genug Geld gescheffelt hatte, um ihr teure Geschenke zu machen, verlor einer wie der junge Kaufmann Enzio sie. Verlieren? Hatte er sie jemals besessen? Oder war er nur ein nettes Spielzeug für sie gewesen? Was war mit Augustino? Würde sie ihn verlassen, wenn einer kam, der reicher war? Hatte Enzio sich so in ihr getäuscht? War sie nichts weiter als ein geldgieriges Weib? Wieder dieser Schmerz. Er durfte nicht an sie denken. Seine Aufmerksamkeit auf seine Arbeit richten musste er. Und sich auf den Ball heute Abend freuen. Zwei bezaubernde Frauen würde er in den Saal führen. Sein kleines Mädchen würde überwältigt sein von all den Eindrücken. Pausenlos würde sie ihn anstrahlen, ihren herzensguten Menschen. Bei dieser Vorstellung schlich sich ein Lächeln in Enzios Gesicht. Die Arbeit ging ihm in den nächsten Stunden leicht von der Hand. Schon bald war es Zeit, aufzubrechen.

Enzio hatte sich heute schon vor dem Mittagsmahl mit Remigio verabredet. Er wollte dabei sein, wenn sie die Angelegenheit mit dem säumigen Wirt regelten. Alle weiteren Geschäfte für diesen Tag würde er Remigio überlassen. Vor den Ställen musste er ein wenig warten, bis sein Pferd gesattelt war. Er lief vor dem Gebäude auf und ab, den Kopf gesenkt, in Gedanken versunken.

„Enzio …"

Er schreckte auf. Luciana! Wo war sie plötzlich hergekommen?

„Was wollt Ihr?", fuhr er sie in einem Ton an, der dem mittellosen Kaufmannssohn Enzio eigentlich nicht zustand. Sie schien es nicht zu bemerken, beachtete es zumindest nicht. Sie senkte lediglich ein wenig schuldbewusst den Blick und spielte mit ihren Reithandschuhen.

„Ich möchte ausreiten, darum bin ich hier .... Und als ich dich sah ... Enzio, es tut mir leid, was geschehen ist, es tut mir von Herzen leid. Ich vermisse dich. Vermisse die Zeit, die wir zusammen im Garten verbracht haben." Enzio musterte sie misstrauisch. War das wieder nur ein Spiel?

„Ich hatte nicht den Eindruck, dass du mich brauchst ... du hast dich ganz gut ohne mich amüsiert."

„Enzio, es tut mir leid. Ich war verblendet! Er hat mich mit Geschenken überhäuft, um mich geworben, immer wieder ..."

„Weiß Euer Vater von diesem Werben?"

„Nein ... warum? Ich glaube nicht, dass er es erlauben würde. Augustino ... nun, Vater findet ihn nützlich für das Geschäft, aber sonst ..."

„Dann solltet Ihr den Willen Eures Vaters ernst nehmen!" Ein Pferdeknecht führte Enzios Rappen vor. Enzio nahm ihm die Zügel ab und stieg auf. Luciana blieb an seiner Seite.

„Nun ... wahrscheinlich hast du Recht. Aber andererseits, wie soll Vater mir einen guten Ehemann suchen? Er versteht nichts von den Sehnsüchten eines jungen Mädchens."

„Und was sind Eure Sehnsüchte, Luciana? Geld und Gut? Oder wahre Liebe?" Luciana starrte ihn an, erwiderte nichts. Er wandte sein Pferd und wollte ihm die Sporen geben.

„Enzio? Sehen wir uns wieder? Morgen im Garten?" Er wandte sich noch einmal zu ihr um.

„Ich weiß es nicht, Luciana! Ich weiß es nicht …" Er ritt davon.

‚Warte ein paar Tage, und sie wird angekrochen kommen … Ihr seid kein Mann, der leicht aufgibt, Príncipe …' Er hatte gesiegt. Luciana hatte ihn um Verzeihung gebeten und wollte ihn wiedersehen. Warum machte ihn das nicht glücklich? Warum misstraute er ihr? War er wieder nur ein Spielball für sie? Er wollte nicht noch einmal verletzt werden. Andererseits … warum zweifelte er? Ihre Entschuldigung hatte ehrlich gewirkt. Nun, da vorne wartete bereits Remigio. Und heute Abend würde er mit zwei liebreizenden Frauen auf einen Ball gehen. Er würde sie nicht beleidigen, indem er währenddessen an eine andere dachte. An Luciana würde er erst morgen wieder Gedanken verschwenden. Er lächelte, als er mit Remigio zusammentraf. Der verstand durchaus etwas von Frauen, das musste man ihm lassen! Er hatte mit seiner Vorhersage Recht behalten.

Die Angelegenheit mit dem Wirt war schnell geregelt.

„Meine Tochter …", wagte der vorsichtig zu fragen.

„Ich werde umgehend dafür sorgen, dass sie freigelassen wird."

„Ich danke Euch, danke Euch von Herzen … für …" Enzio hob mahnend die Augenbraue. „Nun … eben für alles, Herr!"

„Zahle das nächste Mal pünktlich deine Schulden, dann werden uns und dir jede Menge Ärger erspart!"

Sie gingen wieder hinaus zu ihren Pferden. Enzio nahm einige Münzen aus dem Beutel, den der Wirt ihm gegeben hatte.

„Hier! Ich nehme mir heute Nachmittag frei. Du solltest dasselbe machen! Gönne dir ein paar schöne Stunden und lade auch die anderen ein!" Remigio machte große Augen.

„Du willst Geld unterschlagen? Bartolomeos Geld?"

„Na und? Wir sind Diebe, Schläger, Entführer, Erpresser. Da kommt es auf das bisschen Unterschlagung auch nicht mehr an."

„Auf deine Verantwortung, Enzio … auf deine Verantwortung … du bist wirklich mutig."

„Ich weiß lediglich, wie man Zahlenaufstellungen fälscht." Er lachte. Remigios Lachen klang nicht ganz so echt. Sie stiegen auf und ritten ein wenig die Straße entlang, schweigend. Hier, nahe des Marktplatzes, waren zu viele Menschen unterwegs, als dass sie hätten über ihre Geschäfte reden können.

„Eigentlich schade, dass der Wirt gezahlt hat. Ich hätte mir gerne einmal die Kleine vorgenommen … hatte schon ein paar Wochen kein so hübsches Ding mehr … sie sind vorsichtig geworden, die Weiber … gehen nicht mehr alleine auf die Straße …", begann Remigio wieder, als es ein wenig ruhiger wurde. Enzio zog die Zügel an.

„Was soll das heißen?" Im Grunde wusste er es schon. ‚Mädchen und Frauen, die Opfer ihrer Schönheit wurden' – Pietros Liste stand ihm deutlich vor Augen. „Du tust doch hoffentlich den Frauen keine Gewalt an!"

„Und wenn? Ich wollte dich mal sehen, wenn es drückt und du den Verstand verlierst … das ist uns allen schon so gegangen …"

„Den anderen auch?"

„Klar! Willst du es uns verbieten?" Enzio wollte es, doch er wusste, dass er es nicht konnte. Sie würden es bei nächster Gelegenheit wieder tun, egal, was er sagte. Er musste Remigio –und damit die anderen- überzeugen.

„Mensch Remigio! Ich hätte dir und den anderen ein bisschen mehr Selbstbeherrschung zugetraut! Und mehr Selbstvertrauen … So stramme Kerle wie ihr, ihr könnt doch jede haben, die ihr wollt! Ist vielleicht ein bisschen anstrengender, so ein Weib zu überreden, aber das lohnt sich."

„Ja, so einer wie du, der hat leicht reden. Der kann jede haben … im Handumdrehen." Enzio schüttelte den Kopf und versuchte, nicht zu theatralisch zu wirken.

„Ich sage es ja, kein Selbstvertrauen! Aber probiere es aus. Nimm die Münzen und lade die anderen der Truppe ein. Geht in ein Gasthaus, amüsiert euch, seid großzügig. Und ich bin sicher, dass jeder von euch heute Nacht eine Frau im Bett hat! Du bist doch derjenige, der mir gesagt hat, wie ich mit meinem Liebchen umgehen soll …"

„Ja … schon wahr …" Remigio wirkte kleinlaut.

„Gut! Ich muss dich jetzt verlassen … wir sehen uns morgen wieder!" Enzio gab seinem Pferd die

Sporen. Sobald er das Stadttor hinter sich hatte, trieb er es zum Galopp an und ritt hinaus in die Felder. Zuerst musste er seine Gedanken frei bekommen, erst dann konnte er heimkehren. Er hatte dieses Spiel satt, so satt! Er musste es zu Ende bringen. Remigio hatte gestanden, alles gestanden. Er und die anderen würden sich auch für diese Verbrechen verantworten müssen. Gleich morgen würde er beim Duche vorsprechen und Anklage erheben. Aber konnte er das wirklich? Luciana hatte den ersten Schritt zu einer Versöhnung gemacht. Konnte er ihren Vater –und damit zwangsläufig auch sie- ins Unglück stürzen? Doch alles Grübeln half nichts, er musste nach Hause. Eine Ballnacht ohne Sorgen wartete auf ihn.

Venti

Stella stand auf der obersten Treppenstufe, als er in den Innenhof ritt.

„Da seid Ihr ja endlich, Vetter! Wir warten schon eine halbe Stunde mit dem Essen auf Euch!"

„Stella!" Ylenia stand am geöffneten Fenster des Speisezimmers und sah auf sie herunter.

„Ist doch wahr … wenn wir zu spät kommen, dann ist das Eure Schuld, Vetter Enzio! Außerdem wird die Suppe kalt und der Braten trocken. Naara hat sich solche Mühe gegeben und dann verdirbt ihr leckeres Essen. Von den Problemen, die wir den Dienstmädchen bereiten, weil ihnen die Zeit fehlt, will ich gar nicht reden …"

„Ich bitte vielmals um Vergebung, Stella!" Enzio lachte, als er hinter ihr die Stufen zum Speisezimmer hinauf eilte.

„Ich finde das nicht zum Lachen! Meinetwegen könnt Ihr im Wasser, das kalt geworden ist, baden! Ich möchte das nicht." Auch das noch. Eine nörgelnde Stella. Unter dem mahnenden Blick ihrer Mutter beruhigte sie sich jedoch rasch. Äußerlich zumindest. Wer konnte schon in eine Frau hineinsehen? Eine Frau? Sie war sein kleines Mädchen. Ein Mädchen, das seinen Trotz zeigte. Doch er musste sich eingestehen, dass sie Recht hatte.

„Es tut mir leid, Stella, es tut mir aufrichtig leid", sprach er zwischen zwei Gängen. Stella erwiderte nichts, nickte nur.

„Ich bin sehr gespannt, wie Euch Euer Kostüm gefällt, Vetter Enzio!" Sie lachte wieder mit ihm, als der nächste Gang aufgetragen wurde. Enzio lachte erleichtert mit ihr.

Eine Sache musste er noch erledigen, ehe er sich in seine Räume begeben konnte. Er hätte es längst tun müssen, vor allem anderen.

„Marco, wo ist das Mädchen, das ich gestern mitgebracht habe?", fragte er, als die Damen das Speisezimmer verlassen hatten.

„Bei meiner Frau in der Küche, Herr. Naara ist ganz vernarrt in sie. Ach, es ist wirklich bedauerlich, dass wir nie ein Kind haben konnten. Soll ich sie rufen lassen?" Einen Augenblick dachte Enzio nach.

„Nein, lass! Ich werde selbst hinunter gehen. Sorge dafür, dass eine Kutsche bereitsteht, die das Mädchen nach Hause bringen kann. Unauffällig, ohne Wappen."

„Gewiss, Herr, gewiss! Und danach? Soll ich mich gleich in Eure Räume begeben und Euch zur Verfügung stehen?"

„Ja, tue das." Enzio stieg die Stufen hinab.

Naara sprang erschrocken auf, als der Herr des Hauses ihr Reich betrat. Jegliches Gespräch und Gekichere verstummte, die Küchenmädchen knicksten tief.

„Lasst uns allein!", befahl Enzio. „Nein, du nicht, Mädchen. du darfst bleiben." Die Tochter des Wirts stellte sich nahe zu Naara und blickte ihn ängstlich an. Die Köchin fasste ihre Hand.

„Habe keine Angst, er wird dir nichts tun. Er ist wirklich ein guter Herr, das kannst du mir glauben", flüsterte sie. Doch Enzio hörte es trotzdem und lächelte.

„Ich muss dir leider mitteilen, Mädchen, dass du Naara verlassen musst! Draußen wartet eine Kutsche, die dich nach Hause bringen wird." Er wandte sich an Naara. „Hat sie dir geholfen? War sie fleißig?"

„Oh ja, Herr! Es war eine Freude, sie arbeiten zu sehen. Man merkt, dass ihre Eltern ein Gasthaus besitzen. Sie kennt sich bestens aus."

„Gut! Das soll belohnt werden. Hier Mädchen." Er reichte ihr einige Silbermünzen. „Aber das gibst du nicht deinen Eltern! Die haben genug von mir geliehen bekommen. Das hast du dir mit deiner Arbeit verdient. Du behältst es selbst und kaufst dir etwas Schönes dafür. Zufällig weiß ich von meiner Base, dass Mädchen in deinem Alter viele Wünsche haben, schöne Stoffe, Süßigkeiten, Nachtigallen …" Sie sah ihn mit großen Augen an. Langsam verschwand die Angst darin. „Ich habe es deinen Eltern schon gesagt: Wenn ihr jemals wieder Schwierigkeiten haben werdet, dann scheut euch nicht und meldet euch bei Marco. Und jetzt lauf, Mädchen, die Kutsche steht bereit."

„Ich danke Euch, Herr!" Sie eilte davon. Enzio und Naara sahen ihr nach.

„Ein so liebes Kind, Herr. Ich wünsche ihr nur das Beste. Sie hat mir ein wenig erzählt, ich höre ja kaum etwas aus der Stadt. Es muss schrecklich sein, dort leben zu müssen. Wir wohnen hier auf unserer friedlichen Insel. Aber nur, weil Ihr die Wächter angestellt habt."

„Nicht mehr lange, Naara. Nicht mehr lange. Es wird höchste Zeit, dass sich in der Stadt etwas ändert."

„Herr?" Enzio antwortete nicht und eilte wieder die Treppen nach oben, in seine Räume. Er musste sich wahrlich beeilen. Wahrscheinlich würde Stella Recht behalten und er würde in kaltem Wasser baden müssen.

„Ein ganz schlechter Einfall war das, ein ganz schlechter Einfall!" Der Schneider jammerte, während er einen Saum neu nähte. „Aber die Damen bestanden darauf, dass Ihr überrascht werdet." Enzio stand mit nacktem Oberkörper im Ankleidezimmer und ließ alles über sich ergehen.

„Nun, die Hose passt wie angegossen. Du kannst also zufrieden mit deiner Arbeit sein."

„Aber die Arme des Hemdes … hätte ich nur früher schon eine Anprobe gemacht … dann müssten wir jetzt nicht eilen … so, hier ist Euer Hemd. Probiert es bitte noch einmal." Enzio zog es sich über.

„Makellos! Du wirst deinen vollen Lohn erhalten, mache dir keine Sorgen."

„Das ist es nicht, Herr, das ist es nicht! Aber ich habe einen Ruf zu verlieren. Es ist bekannt, dass ich Euer Schneider bin. Und wenn ich einen Fehler mache, wird jeder denken, ich würde schlechte Arbeit abliefern … dabei hatte ich einfach nicht genug Zeit …"

„Du hast aber trotzdem hervorragende Arbeit geleistet! Ich danke dir." Der Schneider war entlassen und verließ den Raum. Marco reichte Enzio Perücke und Maske.

„Hier, die Perücke, Eure Base Ylenia besteht darauf, dass Ihr sie tragt. Nur mit der Augenmaske, das scheint ihr zu auffällig."

„Dann werde ich das wohl tun müssen, wenn die Damen darauf bestehen."

„Das Kostüm steht Euch vortrefflich, wenn ich mir die Bemerkung erlauben darf, Herr!"

„Du darfst, Marco, du darfst." Enzio betrachtete sich im Spiegel. Ein Hemd aus Samt, blau wie der Himmel während der Abenddämmerung, Hosen aus schwarzem Leder, Stiefel aus dem gleichen Material. Der Schaft war mit goldenen Schnüren verziert. Die Maske, ebenfalls aus schwarzem Leder, schmal wie die eines Straßenräubers. Marco steckte ihm die schwarzen Haare zusammen und zog ihm die goldene Perücke über. Dann reichte er Enzio den Degen am goldenen Wehrgehänge, das er heute über dem Hemd trug und den dunkelblauen Mantel, der mit goldenen Schnüren gehalten wurde. Schließlich drückte Marco ihm noch einen breitkrempigen Hut mit einer blauen und einer goldenen Feder in die Hand. Enzio war bereit.

„Lass uns gehen, die Damen warten sicher schon wieder ungeduldig."

„Das bezweifle ich, Herr. Bis Frisuren und Masken gestaltet sind ... ich habe es einmal miterlebt." Einen Augenblick zögerte Enzio, dann schritt er zur Tür.

„Gut, dann lass uns nachsehen, wie weit sie sind."

„Herr, Ihr wollt in die Räume der Damen?"

„Nun, es ist mein Haus, oder? Befürchtest du, dass eine der Damen noch in der Wanne sitzt? Dann werde ich natürlich nicht eintreten."

„Nun ... ja ... nein ... gewiss, Herr!"

„Ich werde Eure Haare offenlassen, Herrin. Nur zwei Strähnen werde ich auf jeder Seite flechten und sie hinten zusammenführen. Mögt Ihr lieber

Blumen in die Haare geflochten haben oder soll ich Goldstaub darüber streuen?"

„Oh, Felia … ich bin nicht sicher … das ist alles so neu." Enzio lehnte im Türrahmen von Stellas Ankleidezimmer, die Arme vor seiner Brust verschränkt und beobachtete sie unter seiner schwarzen Räubermaske hervor, unbemerkt. Er freute sich an ihrer Begeisterung.

„Nun, wenn Ihr Euch nicht entscheiden könnt – ich kann natürlich auch einige wenige Blumen ins Haar flechten und trotzdem ein klein wenig Goldstaub darüber streuen. Nicht zu viel, damit es nicht überladen wirkt.

„Ja, schlichte Eleganz." Stella nickte. „Felia, glaubst du, dass ich schön bin?"

„Ihr seid bezaubernd, Herrin. Ihr werdet heute Nacht angehimmelt werden und keinen Tanz aussetzen können."

„Glaubst du wirklich? Glaubst du, dass Enzio, Príncipe Enzio, mit mir tanzen wird?"

„Ihr mögt ihn, Herrin, nicht wahr?", plauderte das Dienstmädchen munter. „Nun, das kann ich verstehen, man muss ihn einfach mögen."

„Ja, er ist ein richtiger Príncipe. Er behandelt mich wie eine Dame, nicht wie ein kleines Mädchen. Das hat bisher noch niemand getan!"

„Jeder wird Euch wie eine Dame behandeln, Herrin! Ihr werdet den ganzen Abend umschwärmt werden." Enzio lächelte still vor sich hin. Sein kleines Mädchen. Doch andere, die Stella umschwärmen würden? Dieser Gedanke gefiel ihm ganz und gar nicht. Das Dienstmädchen arbeitete emsig weiter. Sie beugte sich nach vorn, griff noch einige Klammern. Ihr Blick fiel in den Spiegel. Sie schrie auf.

„Herr! Ihr habt mich erschreckt!" Sie wandte sich um. Auch Stella blickte zu ihm hin und wurde wieder einmal rot.

„Vetter Enzio ..."

„Verzeiht, ich wollte euch nicht ängstigen ... ich war nur neugierig ..." Warum kam er sich plötzlich derart töricht vor?

Ventuno

Die Kutsche rollte die Allee vom Eingangstor bis zur Treppe des Palazzos der Familie Venieri entlang. Der Weg und auch der Platz um den marmornen fünfstöckigen Brunnen vor dem Palazzo waren mit Fackeln erhellt. Stella klebte am Fenster und konnte sich nicht satt sehen. Vor der Treppe ging es langsam voran. Zwei weitere Kutschen waren vor ihnen, aus einer dritten stieg eben ein Paar aus.

„Stella, benimm dich!"

„Es ist alles so spannend, Frau Mutter!" Die Kutsche rollte weiter, noch eine Kutsche vor ihnen. Enzio reichte Stella ihre Maske.

„Hier – und vergiss nicht, dass du die Tochter meiner Base Ylenia bist! Das kann schnell geschehen, im Rausch eines solchen Balles!"

„Nein, das werde ich ganz sicher nicht, versprochen. Ich bin ja so aufgeregt!" Die Kutsche rollte weiter, aus der Kutsche vor ihnen stiegen ein älteres Paar und zwei junge Männer. Stella kam aus dem Staunen nicht mehr heraus. All die bunten Kostüme. Enzio zog seine Maske über und blickte Ylenia an.

„Bereit, Base?"

„Ja, Príncipe Laurenzio!"

„Freut Ihr Euch wenigstens ein bisschen?"

„Ja, das tue ich." Sie lächelte erwartungsvoll, wenn auch nicht ganz so breit wie ihre Tochter.

„Gut! Denkt daran, was Ihr Eurem Gemahl versprochen habt!" Die Kutsche rollte weiter, hielt. Diener sprangen hinzu, öffneten die Tür und klappten die Stufen aus. Príncipe Laurenzio Gabrielli erhob sich von seinem Sitz, beugte sich nach vorn, stieg aus und half den Frauen. Das Spiel begann.

Er schritt die Treppen hinauf, an jedem Arm eine Dame und führte sie in den Saal. Er fühlte so manchen neugierigen Blick auf sich ruhen, manch neidischen. Nun, sollten sie, er war zu beneiden.

Der Ballsaal im Palazzo der Familie Venieri wurde erhellt von ungezählten Kerzen, die warmes Licht verbreiten. Er war erfüllt von lachenden, munter plaudernden Menschen in prächtigen Kostümen. Stella wusste nicht, wohin mit ihrem Blick. Enzio beobachtete sie amüsiert. Dann sah er sich weiter im Saal um.

„Dort drüben, unsere Gastgeberin. Lasst sie uns begrüßen." Er bahnte sich und seinen Begleiterinnen einen Weg.

„Enzio! Welche Freude, dich wieder einmal in meinem Hause willkommen heißen zu können!", rief eine grauhaarige Dame ihnen entgegen. Sie trug ein safrangelbes Kleid, ihr Gesicht war mit einer goldenen Maske in Form einer Sonne bedeckt.

„Principessa Venieri! Ihr habt mich sofort durchschaut! Euer Scharfsinn ist noch immer unübertrefflich. Oder ist meine Maske so schlecht gewählt?" Enzio verbeugte sich vor ihr und küsste ihre Hand. Ylenia und Stella knicksten.

„Mitnichten, mein Lieber! Aber dich werde ich immer und überall erkennen! Du bist mir lieb wie ein eigener Sohn." Sie wandte sich an Ylenia. „Seine Mutter ist meine beste Freundin. Er war in seiner Kindheit oft in meinem Haus", erklärte sie.

„Principessa Venieri, darf ich Euch meine Base Ylenia und ihre Tochter Stella vorstellen?"

„Ah, die junge Dame, für die du unbedingt eine Einladung haben wolltest! Es freut mich, dass ich Euch kennenlernen darf, Stella. Ich hoffe, Ihr amüsiert Euch auf dem Fest."

„Ich danke Euch, Herrin! Dafür, dass ich kommen durfte und für die guten Wünsche. Ich freue mich sehr darüber, dass ich hier sein darf. Wir leben sehr zurückgezogen. Ich habe ein solches Fest noch nie erlebt!" Principessa Venieri lächelte sie an.

„Dann habt viel Freude, Stella! Enzio, ich erwarte, dass du dafür sorgst, dass es für Stella ein unvergesslicher Abend wird! Und für Euch natürlich auch, Base Ylenia!" Sie zwinkerte den beiden zu und widmete sich ihren anderen Gästen.

„Schaut, dort drüben ist meine Schwester Valeria. Ich stelle sie euch vor."

„Sollen wir wirklich? Ist das nicht zu auffällig? Sie weiß doch nichts von einer Base Ylenia."

„Aber sie wird mir glauben! Kommt, Ihr wollt doch nicht den ganzen Abend gelangweilt herumstehen. Ihr werdet Euch sicherlich mit Valeria verstehen!" Er zog die beiden einfach mit. „Valeria?!" Eine Dame, etwa in Ylenias Alter, unterbrach das Gespräch, das sie gerade mit zwei anderen Damen führte und wandte sich zu ihnen um.

„Enzio? Ich hätte dich fast nicht erkannt. Aber deine Stimme verrät dich. Deine Stimme und deine Augen." Sie lächelte ihn an. „Wie geht es dir? Ich habe seit Vaters Begräbnis nichts mehr von dir gehört! Warum besuchst du mich nicht?"

„Ich habe viel zu tun, liebste Valeria. Vater hat sich lange nicht mehr um die Geschäfte kümmern können, ich muss viel aufarbeiten … darf ich dir unsere Base Ylenia mit ihrer Tochter Stella vorstellen? Sie weilt gerade in der Stadt und ist zu Gast in meinem Haus."

„Unsere Base Ylenia?"

„Aber ja, die Enkeltochter von Großtante Brunella. Du erinnerst dich an Großtante Brunella? Nun, eigentlich wurde nie offiziell über sie gesprochen …" Valeria sah ihren Bruder misstrauisch an.

„Mein lieber Enzio, ich bin einige Jahre älter als du, ich kann mich an Großtante Brunella erinnern, aber von ihrer Enkeltochter habe ich nie etwas gehört."

„Nun, dann wird es Zeit, dass du sie kennenlernst!"

„Wenn du es sagst, dann will ich dir glauben." Sie wandte sich Ylenia zu. „Es freut mich, Euch und Eure Tochter kennenzulernen. Darf ich Euch meine Freundinnen vorstellen? Enzio, du bist so nett und besorgst uns etwas zu Trinken, ja?" Sie wandte sich wieder zu den beiden Damen und drehte ihm den Rücken zu.

Als Enzio wenig später mit Kelchen, in denen roter Wein funkelte, zurückkehrte stand Stella nicht mehr bei den Frauen.

„Oh, danke, du Guter! Stella? Die nette junge Dame? Sie wurde von einem Herrn zum Tanz aufgefordert und ihre Mutter hat es ihr gestattet. Tja, mein liebes Bruderherz, da musst du beim nächsten Mal schneller sein!" Valeria nahm ihm die Kelche ab und reichte sie an Ylenia und ihre Freundinnen weiter. Wie Enzio erwartet hatte, Contessa Ylenia verstand sich prächtig mit seiner Schwester. Gerade unterhielten sie sich über die Mode des Frühjahrs, die Erziehung von Kindern und das Wetter der letzten Tage. Oder über irgendetwas anderes? Enzio hörte nicht zu. Einen Kelch hielt er noch immer in der Hand. Der Kelch, den er für Stella vorgesehen hatte. Er nippte daran und blickte auf die tanzenden Paare. Nur wenige Minuten war er weg gewesen. In dieser kurzen Zeit war ein anderer auf Stella aufmerksam geworden. Ein eitler Fatzke, wie Enzio ihn einschätzte, mit seinen grünen Seidengewändern und der braunen Maske, die offensichtlich einen Baumgeist darstellen sollte. Welch eitler Fatzke! Sein Blick wanderte weiter. Und plötzlich wurde er blass.

Sie trug ein leuchtend rotes Kleid, das viel zu eng geschnitten war, um noch den Anstand zu wahren.

Es war von oben bis unten mit roten Federn bedeckt. Eine Augenmaske, die ebenfalls mit Federn geschmückt war, bedeckte ihr Gesicht. Ihre Haare waren hochgesteckt und auch in sie waren Federn eingearbeitet. Luciana! Sie musste es sein. Er durfte ihr auf keinen Fall begegnen, sie würde ihn mit Sicherheit erkennen.

„Deine Stella ist eine Perle, Enzio, wunderhübsch und wohlerzogen. Du hast eine hervorragende Wahl getroffen!" Principessa Venieri war von hinten an ihn herangetreten und blickte ebenfalls auf die tanzenden Paare.

„Ich … sie ist nicht …"

„Ich an deiner Stelle würde aber besser auf sie aufpassen. Nicht, dass sie dir ein anderer vor der Nase wegschnappt! Oder so rasch als möglich die Verlobung bekannt geben. Aber ich verstehe, dass du noch ein wenig warten willst. Dein Vater ist noch nicht lange tot …"

„Ich …" Enzio blickte zu Stella. Sein kleines, liebes Mädchen. Principessa Venieri hatte Recht, sie war wunderschön. So schön wie ihre Mutter, auch wenn ihre kindlichen Züge noch nicht vollständig verschwunden waren. Sein kleines Mädchen hatte etwas Besseres verdient als diesen eitlen Fatzke! „Wie kommt sie hierher?" Er wies auf Luciana, um sich abzulenken. Principessa Venieri seufzte.

„Ihr Vater – er wollte unbedingt, dass sie in die Gesellschaft eingeführt wird. Und nun müssen wir uns überall mit diesem ungezogenen Ding herumschlagen. Egal, wen du fragst, in unseren Kreisen, sie müssen sie einladen, auch wenn keiner sie leiden kann. Vermutlich soll sie sich einen adeligen Bräutigam angeln. Aber mit ihrem Benehmen …"

„Wagt er, Euch und Eure Familie zu bedrohen?"

„Ach nein, das ist gar nicht nötig. Aber wenn man in dieser Stadt irgendwelche Geschäfte machen möchte, dann kommt man an Bartolomeo, dem Meister der Kaufmannsgilde, nicht vorbei. Du hast deine Landgüter, die du verwalten musst, du bist bisher von ihm verschont geblieben. Ich hoffe für dich, dass das noch lange so bleibt. Ich verstehe ja leider nicht viel von Geschäften, aber ich wünsche es dir von Herzen!"

„Ist ihr Vater auch hier?"

„Nein, davon werden wir glücklicherweise verschont. Er hat wohl kein Interesse an solchen Festlichkeiten. Aber verzeih, Enzio, ich muss mich um meine anderen Gäste kümmern. Warum besuchst du mich nicht einmal? Ich habe lange nichts mehr von dir gehört. Und von deiner Mutter! Sie ist immer noch auf dem Land, nicht wahr? Die Arme, der Tod deines Vaters hat sie schwer getroffen. Bestelle ihr in deinem nächsten Brief liebe Grüße. Ach, vielleicht schreibe ich ihr selbst einmal." Enzio nickte ihr zum Abschied zu, tief in Gedanken versunken. Sein Vater hatte in den letzten Jahren viel Geld in neues Land gesteckt. Geld von Konten und Besitztümern, die sie hier in der Stadt besessen hatten. Er war wohl der einzige Príncipe, der nicht mindestens ein Handelsschiff besaß. Hatte sein Vater vorausschauend gehandelt? Auf jeden Fall hatte er Enzio damit einen großen Dienst erwiesen. Er wollte an erfreulichere Dinge denken und suchte unter den Tanzenden nach seinem kleinen Mädchen. Sie tanzte inzwischen mit einem Muttersöhnchen, dem noch nicht einmal ein Bartflaum gewachsen war. Richtig, die Melodie hatte gewechselt, ein neuer Tanz begonnen. Er hatte wieder verpasst, sie aufzufordern, hatte Luciana und ihrem Vater mehr Gedanken gewidmet, als diese wert waren.

Valeria und Ylenia waren immer noch mit ihren Freundinnen in ein Gespräch vertieft.

„… zwölf Jahre. Lange Zeit glaubten meine Eltern, dass sie nach mir keine Kinder mehr bekommen konnten. Und dann die Freude, als meine Mutter wieder ein Kind erwartete. Und als der Stammhalter der Familie Gabrielli geboren wurde.

Enzio ist von vorne bis hinten verwöhnt worden. Aber es ist trotzdem etwas aus ihm geworden. ..." Enzio wollte die Geschichten aus seiner Kindheit, die nun unweigerlich folgen würden, nicht hören. Er mischte sich unter die Feiernden. Sein Blick fiel immer wieder auf Stella. Mit einer anderen wollte er nicht tanzen. Er bahnte sich einen Weg hinaus auf die Terrasse, immer noch den Kelch Wein in der Hand. In einem Zug trank er ihn leer, stellte ihn auf der Brüstung ab und beschloss dann, die drei Stufen in den Garten hinunterzugehen, nach all dem Lärm und Trubel die Einsamkeit zu genießen, seine Gedanken zu ordnen. Er bemerkte nicht, dass er verfolgt wurde.

Grüne Augen hatten ihn nicht mehr losgelassen, seit sie mit geschicktem Nachfragen bei der Dienerschaft herausgefunden hatte, wer dieser schlanke, breitschultrige Mann in Leder und Samt war. Sie war klug und erkannte die meisten Männer hier im Saal auch unter der Maske, kannte sie von anderen Festlichkeiten. Ihn jedoch hatte sie noch nie gesehen. Man könne natürlich bei einem Maskenball nicht sicher sein, meinte ein Diener, aber die Herrin habe ihn vorhin Enzio genannt. Und Enzio, das sei Príncipe Laurenzio Gabrielli, der früher oft in diesem Haus geweilt hätte. Príncipe Laurenzio Gabrielli. Der geheimnisvolle Príncipe, der sich in seinem Haus verkrochen zu haben schien und alle öffentlichen Auftritte mied. Der Príncipe, der ein beträchtliches Vermögen geerbt hatte. Ganz abgesehen von dem Titel und der Macht, die damit verbunden war. Sie folgte ihm unbemerkt hinaus in den Garten.

Ventidue

Enzio lief bis tief in den Park hinein und ließ die Feier weit hinter sich. Auf den breiten Rand eines großen Brunnens setzte er sich schließlich, legte sich zurück auf den Brunnenrand, einen Arm unter seinem Kopf, seinen anderen über der Stirn. Seine Maske schob er zurück über die Haare, die Perücke setzte er ab. Ihm war warm darunter geworden. Er starrte hinauf zu den Sternen. Stella – sein Stern? Perle hatte Principessa Venieri sie genannt. Das kleine, liebe Mädchen. Sein kleines liebes Mädchen? Wohin nur verstiegen sich seine Gedanken? Das Versprechen, das er seinem Vater gegeben hatte, seinen Schwur, Pietros Tod zu rächen … die Macht, die Bartolomeo in dieser Stadt hatte. Luciana … Seine Sachen solle er packen und so schnell wie möglich aus der Stadt verschwinden, hatte ihm Onkel Ortensio geraten. Noch war er frei, noch hatte Bartolomeo keine Macht über ihn. Aber Gehen, seine Heimat ihrem Schicksal überlassen? Seine Heimat und alle, die er liebte? Nein, das konnte er nicht! Selbst wenn Bartolomeo etwas gegen ihn in der Hinterhand haben sollte. Selbst wenn er seines Lebens nicht mehr sicher war. Seltsam, wie ruhig er bei diesem Gedanken blieb.

„Verzeihung …" Er schreckte aus seinen Gedanken auf und zog geistesgegenwärtig die Maske über die Augen, während er aufsprang. War das ein Alptraum oder stand sie wirklich vor ihm? Sie durfte ihn nicht erkennen. Was hatte seine Schwester vorhin gesagt? An der Stimme und an den Augen würde man ihn erkennen. An seinen Augen konnte er im Moment nichts ändern, doch die würde sie in dem schwachen Mondlicht auch schwerlich sehen können. Er schwieg, starrte sie an.

„Verzeihung … ich wollte Euch nicht erschrecken … ich wollte nur ein wenig die frische Luft und die Düfte des Gartens genießen, aber ich habe mich verlaufen. Und jetzt fürchte ich mich in der Dunkelheit."

„In diesem Garten wird Euch nichts geschehen!" Er gab sich alle Mühe, seine Stimme zu verstellen. „Wenn Ihr diesen Weg dort drüben zurückgeht, kommt Ihr wieder zum Palazzo."

„Alleine fürchte ich mich. Es könnten Tiere unterwegs sein, die mich erschrecken oder mir gar Böses antun wollen. Man sagt, in den Gärten der Adeligen hause seltsames Getier. Auch Tiger und Löwen. Stimmt das?" Sie kam näher und setzte sich zu ihm auf den Brunnenrand. ‚Ja, sehr seltsame Vögel sind in den Gärten unterwegs', dachte er sich, doch er sprach es nicht aus.

„Wenn man es so sagt …", erwiderte er nur. Er stand auf und lief umher. Ihr Kleid, während sie auf der Mauer saß. Ihre Knöchel, die nicht mehr bedeckt waren, während sie mit den Beinen baumelte. Der Anblick ihres tiefen Ausschnitts, wenn sie sich nach vorn beugte …ihm wurde heiß … er musste wieder denken können. Vor dem Stall hatte sie den armen Kaufmann Enzio um Vergebung gebeten, hatte ihn wiedersehen wollen. Und nun versuchte sie, den mächtigen Príncipe Laurenzio Gabrielli in ihren Bann zu ziehen. Auf der Suche nach einem adeligen Ehemann sei sie, hatte Principessa Venieri vermutet. Sie spielte nur mit Männern, ja! Sie war nur an Geld und Gut interessiert, ja! Trotzdem war sie eine Frau, die das Begehren eines Mannes wecken konnte. Und er war nur ein Mann. Er musste hier weg.

„Bitte, bleibt! Wenn Ihr in meiner Nähe seid, fürchte ich mich nicht … seltsam, aber etwas an Euch kommt mir bekannt vor."

„Ach …"

„Nein, wirklich … woher kenne ich Euch? Wer seid Ihr?"

„Dies ist ein Maskenball, mein Fräulein, es ist bis Mitternacht ein Geheimnis, wer ich bin."

„Ach bitte, ich verrate Euch auch nicht!" Sie sprang vom Brunnenrand herunter, kam auf ihn zu und legte eine Hand auf seinen Arm. Sie spielte nur, er wusste es. Sie war nicht so naiv, wie sie tat. Er versuchte, in eine andere Richtung zu blicken, ein verzweifelter Versuch. Sein Puls raste, sein Blut rauschte. „Oder seid ihr in Wirklichkeit gar kein Gast, sondern ein Dieb, der sich unter die Gäste schleichen möchte? Und ich muss mich wirklich vor Euch fürchten?" Ihre Stimme hatte nichts Ängstliches. Luciana lächelte, zwinkerte, strich leicht über seinen Arm.

Und Enzio verlor seine mühsam aufrecht erhaltene Selbstbeherrschung.

Er packte sie an den Oberarmen, drängte sie zurück an den Rand des Brunnens, presste sie dagegen, beugte sich über sie.

„Ja, vielleicht bin ich ein Dieb. Oder vielleicht noch etwas viel Schlimmeres. Vielleicht bin ich einer jener Männer Eures Vaters, die über unschuldige Mädchen und Frauen herfallen! Vielleicht sollte ich ihn spüren lassen, wie es ist, wenn das eigene Kind misshandelt wird!", flüsterte er ihr ins Ohr.

„Wie kommt Ihr jetzt auf meinen Vater? Was habt Ihr mit mir vor?" Plötzlich schwang doch ein wenig Angst in ihrer Stimme mit.

„Du verstehst es, das Feuer in einem Mann zu entzünden. Sei also vorsichtig, wenn du mit diesem Feuer spielst und beschwere dich nicht, wenn es dich verbrennt!"

„Was …"

Er antwortete nicht, presse seine Lippen auf ihre, auf ihren Hals, ihr tief ausgeschnittenes Dekolleté. Sie schrie nicht, wehrte sich nicht. Auch nicht, als seine Hände nach den Schnüren ihres Kleides suchten. Stoff zerriss, als er ungeduldig daran zerrte. Ein wenig richtete er sich auf. Sie lächelte. Er hatte ihr mit Sicherheit Schmerzen zugefügt, ihr Kleid war zerrissen und ihre Arme an dem Sandstein des Brunnenrandes aufgeschürft worden. Er war kurz davor, ihr Gewalt anzutun. Und sie lächelte. Tief atmete er durch, zweimal, dreimal. Sie hatte ihn da, wo sie ihn haben wollte. Wenn er jetzt nicht einhielt, könnte sie alles von ihm verlangen. Dann hätte sie den reichen Bräutigam, nach dem sie gelüstete. Enzios Ehre würde ihn zur Heirat verpflichten. Und ihr Vater würde darauf bestehen. Und hätte ihn in der Hand. Wenn Bartolomeo ihn leben ließ, denn Enzio Lauretini würde entlarvt werden. Ihr Vater, ob er dahintersteckte? Doch nein, er liebte seine Tochter. Entsetzt wäre er, wenn er wüsste, welches Spiel sie trieb. Er stieß sie von sich und wandte sich ab.

„Ihr seid es nicht wert!" Er fühlte ihren Blick in seinem Rücken. Wenn Blicke töten könnten – nun verstand er, was damit gemeint war.

„Ihr vergreift Euch an mir und dann lasst Ihr mich liegen wie ein Stück Dreck?!"

„Wenn ich mich wirklich an dir vergriffen hätte, dann könntest du nicht mehr herumschreien. Außerdem schienst du durchaus mit dem einverstanden gewesen zu sein, was ich tun wollte."

„Wie redest … redet Ihr mit mir? Wie könnt Ihr es wagen?!" Fast musste er grinsen, trotz des Ernstes der Lage. Sie traute sich nicht, auf die förmliche Anrede zu verzichten.

„So, wie du es verdienst!" Er wandte sich wieder zu ihr um und blickte auf die auf den Stufen des Brunnens Sitzende herab. Wie hatte er dieses schamlose, geifernde Weib jemals reizvoll finden können?

„Das werdet Ihr bereuen, Príncipe Laurenzio, bitter bereuen!" Sie starrte geradeaus. Nun lachte Enzio wirklich.

„Ach? Ich dachte, du weißt nicht, wer ich bin? Dass ich dich nur an jemanden erinnere …" Sie blickte zu ihm auf.

„Das tut Ihr auch! Und ich werde herausfinden, an wen! Außerdem werde ich meinem Vater erzählen, was Ihr getan habt. Und dann Príncipe, werdet Ihr Eures Lebens nicht mehr froh!"

„Ach?!" Enzio ließ sich äußerlich nicht von ihrer Drohung beeindrucken. Er zog die goldene Kordel seines Umhangs auf und reichte ihn ihr. „Um das Kleid tut es mir leid! Hier, damit du dich bedecken kannst. Ich würde dir raten, gleich zu deiner Kutsche zu gehen und nach Hause zu fahren. Im Saal würden dich alle nur anstarren. Und selbst wenn sie es nicht offen aussprechen werden, sie werden der Version eines Príncipe mehr Bedeutung schenken als deiner. Und glaube mir, ich werde ehrlich sein, wenn du die Sprache unbedingt auf das Geschehene bringen willst. Und zumindest die Männer werden mir mehr Verständnis entgegenbringen als dir. Und die meisten Frauen wohl auch. Keine war von deinem schamlosen Aufzug angetan, das kann ich dir versichern. Sie werden mir glauben, dass du mich bis zum Äußersten gereizt hast." Zornig starrte sie ihn an und suchte nach einer passenden Erwiderung. Und da ihr keine einfiel, hasste sie ihn umso mehr. Sie sprang schließlich auf und riss ihm den Umhang aus der Hand. Enzio verbeugte sich mit spöttischem Grinsen vor ihr.

„Principessa", höhnte er. Dann schritt er davon. Seine Gelassenheit fiel von ihm ab. In einem einzigen schwachen Moment hatte er sich Bartolomeo zum Feind gemacht. Wenn Luciana ihrem Vater alles erzählte, dann war das Todesurteil für Príncipe Laurenzio Gabrielli unterschrieben. Und er musste vorsichtiger denn je sein, damit es nicht zur Vollstreckung kam. Luciana – hatte er sich durch irgendein Wort, durch irgendeine Geste verraten? Würde sie ihn wiedererkennen, wenn der junge Kaufmann Enzio im Haus ihres Vaters weilte? Er strich sich über die Haare. Seine Perücke! Er hatte sie am Brunnen vergessen. Auch das noch! Aber zurückgehen und womöglich Luciana noch einmal begegnen, nein, das wollte er nicht mehr.

Ventitre

Enzio, wie seht Ihr denn aus?" Auch sein Schwager erkannte ihn sofort. Das war kein gutes Zeichen.

„Ich habe mir die Verkleidung eines Straßenräumers ausgesucht" Enzio versuchte zu scherzen. Ein schwacher Versuch.

„Ja, das ist nicht zu übersehen. Aber dass Ihr Eure Kleidung zerreißt und Euch extra schmutzig macht …" Príncipe Adelchi erhob sich vom Spieltisch in dem kleinen Salon, an dem er mit einigen Freunden Karten spielte. „Ist etwas geschehen, Schwager? Kann ich Euch helfen? Ihr seid erschreckend blass!" Enzio wollte schon den Kopf schütteln, doch dann nahm er das Angebot an.

„Ich habe Valeria vorhin meine Begleiterinnen vorgestellt. Sie haben sich mit ihr unterhalten, ich habe sie alleine gelassen. Nun muss ich dringend nach Hause. Doch ich kann sie nirgends finden …" Adelchi nickte.

„Sorgt Euch nicht! Ich werde mich darum kümmern. Wenn Ihr wollt, dann fahrt nach Hause, ich nehme die Damen später in meiner Kutsche mit und geleite sie zu Eurem Palazzo. Oder wollt Ihr, dass ich sie gleich suche?" Enzio blickte zu Boden. Sollte er Stella weiter mit eitlen Fatzkes oder Muttersöhnchen tanzen lassen? Er hätte ihr gerne die Freude gemacht und sie zu ihrem ersten Tanz auf ihrem ersten Ball geführt. Stattdessen hatte er es nicht einmal geschafft, auch nur einen Tanz mit ihr zu tanzen. Er konnte sie nicht mehr beschützen, musste sie einem anderen anvertrauen. Ob sie ihn für einen Mann halten würde, der nicht zu seinem Wort stand? Ob er dann immer noch der herzensgute Príncipe für sie sein würde? Zum Henker, er wollte noch bleiben! Doch er trug selbst Schuld daran, dass er gehen musste.

„Nein, nein, ich möchte Euch nicht von Eurem Spiel abhalten … wenn Ihr sie nach Hause bringen könntet, würdet Ihr mir einen großen Dienst erweisen."

„Gerne Schwager …"

Auf der Heimfahrt beschäftigte ihn nur ein Gedanke: Warum war ihm Stellas Meinung so wichtig? Und seit wann war das so?

Bartolomeo blickte auf, als Enzio am nächsten Abend den Raum betrat. Enzio war heute Morgen beim Duche gewesen und hatte Bartolomeo anklagen wollen. Doch auch der Duche war Gast bei Principessa Venieri gewesen und erst früh am Morgen nach Hause gekommen. Selbst für Príncipe Gabrielli, Truchsess des Duche, war er nicht zu sprechen. Wahrscheinlich würde er den ganzen Tag in seinem Bett verbringen. Er war nicht mehr der Jüngste. Enzio hatte sein Pferd im Schritt den Pfad hinabgehen lassen, nachdenklich. Am liebsten wäre er wieder nach Hause zurückgekehrt und hätte sich nach dem Befinden von Stella und Ylenia erkundigt. Alles, was er heute Morgen gehört hatte, war, dass sie weit nach Mitternacht sicher von Príncipe Adelchi nach Hause gebracht worden waren. Er wollte mit seinem Mädchen sprechen, wollte wissen, ob es ihr gefallen hatte, ob sie ihm böse war, weil er sie im Stich gelassen hatte. Doch er hatte sich dazu entschieden, wieder in Bartolomeos Haus zu gehen und seine Rolle weiterzuspielen. Er musste Bartolomeo in Sicherheit wiegen. Alles, was vom normalen Ablauf abwich, konnte ihn misstrauisch machen. Und nun musste Enzio auch noch länger hier bleiben, als geplant. Augustino war vorhin mit einer dicken Kette aus schwarzen Perlen im Arbeitszimmer erschienen und hatte damit angegeben, dass er heute die Zustimmung zur Heirat mit Luciana erhalten würde. Sollte er doch, solange er sie von Enzio fernhielt. Denn eine Begegnung mit ihr … wenn sie ihn wiedererkennen würde …

„Was tust du denn noch hier?" Enzio schreckte aus seinen Gedanken auf.

„Augustino schickt mich, Herr. Er bat mich, Euch den täglichen Bericht zu bringen. Er sagte, er habe noch eine Verabredung, die nicht aufgeschoben werden könne." Bartolomeo runzelte die Stirn.

„Was kann wichtiger sein als die Arbeit für mich?!" Doch dann lächelte er wieder. „Na, komm, Enzio, setze dich zu mir. Mir ist deine Gesellschaft sowieso lieber als die Augustinos. Er hat nur Zahlen im Kopf, keinen Sinn für Humor. Werde nie so wie er, Enzio, werde nie so wie er." Enzio erwiderte das Lächeln.

„Das habe ich nicht vor, Herr." Bartolomeo klingelte nach einem Diener und ließ einen Krug Wein bringen.

„Nun denn, lass uns auf den Abschluss eines erfolgreichen Tages anstoßen." Gemeinsam gingen sie die Berichte durch. Manches Mal ruhte Bartolomeos Blick nachdenklich auf Enzio.

„Ich weiß immer noch nicht, ob ich dir vollständig trauen kann …", begann er plötzlich. „Aber ich mag dich! Du leistest hervorragende Arbeit, aber das ist es nicht … das tut Augustino auch. Du hast etwas Besonderes an dir … deine Klugheit, deine Kühnheit, deine Freiheitsliebe … wenn ich einen Sohn hätte … ich wünschte, er wäre so wie du. Enttäusche mich nie, Enzio, ich bitte dich, enttäusche mich nie." Enzio schaute von den Papieren auf, Bartolomeo in die Augen. Dann senkte er den Blick.

„Ich bin ein Mensch, Herr. Und Menschen enttäuschen einander." Warum tat es ihm plötzlich leid, dass er vorhatte, Bartolomeo zu verraten? Dieser Mann war ein geldgieriger Mörder und hatte Enzios besten Freund auf dem Gewissen. Er hatte kein Mitleid mit anderen und nicht verdient, bemitleidet zu werden. „Heute ist wieder ein Schiff aus den neuen Ländern angekommen." Enzio blätterte durch die Unterlagen. „Sie treffen jetzt nach und nach ein. Es ist eines der ersten. Wir hatten guten Wind und können auf die besten Geschäfte hoffen. Die Menschen verlangen nach den Waren und sind bereit, Unsummen zu zahlen. Wenn erst einmal die anderen Schiffe eintreffen und die Ware reichlicher vorhanden ist, die Konkurrenz größer …"

„Möchtest du meine Tochter heiraten?" Enzio ließ die Papiere sinken und starrte Bartolomeo mit offenem Mund an. „Sie ist das Wertvollste, was ich habe, trotz meines Reichtums. Ich möchte, dass sie glücklich wird! Und dir würde ich sie anvertrauen."

„Das ehrt mich, Herr ...", brachte Enzio hervor. „Und es gab eine Zeit, in der ich mir nichts sehnlicher gewünscht habe." Wie sollte er Bartolomeo das abstoßende Verhalten seiner Tochter erklären? Er wollte ihm die Wahrheit ersparen. „Doch ich hatte nicht den Eindruck, dass sie mich mögen würde", sprach er deshalb nur.

„Das kommt noch, Enzio, das kommt mit der Zeit. Sie wäre die erste Frau, die einen Prachtburschen wie dich gänzlich ablehnen würde." Enzio atmete einige Male tief durch. Er wollte es nicht zurückweisen. Er konnte es nicht, wenn er keine plausible Erklärung hatte. Er musste Zeit gewinnen.

„Erlaubt mir, dass ich um sie werbe. Ich werde mein Bestes tun, um sie von mir zu überzeugen. Ich möchte keine Braut, die zur Hochzeit gezwungen werden muss."

„Und ich möchte meine Tochter nicht zwingen." Bartolomeo stimmte ihm zu. Dann grinste er. „Seit wann fragst du mich um Erlaubnis, ob du um jemanden werben darfst? Du tust doch sonst immer, was dir beliebt." Enzio stimmte erleichtert in das Lachen mit ein.

„Räume die Unterlagen zusammen, lass uns für heute aufhören. Komm, begleite mich auf meinem Rundgang durch den Garten!"

„Gerne, Herr!"

„Und lass das ständige ‚Herr'! Ich bin Bartolomeo."

„Da wird Augustino aber staunen." Das brachte Bartolomeo abermals zum Lachen.

„Ja, das wird er." Enzio grinste vor sich hin. Und was Augustino wohl erst sagen würde, wenn er erfuhr, dass Enzio ernsthaft um Luciana werben durfte? Aus würde es sein mit seinen hochnäsigen Reden. Aus mit seinem Plan, heute noch die Zustimmung zu der Heirat mit Bartolomeos Tochter zu bekommen. Er wollte Luciana nicht zurück. Aber Augustino eines auszuwischen, der Gedanke tat gut!

Enzio trug die Fackel, während sie durch den Garten spazierten. Immer wieder strich er über Rosensträucher, gedankenverloren.

„Du liebst Rosen ebenso sehr wie ich." Bartolomeo lächelte. „Du bist wirklich ein Mann nach meinem Herzen." Enzio erwiderte nichts. Luciana liebte Blumen nur, wenn sie in Gold gegossen waren. Sie musste eine herbe Enttäuschung für Bartolomeo sein. Oder wusste er wirklich so wenig über seine Tochter? Warum tat er ihm schon wieder leid, bei dem Gedanken?

Sie näherten sich der Laube. Schmatzen und Schnaufen klang daraus hervor.

„Was sind denn da für Wildschweine am Werk?" Bartolomeo beschleunigte seinen Schritt. Enzio folgte ihm und leuchtete in die Laube hinein. Der Anblick verschlug beiden die Sprache.

Augustino lag auf der Bank, eine Frau unter sich. Als der Schein der Fackel auf ihn fiel, tat er entsetzt. Er sprang auf, bedeckte seine Blöße und schnürte hastig seine Hose zu. Luciana schrie. Sie lag auf der Bank, hatte nichts als eine breite Kette aus schwarzen Perlen auf ihrem Körper. Sie griff nach ihrem Kleid und hielt es vor sich.

„Verzeiht, Herr! Ich werde sie natürlich heiraten, ich werde meinen Fehler wieder gut machen …", beteuerte Augustino. Bartolomeo stand regungslos, fassungslos. Enzio wandte sich ab.

„Gar nichts wirst du!" Plötzlich brüllte Bartolomeo los. „Meinen Grund und Boden wirst du verlassen, auf dem schnellsten Wege! Ich will dich nie wieder sehen, nie wieder!" Er wandte sich um und lief davon.

„Vater, verzeih, bitte! Er wollte wissen, wie ich aussehe, wenn ich nichts als die Kette trage. Und dann meinte er plötzlich, ich müsse nett zu ihm sein …" Luciana heulte. Bartolomeo wandte sich nicht mehr um, schien ihr nicht zuzuhören. Enzio warf einen letzten Blick auf sie. Wie hatte er diese Frau nur jemals anziehend finden können.

„Enzio, ich bitte Euch, redet mit meinem Vater …" Bartolomeo war vorausgeeilt. Er wandte sich noch einmal um.

„Meinetwegen kannst du mit Augustino gehen. Glück mit ihm wünsche ich dir nicht – ich habe keine Tochter mehr! Morgen früh wirst du mein Haus verlassen. Enzio, komm." Enzio lächelte sie verächtlich an und verbeugte sich spielerisch vor ihr.

„Principessa." Dann lief er hinter Bartolomeo her.

„Es tut mir leid, dass du das miterleben musstest!"

„Mir tut es von Herzen leid, dass Euch so etwas widerfahren ist." Enzio meinte es ehrlich. Bartolomeo ging gebeugt, wirkte noch kleiner, als er sowieso schon war.

„Er wusste es! Er wusste ganz genau, dass ich jeden Abend einen Spaziergang im Garten mache. Er wollte mit ihr erwischt werden, wollte meine Zustimmung erschleichen … Er ahnte, dass ich nie erlaubt hätte, dass er sie heiratet, dieser Zahlenschieber."

Und plötzlich schrie Luciana hinter ihnen auf.

Ventiquattro

``Vater! Das ist er! Das ist Príncipe Laurenzio Gabrielli. Der Mann, von dem ich dir erzählt habe,
der mich auf dem Maskenball so schlecht behandelt hat." Ob Bartolomeo im Fackelschein erkennen konnte, dass Enzio blass wurde, leichenblass?
Was sollte er tun? Fliehen? Doch Bartolomeo
schien nicht auf seine Tochter zu hören und ging
einfach weiter. Wozu sich dann unnötig durch das
Davonlaufen bekennen?

„Vater, bitte glaube mir! Ich habe ihn wiedererkannt. Dieser spöttische, arrogante Tonfall – das
werde ich für den Rest meines Lebens nicht mehr
vergessen!" Bartolomeo ging weiter, den Kopf gesenkt, schien tief in Gedanken versunken. Doch
plötzlich sah er auf und hielt an, blickte Enzio in
die Augen.

„Enzio Lauretini – Laurenzio! Sage mir, dass es
nicht wahr ist – bitte sage es mir!" Enzio ließ die
Fackel fallen und rannte los.

„Ihm nach, fasst ihn! Aber lebend, ich will ihn lebend!" Er hörte Bartolomeo hinter sich brüllen.
„Er wird bezahlen, teuer bezahlen, für das, was er

mir antun wollte! Er soll die Schmerzen, die er mir zugefügt hat, am eigenen Leib spüren. Kann man denn niemandem mehr vertrauen? Niemandem mehr?" Wächter liefen von überall her. Drei kamen Enzio entgegen. Er wandte sich um, blickte in ein grinsendes Gesicht und sprang zurück. Der Säbel des anderen traf sein Gesicht, seine Stirn. Instinktiv griff er nach seinem Degen und schlug zurück. Er hatte keine Zeit für ein Gefecht, wich mit einer raschen Bewegung aus, stach zu. Sein Degen fuhr in die Seite des anderen. Der brach zusammen. Zeit für Schmerzen hatte Enzio keine. Zwei Wächter waren herangekommen, griffen nach ihm. Einer packte ihn am Hemd. Mit der Kraft der Verzweiflung riss Enzio sich los. Er schlüpfte unter der Hand des anderen, der nach ihm greifen wollte, hindurch, rannte weiter. Warme Rinnsale rannen über seine Wange, seine Stirn, tropften in sein rechtes Auge. Immer wieder musste er das Blut aus seinem Gesicht wischen. Durch die dicht stehenden Bäume, über Wurzeln. Er stolperte, rappelte sich auf, rannte. Bartolomeo brüllte, Luciana heulte.

„Ein Príncipe – und er hat mich geliebt. Ich hätte einen Príncipe haben können." Hunde bellten, Wächter schrien. Drei hinter ihm, zwei vor ihm, auf dem schmalen Weg zwischen den Bäumen. Er sprang über Rosensträucher, rannte über den

Rasen. Die Mauer vor ihm, fünf Wächter hinter ihm.

„Lasst die Hunde los!" An der Mauer entlang, ein anderer Weg blieb ihm nicht. Da vorne, Sträucher, ein Feigenbaum, dicht an der Mauer. Er sprang in die Zweige, kletterte hinauf. Ein lauter Knall, dann ein zweiter. Faustfeuerwaffen! Die Hunde bellten, dicht hinter ihm. Ein weiterer Knall. Wie ein Peitschenhieb streifte ihn Kälte an der Seite. Ob der Ast ihn halten würde? Er musste. Höher kletterte er. Noch hatte er die Mauer nicht erklommen. Weitere Schüsse. Ein Stich in seinem Rücken, wie ein Dolchstoß. Er wankte, klammerte sich an einem Ast fest. Endlich, er war hoch genug, konnte auf die Mauer springen. Unter ihm gähnende Leere, zwei oder drei Meter Abgrund. Weitere Schüsse. Er spürte nicht mehr, ob und wo er getroffen wurde. Die Hunde bellten, dicht an der Mauer. Ein Befehl, einer der Hunde sprang hinauf. Enzio ließ sich fallen.

Neuer Schmerz zerriss seine Brust. Sein Atem … er bekam keine Luft mehr. Eine Statue, er war auf eine Statue gefallen, hatte sie zu Boden gerissen. Nun lag er auf ihr. Nicht ohnmächtig werden, nur nicht ohnmächtig werden! Aufrichten, einatmen, wenn auch nur ein wenig, damit die Schmerzen ihn nicht überwältigten, weiter, weg von hier. Die

Hunde liefen auf der Mauer auf und ab, winselten, sahen ihre Beute davonwanken. Der erste wagte es, zu springen, jagte ihm bellend hinterher.

Ein Brunnen. Wasser, Erfrischung. Er würde sich das Blut aus dem Auge wischen können, wieder besser sehen. Drei Stufen hinauf. Atmen, weiteratmen, auch wenn bei jedem Atemzug Dolche in seine Brust gerammt zu werden schienen. Weitere Schüsse von irgendwoher. Das Bellen wandelte sich in Winseln. Die Welt um ihn wurde immer dunkler, schwarz. Ob das nur an der Nacht lag? Der Mond schien doch eigentlich hell genug. Er tauchte seine Hände ins Wasser. Doch die kühle Frische spürte er nicht mehr. Sein Körper glitt am Rand des Brunnens entlang zu Boden.

Dunkelheit um ihn her. Weiter, immer weiter tastete er sich. Seine Haut begann zu brennen, sein Körper. Schmerzen, fast unerträglich. Er kämpfte, doch mehr und mehr verließen ihn die Kräfte. Dann ein fahles Licht, eine Schwelle. Die Schwelle des Todes. Dort drüben lockte ein Ende des Kampfes, Ruhe. Pietros Gesicht erschien auf der anderen Seite, seine Gestalt.

„Pietro? Bist du es wirklich?"

„Ja Enzio ..."

„Wie ...?"

„Ich habe keine Schmerzen mehr ... alle Schmerzen sind hier vorbei."

„Deine letzten Stunden ... war es sehr schlimm?"

„Ja ... ich habe gekämpft, wie du jetzt. Ich wollte nicht über die Schwelle. Doch sie haben nicht aufgehört, mir Schmerzen zuzufügen. Bartolomeo, er stand die ganze Zeit dabei und hat zugesehen, hat gelacht ... das Schlimmste war die Hoffnungslosigkeit, das Wissen, dass alles kämpfen nichts nutzen würde, dass sie mich über die Schwelle schicken würden, egal, wie sehr ich kämpfe! Doch ich wollte nicht aufgeben."

„Aber als du die Schwelle überschritten hattest, war alles vorbei. Du fandest Frieden." Enzio blickte zu Boden. Feuer tobte in ihm. Nur ein einziger Schritt und es wäre erloschen.

„Tu es nicht, mein Sohn!"

„Vater!?" Ein weiteres fahles Gesicht tauchte vor ihm auf.

„Ich bitte dich, gib nicht auf. Gedenke an das Versprechen, das du mir gegeben hast!"

„Vater, meine Kraft schwindet …"

„Gedenke an das Versprechen! Du musst leben. Denke an Valeria, an Stella, an alle, die du liebst! Das wird dir Kraft geben."

„Enzio, es ist wahr, hier gibt es keine Schmerzen mehr. Aber … ich hatte nicht die Wahl, sie haben mich mit Gewalt über die Schwelle gestoßen. Wenn ich hätte entscheiden können … es gibt noch so viel, das das Leben dir bietet! Genieße es, Enzio! Ich werde nie wieder mit dir oder einem anderen um die Wette reiten, nie wieder ein Mädchen küssen, nie mit einer Gemahlin das Lager teilen, nie einen Sohn auf meinen Armen halten. Ich hätte es gerne getan, doch ich kann es nicht mehr."

„Pietro …, Vater … versteht mich doch, bitte." Er flehte sie an. „Der Schmerz … das Fieber. Sie überwältigen mich."

„Du kannst den Kampf gewinnen, Enzio, kannst dafür sorgen, dass die, die mir das angetan haben, bestraft werden! Und du kannst verhindern, dass andere über die Schwelle gezwungen werden."

„Pietro …" Langsam löste sich das Gesicht seines Freundes in Nebel auf. Auch Vater war verschwunden. Er blieb zurück, alleine in der Dunkelheit. Sein Versprechen … sein Schwur. Langsam tastete er sich zurück. An Valeria sollte er denken, an Stella, hatte ihm Vater geraten. Es gab ihm

Kraft. Das Feuer in ihm wurde kühler, die Schmerzen verloren ihre Macht. „Ich werde deinen Tod rächen, Pietro. Und mein Versprechen erfüllen!"

Venticinque

Weiche Kühle auf seiner Stirn, eine warme Hand. Ein frischer Luftzug, Vogelgezwitscher von weit her.

„Das Fieber hat nachgelassen."

„Ja, seine Heilung macht gute Fortschritte." Langsam öffneten sich seine Augen, er blinzelte und starrte in das runde Gesicht einer älteren Frau, die ihn anstrahlte.

„Schaut, Doctore, er erwacht!" Ein weiteres Gesicht, ein hagerer Mann mit schütteren Haaren.

„Wo bin ich?", wollte er flüstern, doch seine Kehle gab nur einen krächzenden Laut von sich.

„Ruhig, ganz ruhig!" Die Frau reichte ihm einen Becher und half ihm, zu trinken. Nicht nur ihr Gesicht war rund. Alles an ihr schien rund und gemütlich zu sein. Angefangen bei den Haaren, die zu einem Knoten zusammengesteckt waren, bis zu den breiten Hüften, dem weiten Rock. Sie tauchte ein Tuch in die Wasserschüssel, die auf dem Schränkchen neben dem Bett stand, in dem er lag. Das Tuch, mit dem sie ihm eben über die Stirn gestrichen hatte. „Du bist hier unter Freunden."

„Wo bin ich? Was ist geschehen? Wie lange …" Zahlreiche Fragen drängten sich in seine Gedanken. Doch ehe er eine stellen konnte, fielen ihm die Augen wieder zu. Er schlief ein.

Die Sonne schien durch das Fenster. Sie reichte ihm den Becher. Er schlief ein. Die Kerze brannte, die Sonne schien. Wann immer er erwachte, war sie da, setzte ihm den Becher an die Lippen und half ihm, zu trinken. Viel trinken müsse er, hatte der Doctore gesagt, meinte sie immer wieder; kühles Wasser, Heilkräuteraufguss, der die Schmerzen betäubte, Milch mit Honig, Hühnersuppe. Langsam wurde er wieder kräftiger. Endlich schaffte er es, die Worte über die Lippen zu bringen, die ihm im Herzen brannten.

„Wo bin ich? Was ist geschehen? Wie komme ich hierher?"

„Ich bin Marcella Marciani, die Frau des Kapitäns Marciani. Du bist in meinem Haus. Mein Nachbar Bartolomeo hat neulich wieder seine Hunde in meinen Garten gelassen. Was habe ich nur getan, dass ich mit solch einem Nachbarn bestraft werde? Mein Mann sagt immer, ich solle mich nicht mit Bartolomeo anlegen, aber der hat gut reden. Ist das ganze Jahr über auf See, meine Söhne mit ihm, meine Tochter seit letzten Sommer verheiratet. Ich bin ganz alleine im Haus." Marcella schien gerne zu plaudern. „Aber dieser Bartolomeo soll bloß nicht denken, dass er alles mit mir machen kann, nein, das kann er nicht! Ich habe Diener mit Fackeln und Feuerwaffen losgeschickt, damit sie die Hunde vertreiben. Und bin gleich mitgegangen. Ja, und dann lagst du am Brunnen, ohnmächtig, voller Blut. Schrecklich hast du ausgesehen. Im ersten Moment dachte ich, du seist tot. Wir haben dich ins Haus geholt, dich versorgt und gepflegt. Denn wer von diesem Bartolomeo gejagt wird, der kann nur ein guter Mensch sein! Magst du mir deinen Namen sagen?" Enzio erinnerte sich langsam. Bartolomeo und er im Garten, ihre Entdeckung, seine Verachtung Luciana gegenüber, ihre Erkenntnis, wer er wirklich war, seine Flucht, die Schüsse, die Hunde.

„Enzio … Enzio ist mein Name … Weiß jemand …?", flüsterte er. Er hatte nicht die Kraft, die Frage zu beenden.

„Nein, außer meinen Dienern und dem Doctore niemand. Wir mussten ihn hinzuziehen, du schwebtest einige Tage zwischen Leben und Tod. Ich muss gestehen, dass wir dich einige Zeit fast aufgegeben hatten. Richtig Angst gemacht hast du mir mit deinen Fieberträumen. Deinen Vater und einen Pietro angefleht hast du, immer wieder, sie gebeten, über die Schwelle gehen zu dürfen." Sie schwieg einige Momente, füllte den Becher neu und reichte ihn Enzio. „Aber bei alledem hattest du großes Glück, wie der Doctore sagte. Eine Kugel blieb in einer Rippe stecken und konnte keine Organe verletzen, andere haben dich nur gestreift. Wenn eine in deinen Körper eingedrungen wäre … du hättest innerhalb kurzer Zeit verbluten können. Rippen gebrochen hast du auch. Glücklicherweise hat keine deine Lunge oder gar dein Herz verletzt, meinte der Doctore. Der Säbelhieb, der dein Gesicht getroffen hat, ist dagegen harmlos, auch wenn der Doctore befürchtet, dass eine Narbe zurückbleiben wird. Wollen wir hoffen, dass sie nicht zu groß sein wird … es wäre schade um dein schönes Gesicht." Sie schwieg, hielt ihm noch einmal den Becher an die Lippen. Gehorsam trank er. Er blickte immer noch besorgt.

„Fürchte nichts, alle meine Diener sind zuverlässig und der Doctore genießt mein völliges Vertrauen. Ich dachte mir, dass du nicht willst, wenn jemand davon erfährt, dass du noch am Leben bist. Der Doctore ist immer nur nachts gekommen, falls Bartolomeo mein Haus hat beobachten lassen." Zum ersten Mal sah Marcella ein Lächeln über das Gesicht ihres Gastes huschen.

„Ihr seid eine kluge Frau!" Sie wurde rot bei dem Kompliment des jungen Mannes.

„Jetzt musst du aber wieder schlafen!" Sie strich ihm die Haare aus der Stirn.

„Wie lange bin ich hier?"

„Zwei Nächte und drei Tage lagst du im Fieber …und danach … seitdem du zum ersten Mal wieder erwacht bist, sind drei Tage vergangen …"

„So lange …" Er musste weitere Fragen stellen, musste handeln. Doch wieder fielen ihm die Augen zu.

„Conte Fosco …", bat er, als er erwachte. „Könntet Ihr bitte Conte Fosco die Nachricht zukommen lassen, dass ich hier bin? Ich bin … der Vetter seiner Frau."

„Conte Fosco?" Sie dachte nach, auf ihrer Stirn zeigten sich mehr und mehr Falten. „Conte Fosco ist einer derjenigen, die in den letzten Tagen verschwunden sind."

„Was?!" Enzio wollte sich aufrichten und fluchte, als er einen heftigen Stich in seiner Brust spürte. Marcella nickte.

„Es ist in den letzten Tagen schlimmer und schlimmer geworden. Geschäfte werden geplündert, Menschen überfallen und ausgeraubt. Nicht nur nachts, inzwischen auch am hellen Tag. Andere verschwinden spurlos. Der ehrenwerte Conte Fosco von der Stadtwache. Und sogar ein Príncipe; wie hieß er noch gleich? Tessa hat ihn erwähnt, als sie vom Einkaufen zurückkam. Sie bringt mir immer den neuesten Tratsch aus der Stadt mit …"

„Príncipe Laurenzio Gabrielli …" Dass Enzio flüsterte, lag nicht an seiner Schwäche.

„Richtig, das war der Name … woher weißt du …"

„Ich werde diesen nichtsnutzigen Diener umbringen. Nein, entlassen werde ich ihn, entlassen! Das ist eine viel härtere Strafe für ihn. Ich hatte ihm befohlen, Stillschweigen zu wahren, sollte ich nicht nach Hause kommen …"

„Du bist … Ihr seid … verzeiht, Herr! Ich konnte doch nicht wissen … Eure Kleidung … sie war die eines einfachen Mannes … und Ihr seid in dem Alter meiner Söhne … da dachte ich …" Enzio sah sie an, lächelte und legte seine Hand auf ihren Arm.

„Es ist mir eine Ehre, von Euch wie ein Sohn behandelt zu werden."

„Denkt Ihr, es ist möglich, eine Botschaft in meinen Palazzo zu senden?" Enzio war am Nachmittag stundenlang wach gelegen und hatte viel zu viel Zeit zum Nachdenken gehabt.

„Ja, Herr, das lässt sich sicher einrichten. Tessa geht täglich einkaufen und Fabio begleitet sie manches Mal mit dem Pferd. Es wäre nichts Auffälliges … er könnte zum Palazzo Gabrielli reiten, während Tessa auf dem Markt ist."

„Nennt mich nicht immer ‚Herr'! Das habt Ihr die ganze Zeit nicht getan." Sie lächelte nur.

„Ich werde Euch meinen Sekretär vorbeischicken. Es wird für Euch einfacher sein, wenn Ihr nicht selbst schreiben müsst. Der Doctore hat Euch absolute Ruhe verordnet. Ihr könnt meinem Sekretär vertrauen, wie Ihr mir vertraut. Nein, noch ein wenig mehr, denn ich neige manches Mal zur Schwatzhaftigkeit. Er ist absolut verschwiegen." Sie kicherte, während sie das Zimmer verließ und nach ihrem Sekretär rief.

Er kam bald darauf in Enzios Krankenzimmer, beladen mit Feder, Tinte und Pergament und breitete alles auf dem Tisch aus, ruhig, ohne Hektik. Ein schlanker, hochgewachsener Mann, nur einige Jahre älter als Enzio.

„Die Herrin bat mich, einen Brief für Euch zu schreiben. Ich bin gerne bereit." Er setzte sich an den Tisch und sah Enzio erwartungsvoll an.

„Ich danke dir! Ich muss eine Botschaft nach Hause schicken, an meinen Diener Marco ..." Enzio schloss die Augen, dachte nach, begann. „Príncipe Laurenzio Francesco Victoriano Maria Daniele Gabrielli grüßt Majordomus Marco im Hause Gabrielli. Mein lieber Marco, ich erwarte, dass du die Suche nach mir sofort einstellst! Es hätte nie bekannt werden dürfen, dass ich verschwunden bin, wie du weißt. Ich habe es dir oft genug gesagt. Du wirst nun ein neues Gerücht in die Welt setzen. Lass die Fahnen im Palazzo auf Halbmast wehen. Sende Boten in schwarzen Gewändern und auf schwarzen Rössern an den Duche, an meine Schwester, an Onkel Rinaldini und an alle, die du sonst noch benachrichtigen würdest, sollte mir etwas zustoßen. Ansonsten wirst du dich still verhalten und nichts weiter unternehmen, bis ich zurückkehre." Enzio schwieg. Der Sekretär sah ihn an und wischte schließlich die Feder ab.

„Wollt Ihr selbst unterschreiben, Herr?" Enzio nickte und griff nach der Feder. Marcella hatte Recht gehabt. Sein Arm und seine Brust schmerzten, als er seinen Namen unter den Brief setzte. Die ganze Botschaft zu schreiben wäre unmöglich für ihn gewesen.

Ventisei

Am nächsten Tag riss eine junge Frau die Tür auf und rannte ins Zimmer.

„Enzio!" Er war in einen leichten Schlummer gesunken und schreckte auf. „Enzio, Vetter, ich kann gar nicht sagen, wie froh ich bin, dass Ihr am Leben seid!"

„Stella?" Verschlafen strich sich Enzio über die Augen. Träumte er noch? „Wie kommst du hierher?"

„Marco …" Sie setzte sich zu ihm auf die Bettkante. „Ich habe herausgefunden, dass er zu Euch fährt. Und ihn überredet, mich mitzunehmen …" Der alte Diener stand im Türrahmen und blickte schuldbewusst zu Boden.

„Herr, der Bote, der mir die Nachricht brachte, dass Ihr lebt … er musste mir sagen, wo Ihr seid … ich habe ihn nicht eher gehen lassen … ich musste doch wissen, ob es Euch wirklich gut geht."

„Alles, was ich von dir wollte, war, dass du die Suche nach mir beendest! Das Beste wäre sogar, wenn ich offiziell für tot erklärt werden würde …"

„Bitte, Enzio, seid nicht so streng mit ihm! Ich bin froh, dass ich mit eigenen Augen sehen kann, wie Euer Befinden ist. Und Euren Tod erklären … schon der Gedanke ist schrecklich." Er blickte sie an und lächelte. Auch wenn seine Augen sorgenvoll waren, er konnte ihr nicht böse sein. Aber er konnte ihr auch keine heile Welt vorspielen.

„Stella – die, die mir das angetan haben, wollen meinen Tod um jeden Preis. Sie haben meinen besten Freund ermordet und ich bin ihnen auf die Schliche gekommen." Er atmete tief durch und sah in ihr Gesicht. Er konnte sie nicht schonen. „Du weißt es doch, weißt, warum ihr in meinem Haus lebt. Bartolomeo, er muss glauben, dass ich tot bin. Sonst wird er nicht aufhören, mich zu jagen. Nicht nur, dass ich zu viel über ihn weiß, ich habe ihn auch bitter enttäuscht … Wenn nun in seiner unmittelbaren Nachbarschaft fremde Kutschen auftauchen … Marcella ist so freundlich, so hilfsbereit. Ich möchte nicht, dass ihr etwas zustößt. Und noch weniger möchte ich, dass dir etwas geschieht."

„Herr, wir haben die alte geschlossene Kutsche genommen, die ohne Wappen. Sie ist absolut unauffällig." Marco versuchte, sich zu verteidigen.

„Warum hast du Contessa Stella mitgenommen?"

„Ich habe ihn gezwungen, mich mitzunehmen" Stella sprang Marco zur Seite. „Außerdem ist es so unauffälliger, wenn wir wirklich beobachtet werden sollten. Ich bin eine Frau, die ihre Freundin besucht, mehr nicht ..." Enzio wollte etwas erwidern. Doch er konnte nicht, konnte ihr nicht böse sein. Sein kleines Mädchen. Das war sie schon lange nicht mehr. Eine junge Frau, die ihrer Mutter an Schönheit in nichts nachstand, das war sie. Aber war sie schon immer so entschlossen und zielstrebig gewesen?

„Stella ... ich habe Angst um dich ...", war alles, was er sagen konnte.

„Dann verstehst du sicher auch, dass ich besorgt um dich war. Ich habe nächtelang nicht geschlafen, konnte nichts mehr essen. Und als dann die Botschaft kam ... ich musste zu dir, um jeden Preis", flüsterte sie. Wie zufällig streifte ihre Hand über seine. Er griff nach ihr und hielt sie fest.

Marco hielt es für geboten, sich zu räuspern. Die beiden schreckten auf und ließen sich los. Marcella Marciani betrat mit einem Tablett das Zimmer, richtete Tassen und goss aus einer Kanne Kaffee hinein. Sie stellte eine Schale mit Keksen auf den kleinen Tisch neben das Bett.

„Es ist mir eine Freude, Euch hier zu haben. Ich habe selten Besuch!"

„Seht Ihr, Vetter Enzio, alles, was ich tue, ist, eine nette Freundin besuchen." Sie lachte schelmisch. Da war es wieder, sein kleines Mädchen. Enzio tat ihr den Gefallen und lachte mit ihr. Doch er war tief besorgt. Marcella hatte erzählt, dass Conte Fosco verschwunden war. Doch Stella wirkte fröhlich, nicht so, als ob sie sich Sorgen machen würde. Oder tat sie nur so munter, um ihn nicht zu beunruhigen? Er sollte sie fragen, doch er wollte Stella nicht traurig machen. Aber hatte er eine andere Möglichkeit? Er musste wissen, was in der Stadt vor sich ging. Ein wenig versuchte er, sich aufzurichten, ein wenig nur. Sofort fuhr ihm wieder der Schmerz in die Brust. Er stöhnte, während er sich in die Kissen zurückfallen ließ.

„Vetter Enzio, habt Ihr große Schmerzen?" Stella sah ihn besorgt an. Er schüttelte den Kopf.

„Das ist es nicht … es ist nur … Ich bin dazu verurteilt, hier still zu liegen. Und draußen geht das Leben weiter … Bartolomeo wütet schlimmer als jemals zuvor."

„Ich weiß …" Stella sah ihn an, ernst, doch nicht verzweifelt.

„Stella …" Konnte er es aussprechen? Hier, vor Marcella? Für alle, selbst für treueste Diener wie

Marco, war Stella immer nur die Tochter seiner Base gewesen, nie die Tochter des Conte Fosco. Doch Marcella hatte ihm das Leben gerettet. Wenn er ihr nicht vertrauen konnte, wem dann? Und er musste es wissen. „Stella, dein Vater – was ist mit ihm? Ist er wirklich verschwunden, wie man sich in der Stadt erzählt?" Stellas Augen wurden ein wenig feucht, doch sie antwortete ruhig.

„Er hat morgens den Palazzo verlassen. Manchmal hat er bei Mutter übernachtet und ist vom Palazzo zu den Unterkünften der Stadtwache." Sie schaute schuldbewusst zu Marco, der immer noch respektvoll an der Türe stand. „Wir hoffen, dass es nicht zu viel Gerede unter der Dienerschaft gegeben hat …" Seinem verwirrten Ausdruck nach zu urteilen, verstand er nicht, was sie meinte.

„Gewiss nicht!", erwiderte er trotzdem pflichtbewusst. „Und wenn, dann hätte ich es umgehend unterbunden."

„Danke Marco!" Ein wenig lächelte sie zu dem Diener hin. Dann blickte sie wieder ernst und sah zu Enzio. „Er ist immer zu der Zeit nach Hause … also … ich meine … in den Palazzo, zurückgekehrt, zu der Ihr Euch mit ihm zum Fechten getroffen habt, wenn Ihr zuhause weiltet. Doch seit vier Tagen …" Tränen rannen ihr über die Wangen, sie weinte still. Marcella rückte den Stuhl zu ihr hin und legte ihren Arm um sie. Enzio schloss die Augen.

„Ich muss zum Duche. So schnell wie möglich."

„Herr! Das könnt Ihr nicht!"

„Enzio, ich bitte Euch. Ihr seid verwundet …"

„Ihr könnt Euch noch nicht einmal richtig aufrichten. Wie wollt Ihr dann zum Duche gelangen?"

„Der Doctore hat gesagt, dass Ihr ruhig liegenbleiben müsst!" Dreistimmiger Protest schlug ihm entgegen.

„Ich muss! Muss irgendeinen Weg finden … Stella, dein Vater … wenn Bartolomeo ihn wirklich in seiner Gewalt hat, dann dürfen wir keine Zeit verlieren! Bartolomeo muss unter Arrest gestellt werden. Er und seine Mörderbande."

„Kann das denn niemand anderes tun?" Immer noch liefen Stella Tränen über die Wangen. „Natürlich möchte ich, dass mein Vater gerettet wird. Aber … Ihr habt nicht die Kraft … würdet Leid ertragen müssen, vielleicht gar mit Eurem Leben spielen, wenn Ihr Euch überanstrengt. Und das möchte ich nicht …" Enzio schüttelte langsam den Kopf.

„Nein Stella! Ein anderer würde vermutlich noch nicht einmal bis zum Duche vordringen kön-

nen. Ich bin Príncipe Gabrielli, Truchsess des Duche. Ich habe das Recht, ihn jederzeit sprechen zu
dürfen."

„Und wenn ich gehen würde? Wenn ich sagen
würde, dass ich in Eurem Namen komme?", fragte
Stella.

„Wer würde dir das glauben?"

„Herr", ließ sich Marco von der Türe her ver-
nehmen. „Wenn ich so frei sein und sprechen darf.
Wenn Ihr mir ein Schreiben mit Eurem Siegel geben würdet, dann könnte ich es bestimmt dem Duche persönlich übergeben."

„Mein Siegelring …" Enzio erinnerte sich und
tastete an seine Brust. Das Lederband, der Schlüssel. Sie waren nicht mehr da. Wann hatte er sie zuletzt getragen? Vor seiner Flucht hatte er das Band
noch um gehabt. Hatte er es auf seiner Flucht verloren? War es gar in Bartolomeos Hände geraten?

„Oh, verzeiht, Herr!" Marcella suchte in der
Schublade des Tisches, der neben dem Bett stand.
„Sucht Ihr das hier? Wir haben es Euch abnehmen
müssen, als der Doctore Eure Wunden behandelt
hat." Sie kramte das Lederband hervor, den
Schlüssel. Enzio atmete tief durch und wollte es an
Marco weitergeben.

„Darf ich ihn nehmen? Darf ich die Botschaft überbringen? Eine Frau erscheint ihnen sicherlich harmloser. Mich werden sie eher durchlassen. Und wenn ich nett lächele, sowieso." Sie stellte ihre Kunst gleich unter Beweis. Enzio hatte genug von lächelnden Damen.

„Nein! Du wirst nicht mit ihnen kokettieren! Du wirst dich nicht in eine solche Gefahr begeben! Wer weiß, was dir geschieht."

„Mit Verlaub, Herr, wenn ich mich noch einmal einmischen darf! Sie hat Recht. Contessa Stella ist von Stand, sie wird eher Zutritt zum Duche erhalten, als ich."

„Warum traut ihr Männer uns Frauen immer so wenig zu?", mischte sich auch Marcella ein. „Wir Frauen sind stärker als ihr glaubt!" Enzio seufzte. Er hatte nicht mehr die Kraft, sich gegen die Frauen und Marco zur Wehr zu setzen und schloss die Augen. Warum sahen sie nicht, wie gefährlich das Unterfangen war? Wenn Stella in Remigios Hände fallen würde … Enzio mochte gar nicht daran denken.

„Verzeiht, Vetter Enzio. Ihr müsst müde sein. Wir sollten Euch alleine lassen."

„Nein, bitte, bleib. Wir haben uns seit dem Maskenball nicht mehr gesehen. Erzähle … wenn du magst!" Stellas Augen leuchteten wieder.

„Oh, es war wunderbar! Die bunten Kostüme, die Musik … ich habe die ganze Nacht getanzt. Eure Schwester ist sehr nett …" Munter plauderte sie weiter, machte Enzio die Zeit kurz. Auch Marcella freute sich, Gäste zu haben und etwas aus der Welt des hohen Adels zu erfahren. Sie war immer auf den Klatsch der Dienstboten angewiesen. Selten traf sie sich mit alten Freundinnen. Marco jedoch erfüllte seine Pflicht und füllte unauffällig die Tassen auf. Es war für alle ein vergnüglicher Nachmittag, der sie ein wenig die Sorgen vergessen ließ. Irgendwann hatten sich Enzios und Stellas Hand wieder gefunden, sie hielten sich fest. Enzio fielen schließlich die Augen zu und seine Atemzüge wurden regelmäßig. Stella wagte es, über seine Wange, seine kaum verheilte Wunde zu streichen.

„Hat er große Schmerzen?"

„Vermutlich, Herrin – doch der Doctore hat mir Kräuter hiergelassen, die die Schmerzen lindern. Und er sieht regelmäßig nach ihm."

„Wenn ich ihm doch nur helfen könnte."

„Herrin, wir sollten uns auf den Heimweg machen", mahnte Marco. Sie stand auf und folgte Marco und Marcella hinaus. Die Tür schloss sich. Enzio war alleine. Noch einmal öffnete er die Augen und blickte zur Tür, durch die sie eben verschwunden war. Er hatte nicht geschlafen, fühlte ihre zarte Hand auf seiner Wange immer noch. Sein kleines Mädchen ... konnte es wirklich möglich sein, dass er der Schatz war, von dem sie gesprochen hatte, als sie gemeinsam Rosa patrizia bewundert hatten? Wann hatte er zum ersten Mal erkannt, dass sie für ihn ein solcher Schatz war? Durch Principessa Venieri auf dem Maskenball? Der Gedanke an sie ... in einem fernen Traum ... er suchte, doch er erinnerte sich nicht mehr. Der Gedanke an sie ... er war lebenswichtig für ihn gewesen. Das war alles, was er noch wusste. Er schlief ein.

Ventisette

Am nächsten Morgen, Marcella half Enzio gerade beim Frühstück, stürmte Tessa ins Zimmer.

„Verzeiht, Herrin, Herr – eine Dame ist angekommen, und ein Herr. Sie sagt, sie sei die Schwester des Herrn Enzio ...“

„Valeria? Wie kommt sie hierher?“ Enzios Schwester drängte sich an Tessa vorbei. Príncipe Adelchi folgte ihr und blieb im Hintergrund stehen.

„Valeria, was machst du hier? Warum bist du hier?“

„Ich habe gestern Abend eine seltsame Botschaft von Marco erhalten. Ein Bote in schwarzen Gewändern auf einem schwarzen Pferd, der mir die Nachricht überbrachte, dass ich mir keine Sorgen machen solle, egal, was ich hören würde. Ich bin natürlich sofort nach Hause aufgebrochen und habe Marco so lange bearbeitet, bis er mir die Wahrheit erzählt hat. Und heute Morgen haben wir uns gleich auf den Weg gemacht. Ich wollte mit eigenen Augen sehen, dass es dir gut geht!“

„Valeria … hat dir Marco nicht erzählt, dass keiner wissen darf, dass ich hier bin? Dass es besser ist, wenn alle denken, ich sei tot?"

„Das tun die Menschen, Herr! Ich war heute schon auf dem Markt. Es gab kaum ein anderes Gesprächsthema. Alle haben den jungen Príncipe bedauert, der so früh aus dem Leben scheiden musste." Tessa stand immer noch unschlüssig an der Tür und mischte sich nun ein.

„Na siehst du, Enzio. Aber wenn es dich beruhigt, werde ich gerne mit der Herrin des Hauses im Garten spazieren gehen wie eine alte Freundin!" Sie stand auf. „Wir können die Herren ja sicher ein wenig alleine lassen, denke ich …" Sie lächelte. Zusammen mit Marcella und Tessa verließ sie das Zimmer. Príncipe Adelchi setzte sich zu Enzio ans Bett. Sie schwiegen.

„Danke, dass Ihr Ylenia und Stella nach Hause gebracht habt. Wie ich hörte, haben sich die beiden dank Eurer Hilfe noch lange amüsieren können." Enzio begann schließlich das Gespräch.

„Das war selbstverständlich. Zwei nette Damen. Eure Basen, ja?"

„Genau, Valerias und meine Basen. Die Enkeltochter von Großtante Brunella und ihr Kind."

„Ja, ich hörte davon." Wieder schwiegen sie.

„Ich habe Euch eine Flasche Wein mitgebracht", begann Príncipe Adelchi wieder, während er die Flasche auf den Tisch stellte. „Ich denke, Ihr dürft welchen trinken?"

„Ja, in Maßen … der Doctore sieht es als Medizin."

„Ja … Medizin …" Adelchi lachte. Dann schwiegen sie, bis die Damen zurückkehrten.

„Euer Garten ist ein wahres Kleinod, Marcella. Man sieht, dass eine liebevolle Hand ihn pflegt."

„Nun, ich bin die meiste Zeit des Jahres alleine. Und ich liebe Blumen. Da nutze ich meine Zeit gerne, um dem Gärtner zur Hand zu gehen."

„Wenn sich nicht plötzlich wieder ein halbtoter Príncipe in Euren Garten verirrt." Valeria lachte. Marcella konnte nur wenig lächeln.

„Es stand wirklich sehr schlecht um ihn …" Auch Valeria wurde ernst.

„Ja … und ich bin Euch von Herzen dankbar, dass Ihr ihn gerettet und umsorgt habt. Die Familie Gabrielli wird auf immer in Eurer Schuld stehen. Er ist der letzte männliche Nachkomme … nun, vielleicht doch nicht, wenn die Urenkel von Großtante Brunella …" Sie zwinkerte Enzio zu und lachte wieder. „Base Ylenia hat mir von ihren beiden Söhnen erzählt …"

„Valeria, du weißt genauso gut wie ich, dass Großtante Brunella keine Kinder hatte."

„Ach? Das sind ja ganz neue Töne, Bruderherz. Dann hast du also doch dein Liebchen unter falschen Namen bei dir versteckt."

„Nein, das habe ich nicht! Sie wurden bedroht, ich musste sie in Sicherheit bringen ... der verschwundene Conte, Conte Fosco, er hat mit mir zusammengearbeitet. Er ist ihr Vater. Ach, warte einfach noch ein paar Tage, dann wird sich alles aufklären. Marco wollte zum Duche und ihm berichten ... oder Stella ... ich habe es ihnen zwar verboten, aber sie haben beide denselben Dickkopf ... außerdem hast auch du Söhne."

„Ja, aber das sind keine Gabriellis. Sie gehören zur Familie der Adelchis. Und auch wenn ich meinen Mann von Herzen liebe und die jahrhundertelange Fehde nicht mehr zeitgemäß ist, so manch einer unserer Vorfahren würde sich im Grab herumdrehen, wenn er wüsste, dass Recht und Besitz der Gabriellis an die Familie Adelchi übergehen würden. Also, sieh zu, dass du bald wieder gesund wirst! Und dann höre auf, mit deinem Leben zu spielen."

„Ja, große Schwester! Du bist schlimmer als Mutter und Vater zusammen." Valeria lachte.

„Ich nehme das als Kompliment! Und sehe mit Freuden, dass es dir gut geht! Trotzdem werde ich dich jetzt verlassen. Wenn ich darf, werde ich Marcella in den nächsten Tagen wieder besuchen."

„Es wäre mir eine Ehre, Principessa!"

„Gut … es wird mich freuen. Pass auf dich auf, Bruder. Nicht nur, weil du ein Gabrielli bist. Es gibt Menschen, die dich von Herzen lieben. Ich bin eine davon!" Sie gab ihm zum Abschied einen Kuss auf die Stirn. Príncipe Adelchi nickte ihm zum Abschied zu.

„Ich wünsche Euch gute Besserung! Und viel Vergnügen mit der Medizin." Er lachte. Enzio lachte mit ihm.

„Danke, das werde ich haben."

„Einen edlen Tropfen hat Euch Euer Schwager mitgebracht, Herr." Marcella betrachtete die Flasche, als sie zu Enzio zurückkehrte.

„Ja, Príncipe Adelchi hat sich noch nie lumpen lassen. Wollt Ihr heute Abend ein Glas mit mir trinken, Marcella?"

„Ach, ich weiß nicht … eigentlich trinke ich selten Wein."

„Tut mir den Gefallen ..." Enzio setzte sein charmantestes Lächeln auf. Dem konnte sie nicht widerstehen.

Marcella holte die Kristallgläser für besondere Gäste hervor, als sie es sich am Abend an Enzios Bett gemütlich machte, goss ein und reichte Enzio den Kelch.

„Nun denn", begann er. „Auf den edlen Spender und die Frau, die es mir mit ihrer Fürsorge ermöglicht hat, dass ich noch trinken kann. Auf Euch!" Enzio lächelte sie an. Marcella wurde rot.

„Sagt, habt Ihr irgendetwas von Contessa Stella und meinem aufdringlichen Diener gehört?", fragte Enzio, nachdem er einen tiefen Schluck genommen hatte.

„Nein Herr, noch nicht. Ihr macht Euch große Sorgen um sie, nicht wahr."

„Um Stella, ja ... wenn sie wirklich zum Duche gegangen ist ..."

„Sie liebt Euch, Herr. Und Frauen, die lieben, sind stark!" Enzio blickte sie erstaunt an.

„Hat sie das gesagt?"

„Aber Herr, dazu braucht es doch keine Worte. Man hat Euch und sie nur betrachten müssen, um Bescheid zu wissen." Nun wurde auch Enzio rot. Er nahm einen weiteren Schluck, um seine Verlegenheit zu verstecken. Auch Marcella nippte ein wenig an ihrem Glas und lächelte vor sich hin.

„Meine Schwester erwähnte, dass Ihr einen schönen Garten habt." Enzio lenkte schließlich das Gespräch auf ein anderes Thema. Warum wurde er plötzlich so müde? Warum sein Blick so trüb? Marcella, sie fasste sich an den Bauch, schien Schmerzen zu haben.

„Tessa!" schrie sie. „Tessa, Brechmittel, schnell! Rocco, Ricardo!" Enzio konnte nichts mehr erkennen, hörte nur noch Marcellas Stimme. Sein Arm sank, die Hand öffnete sich, der Kelch fiel heraus. „Nicht ich! Er! Er hat viel mehr getrunken." Starke Arme hoben ihn hoch, stellten ihn auf seine Füße und hielten ihn aufrecht. Irgendjemand flößte ihm eine bittere Flüssigkeit ein. Sein Magen kämpfte dagegen an, bäumte sich auf. Er musste sich übergeben, immer wieder.

„So ist es gut. Das Gift muss aus dir heraus. Bleibe bei uns, Enzio, bleibe bei uns …" Marcella hörte sich an, als wäre sie weit entfernt. Alles um ihn herum war schwarz. Dolche, in seiner Brust, in seinem Rücken. Plötzlich waren die Schmerzen da. Und genauso plötzlich war alles vorbei.

Ventotto

Die Welt drehte sich. Das grelle Licht der Sonne, das Geschrei der Vögel, schmerzten seine Sinne. Hatte er gestern zu viel getrunken? Das war ihm schon lange nicht mehr passiert. Langsam erinnerte er sich. Er hatte doch nur ein Glas ... aber dann ... diese Übelkeit.

„Dem Allmächtigen sei Dank! Er erwacht." Ein hageres Gesicht tauchte vor ihm auf. Der Doctore.

„Was ist geschehen?" Sein Hals war trocken, Enzio konnte nur flüstern. Der Doctore reichte ihm einen Becher.

„Fürchtet nichts, es ist nur Wasser – von Marcella persönlich aus dem Brunnen geholt." Enzio trank gehorsam. „Ihr habt gestern Wein getrunken, der ein Gift enthielt. Ihr selbst hättet es vermutlich nicht bemerkt, bei all den Mitteln gegen die Schmerzen. Aber Marcella hat Bauchkrämpfe davon bekommen. Und gesehen, wie schlecht es Euch ging. Sie hat Euch vermutlich erneut das Leben gerettet. Eure Rippen haben es Euch übel genommen, Ihr werdet vermutlich noch einige Zeit länger brauchen, bis Ihr keine Schmerzen mehr habt. Aber ansonsten habt Ihr alles gut überstanden."

„Marcella – ist sie … wie geht es ihr?"

„Ihr geht es gut, sie hatte nur einen kleinen Schluck getrunken. Doch ich habe sie ins Bett geschickt, sie hat fast die ganze Nacht an Eurer Seite gewacht." Enzio starrte zur Decke und konnte das eben Gehörte nicht glauben.

„Gift? Aber wieso? Was für einen Grund sollte Adelchi haben? Und ein anderer? Die Flasche stand die ganze Zeit hier, ich hätte etwas bemerken müssen."

„Nun, das Gift muss nicht unbedingt von jemandem in den Wein gemischt worden sein … es ist möglich, dass er zu lange oder falsch gelagert wurde. Man kann viele Fehler machen, mit diesen Flaschen. Ich bin ja immer noch ein Anhänger des Weines vom Fass!" Enzio erwiderte nichts mehr, starrte zur Decke. Falsch gelagert, ja, das schien ihm die einzig mögliche Erklärung.

Plötzlich wurde die Türe aufgerissen, Tessa stürmte herein.

„Herrin … ist die Herrin nicht mehr da?"

„Sie hat sich zur Ruhe begeben."

„Oh, dann verzeiht – ich bin ja so aufgeregt. Gerade komme ich vom Markt. Es ist unglaublich, was ich gehört habe! Mitglieder der Leibwache des Duche … sie haben Bartolomeo, den Meister der Kaufmannsgilde festgenommen!"

Es war schon Nachmittag, als Stella ins Zimmer gerannt kam.

„Enzio, ich bin so froh, wieder bei Euch zu sein!" Sie vergaß alles, was sie gelernt hatte, setzte sich auf sein Bett, fiel ihm um den Hals und drückte sich fest an ihn. Der Doctore wollte protestieren, doch er brachte es nicht übers Herz. Enzio jedoch stöhnte. Seine Rippen schmerzten, trotz des Pulvers, das ihm der Doctore verabreicht hatte.

„Oh, verzeiht, Enzio. Ich wollte Euch nicht wehtun." Sie ließ ihn los. „Aber ich war so erleichtert."

„Was ist geschehen? Stimmt es wirklich, was Tessa erzählt hat? Ist Bartolomeo verhaftet?" Stella nickte eifrig.

„Ja, und Augustino und Remigio und wie sie alle heißen … das hat der Duche jedenfalls gesagt. Sonst hätte er mich nicht gehen lassen."

„Du warst beim Duche?"

„Ja natürlich! Keine Angst, wir hatten wieder die unauffällige Kutsche ohne Wappen. Marco hat dafür gesorgt, dass eines der Dienstmädchen mich begleitet hat, als Anstandsdame. Und zwei der Söldner zu unserem Schutz. Sie haben die Angreifer abgewehrt. Einer der Söldner wurde leider verletzt …"

„Du wurdest angegriffen?!" Enzio wurde blass.

„Ja … nun …"

„Wann war das?"

„Nun, Marco und ich waren gestern Morgen in Eurem Arbeitszimmer und haben den Siegelring aus der Schublade geholt. Ich habe auch gleich die Aufzeichnungen mitgenommen, als Beweis. Dann, nach dem Mittagessen, als Mutter sich zur Mittagsruhe zurückgezogen hat, sind wir aufgebrochen …"

„Deine Mutter weiß nichts davon?"

„Nein … nun, Marco wollte es ihr sagen …" Stella wirkte kleinlaut. „Und der Duche hat ihr

eine Botschaft geschickt, dass es mir gut geht …
sie hätte mich doch niemals gehen lassen …"

„Und sie hätte Recht getan … und das alles nur,
weil ich hier liegen muss und nicht selbst handeln
kann …"

„Ihr dürft Euch keine Vorwürfe machen. Ihr
habt viel getan und lange genug Euer Leben aufs
Spiel gesetzt. Der Duche war beeindruckt von Euren Aufzeichnungen."

„Du konntest ihn persönlich sprechen?"

„Ja – Euer Siegelring hat mir Tür und Tor geöffnet. Ich wurde sofort zu ihm gelassen. Er ist ein
sehr freundlicher Herr. Als er hörte, dass einer der
Söldner verwundet wurde, hat er sofort veranlasst,
dass er die beste Pflege erhält. Und mir hat er ge-
duldig zugehört. Ich durfte sein Gast sein, bis Bartolomeo und die anderen gefangen wurden und mir
keine Gefahr mehr drohte. Hier ist übrigens Euer
Siegelring zurück." Sie hatte das Lederband, an
dem Enzio den Schlüssel getragen hatte, um ihren
Hals gehängt und zog es nun hervor. Neben dem
Schlüssel baumelte der Ring. „Ich habe dem Duche versprochen, dass ich ihn Euch sofort bringe."
Enzio nahm ihn, hielt ihn in der Hand und sah dabei Stella an. Sein kleines Mädchen. Perle, Schönheit, mutige Frau. Er drehte den Siegelring der Familie Gabrielli zwischen seinen Fingern. Sollte er

ihn ihr anstecken, hier, jetzt gleich? Doch nein, das konnte er nicht. Anderes musste besprochen werden, ehe er diesen Schritt tun durfte.

„Dein Vater? Hat man deinen Vater gefunden?" Ein Schatten huschte über Stellas Gesicht.

„Nein, noch nicht. Der Duche hat versprochen, sofort Botschafter loszuschicken, sowohl hierher als auch in den Palazzo." Enzio nickte. Er schloss die Augen.

„Diese Angreifer … wie haben sie ausgesehen?"

„Groß und fies, ganz in schwarze Kleider gehüllt."

„Bartolomeos Schergen … wie konnten sie nur wissen, dass du zum Duche fährst? Keiner wusste davon."

„Der Duche hat vermutet, dass sie vor dem Palazzo der Gabriellis gelauert haben."

„Aber woher wussten sie, dass sie lauern müssen?"

„Ja, das ist seltsam … aber nun, sie sind verhaftet und im Kerker. Es kann uns nichts mehr geschehen. Macht Euch also keine Gedanken mehr!" Sie wagte es, ihm über den Arm zu streichen, über die Haare. Er nahm ihre Hand und hielt sie fest.

Sie schreckten hoch. Die Tür des Zimmers hatte sich mit lautem Knarren geöffnet. Stella hatte ihren Kopf auf Enzios Schulter gebettet und ihre Hand auf seine Brust gelegt. Offensichtlich war sie dort eingeschlafen, wo sie gesessen hatte. Enzio hatte im Schlaf einen Arm um sie gelegt und sie fest an sich gedrückt. Und nun waren Marco und Marcella eingetreten und hatten sie erwischt.

„Verzeiht … ich wollte nicht … ich war so müde … muss eingeschlafen sein." Stella wurde über und über rot.

„Nun, es ist ja nichts Schlimmes passiert. Ich bin sicher, Marco und Marcella haben nichts gesehen." Enzio behielt seine Ruhe.

„Was hätte ich sehen können, Herr?"

„Ich selbstverständlich auch nicht", beeilte Marcella sich, zu versichern.

„Siehst du, es ist nichts passiert." Enzio lächelte. „Und ich kann nicht behaupten, dass du mir etwas Unangenehmes angetan hast. Wirklich schlimm wäre gewesen, wenn deine Mutter uns erwischt hätte."

„Das ist kein Gedanke, der Euch zum Lächeln bringen sollte, Vetter Enzio! Wochenlang einsperren würde sie mich. Aber erst, nachdem Ihr mich geheiratet hättet! Auf der Stelle."

„Wäre das so schlimm?" Ihre Augen trafen sich.

„Nein …" Sie konnte nur flüstern.

„Stella …" Er richtete sich auf, achtete nicht auf die Schmerzen. Nahe sein wollte er ihr, so nahe wie möglich. Sie beugte sich ein wenig nach vorn, senkte den Blick, verlegen, aber seine Nähe genießend. Seine Lippen streiften ihre Wangen.

„Ich möchte mit dir zusammen sein", hauchte er in ihr Ohr. „Für den Rest meines Lebens. Stella … ich möchte keinen Tag mehr ohne dich verbringen."

Marco hielt es für angebracht, sich zu räuspern. Sie fuhren auseinander. Enzio sank in die Kissen zurück, spürte die Schmerzen in seiner Brust wieder und stöhnte.

„Eure Mutter schickt mich, Contessa Stella. Ich soll Euch abholen und in den Palazzo bringen, damit Ihr Eure Sachen packen könnt."

„Was?"

„Ja, Herr", Marco wandte sich an Enzio. „Contessa Ylenia möchte jetzt, da die Gefahr gebannt ist, zurück in ihr Stadthaus ziehen. Sie möchte Euch nicht länger zur Last fallen. Das soll ich Euch ausrichten."

„Was? Richte ihr Grüße von mir aus und teile ihr mit, dass ich es als persönliche Beleidigung empfinden werde, wenn sie mein Haus verlässt, während ich hier noch verletzt liege. Das hinterlässt den Eindruck, dass sie vor mir fliehen möchte."

„Und ich, ich werde bei Vetter Enzio bleiben!" Stella verschränkte die Arme vor ihrer Brust.

„Nein Stella, da muss ich deiner Mutter zustimmen. Du hast vieles hinter dich gebracht und brauchst Ruhe. Du schläfst ja schon bei mir im Bett ein." Er grinste. Sie wurde rot.

„Das wird nicht mehr passieren."

„Trotzdem, Stella. Kehre nach Hause zurück und schlafe dich gründlich aus. Wenn du willst, nimm ein Bad und lass dich von der Wärme einhüllen. Gehe im Garten spazieren und genieße die Ruhe. Du darfst morgen jederzeit wieder kommen. Marco wird eine Kutsche für dich bereitstellen. Du wirst in einer Kutsche mit dem Wappen der Familie Gabrielli fahren dürfen. Wenn du möchtest, sogar in einer offenen. Ist das ein Angebot?"

„Ein sehr verlockendes, Vetter Enzio. Doch ich kehre nur zurück, weil Ihr es wünscht. Und um im Garten spazieren zu gehen. Ich werde sie von Euch grüßen." Er lächelte, musste nicht nachfragen, wen sie grüßen wollte. Rosa patrizia.

Auch wenn er in seine Kissen zurückfiel, die Augen schloss, vor Müdigkeit keinen Appetit hatte, als ein Diener das Abendessen brachte und die Kerzen anzündete; der Tag war für Enzio noch nicht zu Ende. Seine Schwester erschien nach dem Abendessen.

„Enzio! Bruderherz, verzeih die späte Störung. Doch ich musste es einfach wissen: Bist du der Held, der uns von diesem Gildemeister befreit hat? Nach deinen Andeutungen, dass bald etwas geschehen wird …"

„Nein – das war Stella – ich habe nur die Beweise gegen ihn gesammelt. Stella hat sie dem Duche übermittelt."

„Also hast es doch du getan! Ich bin stolz auf dich! Aber du bist ja auch ein Gabrielli. Wie konnte ich nur daran zweifeln?" Enzio lächelte, konnte ein Gähnen nicht unterdrücken.

„Verzeih …"

„Nein, ich muss dich um Verzeihung bitten. Nur wegen meiner Neugier kommst du nicht zu der Ruhe, die du benötigst. Ich lasse dich alleine und komme zu einem passenderen Zeitpunkt wieder." Sie strich ihm die Haare aus der Stirn und küsste ihn zum Abschied auf die Wange."

„Vielen Dank dafür, Marcella, dass Ihr uns noch einmal eingelassen habt!" Sie wandte sich um.

„Ihr seid mir immer willkommen, Principessa. Und Ihr natürlich auch, Príncipe." Enzio schaute auf. Adelchi lehnte am Türrahmen. Er hatte ihn bisher nicht wahrgenommen. Adelchi nickte zum Abschied.

„Príncipe Gabrielli."

„Príncipe Adelchi." Enzio erwiderte den Gruß. Adelchi folgte den Frauen, die Tür schloss sich. Enzios Augen fielen zu.

Ventinove

Enzio fuhr hoch. Innerhalb kürzester Zeit musste er eingeschlafen sein. Príncipe Adelchi stand in der Tür.

„Mein Münzbeutel … ich muss ihn hier verloren haben … verzeiht, Schwager, ich wollte Euch nicht stören … ah, da ist er ja." Enzio atmete erleichtert aus und schloss erneut die Augen.

Rauch! Beißender Rauch füllte seine Lungen. Er erwachte, hustete. Feuer, ein Feuer war ausgebrochen. Schreien musste er, um Hilfe schreien. Doch seine Stimme versagte. Alles, was er konnte, war husten. Immer schwerer fiel ihm das Atmen. Er musste aus diesem Zimmer, so schnell wie möglich, richtete sich auf, klammerte sich am Rahmen des Bettes fest, rang verzweifelt nach Atem. Ein Schrei von weit her.

„Rocco! Ricardo!" Immer dichter wurde der Rauch, hüllte ihn vollständig ein. Alles um ihn herum wurde schwarz. Dass sein Körper auf dem Boden aufschlug, bemerkte er nicht mehr.

Das Gesicht, das vor ihm auftauchte, als er die Augen aufschlug, war ihm inzwischen bekannter, als ihm lieb war.

„Doctore ...“, krächzte er. Sein Hals war rau, seine Lungen brannten.

„Ah – habt Ihr es wieder einmal geschafft, unter den Lebenden zu bleiben. Meine Glückwünsche dazu.“ Er reichte ihm einen Becher. Enzio trank begierig. „Ihr solltet allerdings aufhören, Euer Schicksal ständig herauszufordern. Irgendwann einmal ist die edle Marcella nicht mehr zur Stelle, um Eure Haut zu retten ... Außerdem ist es Eurer Heilung nicht zuträglich.“ Er füllte den Becher erneut und reichte ihn Enzio. Der trank Schluck für Schluck, spürte, wie seine Schmerzen langsam besser wurden, auch wenn ihm wieder Müdigkeit überfiel.

„Er kann doch nichts dafür ...“ Marcella stand hinter dem Doctore. „Es war ein Unfall ... es tut mir leid, Príncipe – eine der Kerzen muss umgefallen sein. Ein Feuer ist in Eurem Zimmer ausgebrochen. Ricardo und Rocco konnten Euch gerade noch rechtzeitig herausziehen."

„Ja, und sie haben dabei mal wieder Euren Brustkorb kräftig durcheinandergewirbelt." Enzio hörte dem Doctore nicht zu. Marcellas Worte hatten ihn nachdenklich gemacht.

„Eine Kerze fällt nicht einfach um … Príncipe Adelchi … er war noch einmal im Zimmer, angeblich, weil er seinen Münzbeutel verloren hatte …"

„Ihr meint …"

„Er war es, der mir den vergifteten Wein geschenkt hatte."

„Dieser Mann wird nie wieder in mein Haus kommen, ob Príncipe oder nicht!", fauchte Marcella. „Ihr müsst ihn des Mordes anklagen!"

„Das kann ich nicht. Ich habe keinerlei Beweise. Bisher ist es nur eine Vermutung …"

„Aber warum sollte er so etwas tun?", warf der Doctore ein. „Principe Adelchi gilt als Ehrenmann. Warum sollte er seinen Schwager töten wollen?"

„Das ist etwas, das auch ich nicht verstehe …" Enzio dachte einige Augenblicke nach. „Wir müssen Gewissheit bekommen. Marcella, dieser Ricardo und dieser Rocco – wer sind die?"

„Nun, eigentlich nur einfache Diener. Doch sie haben inzwischen den Ruf, meine Leibwächter zu sein. Als Frau, die den Großteil des Jahres alleine im Haus lebt, bin ich froh, zwei derart starke Männer in meiner Dienerschaft zu haben."

„Ist es möglich, sie zu sprechen? Ich habe einen Plan ..."

„Nichts werdet Ihr unternehmen, solange ich es Euch nicht erlaube. Ihr werdet nicht weiter mit Eurem Leben spielen! Ich muss Euch dann wieder und wieder zusammenflicken."

„Er kann doch nichts dafür ..."

„Für seine Pläne, irgendwelche Verbrecher zu überführen, kann er sehr wohl etwas. Versprecht mir, dass Ihr nichts unternehmen werdet, ehe ich Euch nicht die Erlaubnis dazu erteile!"

„Ja, ich verspreche es Euch ... auf zwei oder drei Tage kommt es nicht mehr an." Enzio spürte selbst, wie schlecht es ihm ging. Und auch er würde seine Kräfte benötigen, wenn er seinen Plan ausführen wollte.

„Rechnet eher mit zwei bis drei Wochen. Ihr müsst ruhig liegen bleiben, wenn Eure Verletzungen und Brüche heilen sollen. Doch Ihr tut genau das Gegenteil!"

„Aber er kann doch nichts dafür … und soll dieser Meuchelmörder weiterhin frei herumlaufen? Was ist, wenn er wieder zuschlägt, ehe Príncipe Gabrielli seinen Plan in die Tat umsetzen kann?"

„Dann werdet Ihr ihn eben nicht mehr ins Haus lassen. Lasst Euch für Príncipe Adelchi verleugnen, sagt, dass es Príncipe Laurenzio nicht gut geht und er schläft, dass niemand zu ihm darf. Weist Eure Dienerschaft entsprechend an! Er braucht endlich Ruhe, er muss sich schonen! Sonst wird er nie wieder gesund werden."

„Ja …", antwortete Marcella kleinlaut. Enzio erwiderte nichts, hatte die Augen geschlossen. „Er scheint eingeschlafen zu sein. Wir sollten ihn alleine lassen." Leise verließen sie das Zimmer. Doch Enzio schlief nicht.

Príncipe Adelchi – Vater hatte ihm nie vertraut, obwohl es für Misstrauen nie einen Anlass gegeben hatte. Der alte Hass war wohl noch zu tief in Vater verankert gewesen. Auch Enzio hatte als Kind von seinem Großvater die Geschichten erzählt bekommen. Die Geschichte des jahrhunderte-

alten Neides der Adelchis auf das Amt des Truchsess, das die Gabriellis beim Duche innehatten. Sie
hatten die Gabriellis mit ihrer Missgunst verfolgt
und ihnen Schaden zugefügt, wo sie nur konnten.
Immer wieder waren die Streitigkeiten zwischen
den Familien eskaliert, hatten zu Waffengewalt geführt. Immer öfter hatte es Tote gegeben. Bis
schließlich der Duche vor drei Generationen ein
Ende der Gewalt befohlen hatte. Seitdem hatte
Waffenstillstand geherrscht. Doch Frieden? Der
kehrte erst ein, als der junge Príncipe Adelchi um
die bezaubernde Valeria Gabrielli warb, heimlich
zuerst. Als sie beide sich schließlich so sehr lieb-
ten, dass sie heiraten wollten, brachten beide El-
ternpaare es nicht übers Herz, es ihnen zu verbieten. Von Versöhnung war die Rede gewesen, von
einem neuen Beginn. Weder Príncipe Adelchi
noch Valeria hatten sich um die alten Geschichten
gekümmert. Warum sollte er plötzlich jetzt, nach
all den Jahren, den letzten Gabrielli umbringen
wollen? Es ergab keinen Sinn, es ergab einfach
keinen Sinn. Adelchi liebte Valeria so sehr, dass er
für sie in Kauf genommen hätte, aus der Familie
ausgestoßen zu werden. Warum sollte er dann
ihren Bruder töten wollen? Ihren Bruder, von dem
jeder wusste, wie sehr sie ihn liebte. Aber konnten
diese Vorfälle wirklich Zufall sein?

Trenta

Marcellas Stimme. Lachen. Stellas Lachen. Es riss ihn aus seinen Gedanken. Er lächelte.

„Hier entlang, Contessa Stella."

„Wie? Sein Zimmer war doch aber dort."

„Nun … Es haben sich Änderungen ergeben … er sollte einmal wieder etwas anderes zu Gesicht bekommen …" Die Tür öffnete sich, sein Sonnenschein trat ein.

„Ich habe noch einiges zu erledigen, Contessa. Darf ich Euch mit ihm alleine lassen?"

„Ja, Marcella. Ich werde heute ganz brav auf dem Sessel sitzen bleiben. Macht Euch keine Sorgen …"

„Nein, das meine ich doch gar nicht … ich möchte nur … keine schlechte Gastgeberin …" Marcella wurde rot.

„Das seid Ihr ganz sicher nicht!" Enzio amüsierte sich über die Verlegenheit Marcellas. „Ich kann das aus eigener Erfahrung sagen." Er lächelte sie so charmant an, dass ihre Röte sich vertiefte.

„Gut, dann lasse ich Euch alleine …" Sie verließ den Raum. Enzio konnte endlich Stellas Hand nehmen und sie an seine Lippen führen.

„Schön habt Ihr es hier." Stella sah sich um. „Aber warum konntet Ihr nicht in dem anderen Zimmer bleiben?" Enzio beschloss, ihr die Wahrheit zu sagen – von den Anschlägen, von seinem Plan. Sie reagierte so ruhig, wie er es erwartet hatte.

„Ihr müsst auf den Doctore hören", meinte sie lediglich. „Ihr müsst erst gesund werden. Euer Körper hat in den letzten beiden Wochen viel aushalten müssen, er muss Zeit haben, um sich zu erholen. Versprecht Ihr mir das?"

„Wenn du mich darum bittest, dann werde ich mich daran halten! Ich werde es zumindest versuchen." Er lächelte spitzbübisch.

„Frecher!" Ihr Finger tippte auf seine Nasenspitze.

„War deine Mutter sehr streng mit dir?" Er wurde wieder ernst.

„Nun … Marco hat wohl mit ihr geredet, es hätte schlimmer kommen können."

„Sie hat sich sicher erhebliche Sorgen um dich gemacht, Stella."

„Ich weiß." Sie senkte den Kopf. „Aber was hätten wir denn tun sollen? Eile tat Not. Und sie wollte doch auch, dass Vater wieder gefunden wird."

Marcellas Schrei unterbrach ihr Gespräch.

„Das kann doch nicht möglich sein! Dass ich das noch erleben darf! Ihr in meiner bescheidenen Hütte. Welch eine Ehre, welch eine große Ehre!" Die Tür öffnete sich, der Duche trat ein.

„Herr!" Stella sprang auf, knickste und strahlte so sehr, dass Enzio einen eifersüchtigen Stich verspürte.

„Schau an, Contessa Stella!" Er küsste ihre Hand. Der Duche und Stella hatten sich schon bei ihrer ersten Begegnung am Tag zuvor ins Herz geschlossen. „Und mein tapferer Príncipe." Er wandte sich an Enzio.

„Verzeiht, Herr, dass ich Euch nicht die Ehre erweisen kann, die Euch gebührt. Mein Doctore hat mir allerstrengste Bettruhe verordnet."

„Hier, Herr, der bequemste Stuhl, der in meinem Haus zu finden ist." Marcella hielt die Tür auf, während Rocco und Ricardo einen breiten Sessel hereintrugen." Der Duche lächelte.

„Dann nimm du darin Platz, Marcella. Du hast diesem jungen Príncipe das Leben gerettet, wie ich hörte. Dafür hast du dir das Recht erworben, den Rest deines Lebens in den bequemsten Sesseln zu sitzen, die es gibt." Der Duche ließ sich auf einem Holzstuhl nieder. „Nein, setze dich, Stella. Ich sitze so oft auf diesen weichen Sesseln, dass ich manches Mal froh bin, wenn ich auf einem einfachen, harten Stuhl Platz nehmen kann." Stella ließ sich wieder in den Sessel neben Enzios Bett sinken. Auch Marcella setzte sich, schüchtern, auf den Rand des monströsen Sessels.

„Ich bin Euch zu großem Dank verpflichtet, Príncipe Gabrielli. Die ganze Stadt und der Staat Adalgiso stehen tief in Eurer Schuld."

„Das war selbstverständlich. Als Príncipe der Stadt gehört es zu meinen Aufgaben, das Volk zu beschützen."

„Es ist nicht selbstverständlich. Sonst hätten es andere vor Euch versucht."

„Es gab welche, die es versucht hatten. Sie hatten einfach nicht so viel Glück wie ich ..." Enzio wandte das Gesicht ab. Keiner sollte sehen, dass bei dem Gedanken an Pietro seine Augen feucht wurden.

„Príncipe Pietro Rinaldini, ich weiß. Er war Euer Vetter."

„Er war mein bester Freund. Seinetwegen habe ich begonnen, nachzuforschen – zuerst." Der Duche nickte. Sie schwiegen.

„Príncipe Gabrielli, ich benötige Eure Hilfe", begann der Duche schließlich.

„Was?" Stella schaute neugierig, Enzio erstaunt.

„Wie sollte ich Euch in meinem Zustand helfen können?"

„Nun, natürlich müsst Ihr zuerst genesen. Doch dann ... die Verhaftung Bartolomeos und der anderen war nur ein Schlag gegen den Kopf der Krake. Ein wichtiger zwar, aber sie hat überall ihre Arme hineingeschlungen. Ich muss jedem einzelnen nachspüren. Jeder Stein muss umgedreht werden." Er beugte sich nach vorn und stützte seinen Kopf in seine Hände. „Ich bin alt, Príncipe, alt und müde. Mein Sohn sollte mir in solchen Dingen helfen. Doch ... nun, Ihr kennt ihn sicher noch von früher ... er hat sich nicht geändert, kränklich, schwach an Körper und Seele. Bei alledem dem Wein zugetan. Eine große Enttäuschung für mich. Und keine Hilfe." Er schwieg einige Augenblicke, atmete tief durch. „Euch kann ich vertrauen, bedingungslos. Ich bitte Euch, seid meine rechte Hand, für diese Aufgabe und in Zukunft." Stella bekam ihren Mund nicht mehr zu. Sie sah Enzio an, voller

Stolz, voller Wärme. Der war im ersten Moment sprachlos.

„Das ist eine große Ehre, Herr! Ich danke Euch! Ich werde mein Bestes tun, um Euch und Adalgiso zu dienen."

„Die Ehre ist ganz auf meiner Seite!" Der Duche wollte sich erheben, doch dann nahm er noch einmal Platz.

„Das Wichtigste hätte ich fast vergessen. Eigentlich wollte ich einen Boten hierher schicken, doch dann dachte ich mir, ich selbst könne der Bote sein, der dir die frohe Nachricht überbringt, Contessa Stella." Stella sah ihn mit großen Augen an.

„Ihr wusstet, dass ich hier sein werde?"

„Aber natürlich. So, wie du von unserem Príncipe geschwärmt hast ..." Stella wurde rot, Enzio sah sie amüsiert an. „Dein Vater, Stella, er wurde gefunden. Er wurde in meinen Palazzo gebracht und wird von meinen Heilkundigen behandelt. Sie sagen, dass er stark gelitten hat, doch Lebensgefahr besteht keine."

„Wirklich?" Tränen schlichen sich in Stellas Augen, Tränen der Freude. „Mutter ... weiß sie Bescheid?"

„Ja, ich habe eine Kutsche zum Palazzo des Príncipe geschickt, die sie abholen soll. Sie ist ver-

mutlich in der Zwischenzeit bei ihrem Mann angekommen." Der Duche erhob sich. „Nun, ich muss
weiter, die Geschäfte warten. Nein, bleib sitzen,
Stella, bleib bei unserem Príncipe, sorge dafür,
dass er so schnell wie möglich wieder gesund
wird. Du darfst mich natürlich hinausbegleiten,
Marcella."

„Herr, es ist mir eine große Ehre ..." Marcella
und der Duche verließen das Zimmer. Stella beugte sich rasch zu Enzios Gesicht und hauchte einen
Kuss auf seine Wange.

„Ich bin stolz auf dich ... auf Euch ... Príncipe,
Vertrauter des Duche."

„Ach? Und weil ich der Vertraute des Duche
bin, küsst du mich?"

„Nein, ich küsse dich ... Euch, weil mir der Duche befohlen hat, für Eure Gesundheit zu sorgen.
Und da der Duche ein so herzensguter Mensch ist,
werde ich seine Befehle ausführen und dich ...
Euch küssen, bis Ihr genesen seid!" Enzio antwortete nicht, schlang seine Arme um ihren Hals und
zog ihr Gesicht zu seinem, seine Lippen berührten
ihre.

„Nenne mich nie wieder Príncipe oder Herr! Für
dich bin ich Enzio, nicht mehr, nicht weniger. Für
den Rest unseres Lebens. Und jetzt komme deiner
Aufgabe nach. Küss mich!"

Trentuno

Ich kann gar nicht sagen, wie froh ich war, als Eure Botschaft mich erreichte. Ich habe mir schon die größten Sorgen gemacht! Zehn Mal war ich sicherlich in den letzten drei Wochen hier. Immer wurde ich abgewiesen." Valeria und Marcella traten ein. Príncipe Adelchi folgte ihnen, im Hintergrund der Damen, wie immer.

„Verzeiht, Principessa, dass ich nie zuhause war, als Ihr mich und Euren Bruder besuchen wolltet. Und Príncipe Laurenzio, nun, meine Diener haben es Euch ja ausgerichtet. Es ging ihm nicht gut, der Doctore musste ihm starke Mittel gegen die Schmerzen geben. Príncipe Laurenzio hat die meiste Zeit geschlafen."

„Ah, da ist er ja! Enzio, wie geht es dir?" Er versuchte, leidend auszusehen und doch dabei zu lächeln.

„Nun, ich denke, langsam geht es aufwärts, Schwester. Die letzten drei Wochen … sie waren eine Qual … nach dem Feuer in meinem Zimmer … diesem schrecklichen Unfall." Enzio beobachtete Adelchi. Der war sehr darum bemüht, in eine andere Richtung zu blicken.

„Ja, Marcella hat mir davon geschrieben." Valeria ließ sich in den Sessel neben dem Bett fallen. „Ich bin im Nachhinein noch fast in Ohnmacht gefallen."

„Mache dir deswegen keine Gedanken mehr. Das ist Wochen her."

„Drei Wochen erst ..."

„Drei Wochen? Es erscheint mir länger ... Marcella hat mir übrigens von ihren Lilien erzählt, die im Garten blühen. Sie ist mächtig stolz darauf. Machst du ihr die Freude und bewunderst sie? Ich kann leider immer noch nicht ..." Enzio richtete sich ein wenig auf und verzog das Gesicht.

„Ja, auch davon hat sie mir geschrieben. Ich würde sie mir wirklich gerne ansehen, Marcella. Wollt Ihr sie mir zeigen?" Sie wandte sich an die Hausherrin.

„Es ist mir eine große Ehre, Principessa."

„Gut, dann lassen wir die Herren alleine. Ich bin wirklich neugierig, wie Euer Garten aussieht, wenn sie blühen. Er ist sicherlich prächtig." Die beiden gingen hinaus. Príncipe Adelchi wanderte im Zimmer hin und her.

„Wie geht es Euch, Schwager?"

„Nicht so gut! Ich wollte nur vor Valeria nicht jammern. Sie macht sich sonst zu viele Sorgen." Enzio schloss die Augen. Er fühlte, dass Adelchi näher kam, fühlte den Luftzug in seinem Gesicht, das Kissen über Nase und Mund. Er schlug um sich, versuchte sich zu befreien. Príncipe Adelchi war stärker, als er gedacht hatte. Doch plötzlich ließ der Druck nach. Adelchi schrie. Enzio schleuderte das Kissen zur Seite und musste einige Male tief durchatmen. Sein Blick fiel auf Adelchi. Rocco und Ricardo hielten ihn fest.

„Lasst mich los! Lasst mich sofort los!"

„Sie werden noch nicht einmal daran denken!" Enzio schlug die Decke zurück und stand auf. Er war vollständig angekleidet.

„Was ist denn hier los? Kann man euch Männer denn nicht ein Mal für ein paar Minuten alleine lassen?" Valeria stürmte ins Zimmer, Marcella folgte ihr, etwas bedächtiger.

„Das könnte man schon – wenn dein Gemahl nicht versuchen würde, mich heimtückisch zu ermorden."

„Was?" Valeria wurde blass. „Wieso … wie kommst du darauf?"

„Spätestens nach dem Anschlag mit der umgeworfenen Kerze hatte ich den Verdacht … wir haben ihm eine Falle gestellt, Ricardo und Rocco hatten sich hinter den Vorhängen verborgen, während ich den schwachen Kranken gemimt habe. Und als er sich dann alleine mit mir wähnte, hat er zugeschlagen. Verzeih, Valeria, dass ich mich verleugnen ließ. Doch ich musste zuerst wieder zu Kräften kommen, ehe ich es wagen konnte, mit deinem Gatten alleine zu sein."

„Aber … warum?" Valeria konnte es immer noch nicht fassen.

„Das wüsste ich auch gerne …"

Príncipe Adelchi hatte es inzwischen aufgegeben, gegen die beiden Männer anzukämpfen und hielt den Kopf gesenkt. Doch dann sah er auf, Enzio in die Augen.

„Da fragt Ihr noch, Príncipe Gabrielli?", spottete er. „Seit Ihr wieder hier seid, höre ich von meiner Gemahlin nur noch, was für einen wunderbaren Bruder sie hat. Man könnte meinen, sie wäre mit Euch verheiratet, nicht mit mir! Aber das war schon immer so. Ich habe um ihre Liebe gekämpft, doch ich konnte machen, was ich wollte. Ihr wart ihr immer lieber als ich, wart in ihren Augen immer der Bessere von uns beiden."

„Nur deswegen?" Valeria starrte ihn entgeistert an. Adelchi senkte den Kopf.

„Nun, ich muss gestehen, dass ich Spielschulden habe. Bartolomeo, er hat es herausgefunden. Und er hat mich unter Druck gesetzt. Er hat gewusst, dass ich als einer der ersten erfahren werde, wenn Ihr wieder auftaucht, nachdem Ihr verschwunden wart."

„Aber Bartolomeo, er ist verhaftet, er kann dir nichts mehr anhaben ..."

„Ja, aber er kann dadurch auch meine Schulden nicht mehr begleichen. Wenn die Kleine den Duche nicht erreicht hätte, wenn es mir gelungen wäre, die Beweise zu vernichten ... wenn dein Bruder nicht gegen Bartolomeo hätte aussagen können ... ich habe alles versuchen müssen. Ich bin pleite, Valeria, mein Vermögen ist verloren. Der Reichtum der Gabriellis – er hätte mich gerettet."

„Und deswegen wolltest du Enzio töten?" Valeria konnte immer wieder nur den Kopf schütteln. Langsam schlichen sich Tränen in ihre Augen. „Hättest du doch nur ein Wort gesagt ... Enzio hätte dir sicher geholfen ..."

„Enzio ... immer nur Enzio ... Du hättest mir nur Vorwürfe gemacht – ich wäre noch schwächer in Deinen Augen dagestanden ... und Enzio noch strahlender! Und betteln … nein, das wollte ich nicht!"

„Besser, als zum Mörder zu werden!" Sie schluchzte inzwischen. Marcella nahm sie in die Arme und strich ihr übers Haar.

„Ruhig, ganz ruhig, Principessa. Die Stadtwache ist schon verständigt. Er wird seiner Strafe nicht entgehen."

„Enzio – ich möchte nach Hause. Ich möchte nie wieder das Haus der Adelchis betreten!"

„Das darfst du auch, Schwester …"

„Ja, laufe nach Hause, kehre zurück … ich habe immer versucht, dich glücklich zu machen, dir bei mir eine Heimat zu geben. Doch du bist in deinem Herzen eine Gabrielli geblieben …" Es klang weder verbittert noch resigniert. Príncipe Adelchi stellte es nüchtern fest. Tessa klopfte an der Tür.

„Herrin, Príncipe … die Männer der Stadtwache sind angekommen." Adelchi nickte und schüttelte Ricardo und Rocco ab.

„Lasst mich alleine gehen. Ich gebe mein Ehrenwort, dass ich nicht fliehen werde. Für mich gibt es keinen Grund mehr, das zu tun." An der Tür hielt er noch einmal inne.

„Ich wünsche Euch viel Glück, Principessa Valeria Gabrielli! Ich habe Euch geliebt, liebe Euch noch immer."

Die Tür schloss sich hinter ihm.

Valeria konnte nicht aufhören zu schluchzen. Marcella streichelte sie, immer wieder.

„Kommt mit in den Garten, Principessa. Die Sonne wird Euch gut tun. Tessa soll uns einen Tee kochen. Wenn Ihr etwas anderes wollt, Príncipe, bekommt Ihr natürlich etwas anderes.", wandte sie sich an Enzio.

„Heiße Schokolade." Valeria gelang ein Lächeln. „Wenn Ihr ihn glücklich machen wollt, dann gebt ihm eine Tasse heiße Schokolade. Daran hat sich seit seiner Kindheit nichts geändert." Enzio wurde ein wenig rot.

Sie saßen den ganzen Nachmittag zusammen im Garten. Marcella und Enzio schafften es, Valeria aus ihren trüben Gedanken zu reißen. Stella erschien und mir ihr Marco.

„Principessa Valeria wird wieder bei uns einziehen, Marco. Fahre nach Hause und sorge dafür, dass alles vorbereitet wird. Dann kehre zurück und hole sie ab."

„Gewiss, Herr, gewiss!" Er wollte davoneilen.

„Und Marco!" Enzio hielt ihn zurück. Wie sollte er am besten sagen, dass der Tag des Abschieds von Marcella gekommen war? Sie hatte sich an ihn gewöhnt, er spürte es. Sie würde ihn vermissen. Und er sie auch. „Marco … auch ich werde heute Abend nach Hause zurückkehren."

„Was? Das könnt Ihr doch nicht tun, Herr. Seid Ihr sicher, dass Ihr schon wieder stark genug seid?" Enzio hatte es befürchtet.

„Marcella, ich habe mich unter Eurem Dach wie zuhause gefühlt. Aber die Zeit des Abschieds ist gekommen. Gebt zu, dass Euch das schon seit einigen Tagen bewusst war. Und jetzt, wo Príncipe Adelchi überführt worden ist … ich werde die Wärme, die Freundlichkeit in Eurem Haus vermissen, wenn ich wieder in meinem kalten Palazzo bin. Aber ich muss zurück. Ich habe Aufgaben zu erfüllen, der Duche braucht meine Hilfe … ich darf nicht länger hier verweilen. Doch es wird mir immer eine Ehre sein, wenn ich Euch besuchen darf."

„Mir wird es jedes Mal eine Ehre sein, wenn ich Euch zu Gast habe, Príncipe. Und Euch natürlich auch, Principessa, Contessa."

Trentadue

Sein Palazzo war riesig, weitläufig. Nie zuvor war ihm das bewusst gewesen. Doch nun, nachdem er wochenlang in einem kleinen Zimmer eingesperrt verbracht hatte … Wochenlang hatte er mit den Zwillingen unter einem Dach gelebt, muntere Knaben, Unruhestifter. Aber wann hatte er sie je wirklich bemerkt? Ihre kleine Schwester Tizia hatte er nur ein einziges Mal gesehen – in der Nacht, in der sie angekommen waren.

Vieles gab es zu regeln, nach seiner wochenlangen Abwesenheit. Sein Schreibtisch war über und über mit Papieren bedeckt, auch wenn Marco die wichtigsten Dinge erledigt hatte. Doch eines war wichtiger als alles andere. Und er wollte es so schnell wie möglich hinter sich bringen.

„Marco, Conte Fosco wird immer noch im Palazzo des Duche gepflegt?"

„Ja, Herr! Contessa Ylenia verbringt Tag und Nacht dort. Contessa Stella ist gleich nach dem Frühstück aufgebrochen. Sie ist mit der offenen zweispännigen Kutsche unterwegs, wie meist. Gino hat sie hingebracht. Sie genießt es, wenn sie in einer Kutsche mit dem Wappen der Gabriellis durch die Stadt fahren darf, wenn ich mir die Bemerkung erlauben darf, Herr."

„Nein, darfst du nicht – aber das wird dich auch nicht abhalten, so wie ich dich kenne. Sorge dafür, dass in einer halben Stunde mein Pferd bereit steht."

„Gewiss, Herr, gewiss!"

Enzio kam sich wie ein Störenfried vor, als er das Krankenzimmer des Conte betrat. Fosco und Ylenia saßen enger zusammen als er und Stella vor wenigen Tagen noch. Stella hatte es sich in einem Sessel in einer Ecke bequem gemacht, zufrieden lächelnd. Ihr Vater befand sich auf dem Weg der Besserung und würde bald wieder völlig gesund sein. Ylenia sprang auf.

„Nein, bleibt sitzen, Base Ylenia. Verzeiht, ich meine natürlich Contessa Ylenia … die Gewohnheit." Enzio grinste nervös. „Ich bin den halben Morgen an meinem Schreibtisch gesessen. Ich stehe gerne ein wenig."

„Príncipe! Welch eine Freude, Euch lebendig und gesund vor mir zu sehen!"

„Dasselbe kann ich von Euch sagen, Conte! Wir waren in großer Sorge."

„Ja – und dass ich lebe und rechtzeitig aus Bartolomeos Hand befreit werden konnte, habe ich Euch zu verdanken."

„Nein!" Enzio schüttelte entschieden den Kopf. „Das haben wir Stella zu verdanken! Ich lag schwach und hilflos bei Marcella, während sie es gewagt hat, zum Duche zu gehen! Ohne Hilfe der Frauen wären wir beide nicht lebendig aus diesem Abenteuer herausgekommen." Enzio verschränkte seine Arme vor der Brust, lief einige Schritte hin und her, rieb sich die Nase, faltete die Hände hinter seinem Rücken, lief wieder einige Schritte.

„Euch beschäftigt doch etwas, Príncipe Laurenzio. Was habt Ihr?" Ylenia beobachtete ihn verwundert. Enzio blickte auf, zu Stella hin.

„Stella, magst du schauen, ob der Duche zu sprechen ist? Ich muss mit ihm reden ..." Vielleicht würde es ihm leichter fallen, wenn sie nicht im Raum war. Beim Allmächtigen, es war doch nur eine Frage, eine einfache Frage. Warum fiel es ihm so schwer, es auszusprechen? Was für einen Grund sollte der Conte haben, mit ‚Nein' zu antworten?

„Gerne!" Stella sprang auf und lief hinaus.

„So, jetzt aber heraus mit der Sprache!" Conte Foscos Ton klang so, als würde er mit einem einfachen Soldaten der Stadtwache reden.

„Conte Fosco … nun, ich muss zugeben, dass mein Besuch bei Euch nicht ganz uneigennützig ist, ich nicht gekommen bin, um mich nach Eurem Befinden zu erkundigen. Das natürlich auch!" Conte Fosco zog ungeduldig die Augenbrauen zusammen.

„Sondern?"

„Ich … nun … ich bin Príncipe Laurenzio Gabrielli, Truchsess und Vertrauter des Duche von Adalgiso. Ich habe neben meinem Palazzo hier in der Stadt mehrere Landgüter. Außerdem besitze ich zwei Salzbergwerke …"

„Kommt endlich zur Sache, Mann!" Nun war Conte Foscos Ton der, mit dem er einen Soldaten zur Rede stellte, der während des Dienstes gewagt hatte, sich an Wein oder Bier zu ergötzen.

„Conte Fosco … ich … Stella … ich bitte Euch … ich liebe sie, liebe sie von ganzem Herzen … gewährt mir ihre Hand!"

„Na also, geht doch!", brummte Fosco. „Eigentlich sollte ich sie Euch nach Eurem Gestammel verwehren. Doch ich weiß, dass sie Euch ebenfalls liebt. Also kann ich nicht Nein sagen …"

„Ich danke Euch, danke Euch von Herzen!" Mehr fiel Enzio nicht ein. Die Tür öffnete sich, Stella trat ein.

„Der Duche ist im Moment leider nicht zu sprechen, Herr, aber ein Diener meinte, in einer Stunde … zumindest für Príncipe Gabrielli … was starrt ihr mich denn alle so an?"

„Es war ein Fehler … niemals hätte ich meine Zustimmung geben dürfen. Mein Kind aus der Hand geben … wie konnte ich nur?", brummte Fosco.

„Ich habe dir vor nicht allzu langer Zeit gesagt, dass du mich nie wieder ‚Herr' nennen sollst", bemerkte Enzio. Ihre Mutter sagte nichts, strahlte sie nur an.

„Ja … schon … aber in der Öffentlichkeit …" Warum hatte Mutter nicht protestiert, als Enzio das gesagt hatte. Sie legte doch sonst so viel Wert auf Etikette.

„Nun!" Enzio ging nicht auf Stellas Einwand ein. „Ich hatte dir versprochen, dass ich einen Ball zu deinen Ehren veranstalten werde, sobald Bartolomeo gefangen genommen wurde. Es wird Zeit, dass ich dieses Versprechen einlöse. Wir sollten beginnen, einen Ball zu planen, an dem deine Verlobung bekannt gegeben werden kann." Enzio ließ sich in den Sessel sinken, in dem Stella vorhin gesessen war.

„Verlobung?" Stella flüsterte das Wort, schien nicht zu verstehen.

„Der ehrenwerte Príncipe Laurenzio Gabrielli bat mich, dich heiraten zu dürfen. Ich habe meine Zustimmung gegeben", brummte Conte Fosco.

„Enzio? Heiraten?"

„Wenn du ihn nicht möchtest, werde ich es natürlich zurücknehmen …"

„Nein, Vater … nein!" Sie lief los, einige langsame Schritte zuerst, doch dann rannte sie und ließ sich in Enzios Schoß fallen, schlang ihre Arme um seinen Hals und klammerte sich an ihn. Enzio erwiderte ihre Umarmung, hielt sie fest. Seine Lippen streiften ihre Haare. Kleines Mädchen, tapfere Frau, größter Schatz!

Trentatre

Marco war gereizt, an diesem Tag. Der Ballsaal, nein, der ganze Palazzo musste glänzen. Platz für Pferde und Kutschen musste geschaffen werden. Immer wieder scheuchte er die Dienstboten. Immer wieder eilte er zu seiner Frau, um zu sehen, ob die Vorbereitung der Häppchen voranschritt. Immer wieder fragte er beim Kellermeister nach, ob auch genug Perlwein und andere Erfrischungen kalt gestellt waren. Immer wieder mahnte Enzio ihn zur Ruhe.

„Gewiss, Herr, gewiss. Aber wie soll ich ruhig bleiben. Wir feiern heute Eure Verlobung. Wenn irgendetwas nicht perfekt ist, dann spricht es sich schneller in der Stadt herum, als es die Vögel pfeifen können. Mehr noch, Ihr könntet mich entlassen …"

„Bleibe einfach ruhig, Marco, bleibe einfach ruhig." Er sagte es leichthin, doch er spürte, wie sich die Anspannung immer weiter in seinem Magen ausbreitete. Er ging in sein Arbeitszimmer, auch wenn er wusste, dass er nichts würde tun können. Noch fünf Stunden bis die ersten Gäste kamen.

Stella und die anderen Frauen waren bereits in ihren Räumen und bereiteten sich auf den Abend vor. Er setzte sich an seinen Schreibtisch, lehnte sich im Sessel zurück und blickte auf das Bild seines Vaters.

„Ich werde mein Wort halten. Ich werde bald heiraten. Werde dafür sorgen, dass die Familie Gabrielli in Zukunft festen Bestand hat." Die Tür öffnete sich, Valeria schlüpfte herein.

„Du noch hier? Müsstest du nicht längst mit Baden und Ankleiden und Frisieren und alledem beschäftigt sein?"

„Nun, das kommt noch." Sie lachte. „Und allzu lange kann ich nicht verweilen." Sie setzte sich auf die Lehne und nahm seine Hand. „Aber ich wollte noch einmal mit euch alleine sein." Sie blickte zum Bild ihres Vaters. Einige Augenblicke schwiegen sie.

„Mutter ist uns immer fremd geblieben, nicht wahr?", begann sie schließlich wieder. „Vater, er hat die Nähe zu seinen Kindern gesucht, während Mutter uns immer in der Obhut der Dienstboten gelassen hat. Er wäre stolz auf dich, Enzio! Und unendlich glücklich, wenn er deine Verlobung und deine Heirat noch hätte miterleben können." Enzio nickte.

„Es war sein letzter Wunsch, dass ich bald heirate …"

„Er wird heute hier sein, unter uns. Und wenn es nur ist, weil wir ihn in unseren Herzen tragen."

Wieder schwiegen sie.

„Príncipe Adelchi hatte Recht. Ich bin immer eine Gabrielli geblieben. Ich habe meine Familie stets mehr geliebt als ihn. Und vermutlich meinen kleinen Bruder auch." Sie lächelte. „Enzio, wenn du Stella heiratest und ich euch im Weg bin, dann sage es bitte. Dann werde ich zu Mutter aufs Land ziehen. Ich möchte nicht, dass es zu Eifersüchteleien kommt."

„Valeria, unser Palazzo ist groß genug für zwei Frauen." Auch er lächelte. „Du bist hier zuhause und so soll es auch bleiben! Stella – ich kann mir nicht vorstellen, dass sie eifersüchtig werden könnte." Das brachte Valeria herzhaft zum Lachen.

„Ich sehe schon, du weißt nicht viel über leidenschaftliche Frauen! Und Stella ist leidenschaftlich, auch wenn Ylenia sie so gut erzogen hat, dass man es auf den ersten Blick nicht sieht." Sie küsste ihn auf die Stirn. „Ich wünsche dir alles Glück der Welt, Bruder!" Valeria wollte aufstehen, doch Enzio hielt sie zurück.

„Was ist mit deinen Kindern … wenn du möchtest, dann hole sie hierher, in den Palazzo." Sie schüttelte den Kopf.

„Ich habe lange darüber nachgedacht", sprach sie ruhig. „Sie sind Adelchis. Und das sollen sie bleiben. Ein wenig schmerzt es mich, doch wenn ich ehrlich bin … sie wurden von Kindermädchen erzogen. Ich musste meine Aufgaben als Principessa Adelchi wahrnehmen. Wirklich vermissen … nein, das tue ich nicht. Es wäre auch nicht recht, sie aus ihrer gewohnten Umgebung zu reißen. Und vielleicht kann ich ja bald zu einer alten Tante werden. So, jetzt muss ich mich aber wirklich sputen, sonst wird deine Schwester als hässliche Kröte zum Ball erscheinen." Enzio lachte.

„Eine hässliche Kröte werden? Das schaffst du nicht, Schwester. Du bist eine Gabrielli – und wir Gabriellis sind von Natur aus schön."

„Ja, wenn wir uns nicht durch Säbelhiebe Narben ins Gesicht hauen lassen." Sie lachte mit ihm und ließ ihn allein.

Am Eingang des Ballsaales stehen, die Gäste begrüßen. Stella an seiner Seite. Dann mit ihr tanzen, nur mit ihr. Kein eitler Fatzke, der sich zwischen sie drängte. Nun, bald schon würde das sowieso keiner mehr wagen. Er winkte Marco zu sich.

„Die Musiker sollen nach dem nächsten Tanz eine Pause einlegen. Und sorge dafür, dass genug Gläser mit Perlwein bereitstehen. Stella, du begibst dich am besten zu deinem Vater."

„Ist es soweit?" Ihre Stimme zitterte vor Aufregung.

„Ja, mein kleines Mädchen." Er wartete, bis sie davongeeilt war. „Hat der Meister der Gärtner das Gewünschte gebracht?"

„Gewiss, Herr, gewiss. Die jungen Herren stehen bereit und Euch zu Diensten. Und ich hoffe, dass sie den Ring nicht verloren haben." Das brachte Enzio in all der Aufregung, die er verspürte, zum Lachen. Die letzten Klänge der Musik erklangen. Warum fühlte er sich plötzlich wie vor dem Duell, das er hatte austragen müssen, nachdem er die Geliebte eines Mitstudenten … auf was für Gedanken kam er nur? Er war ein Príncipe Gabrielli, hatte das Recht studiert. Er war es gewohnt, vor größeren Menschenmengen zu reden. Da blieb kein Platz für Aufregung. Er lächelte seine Gäste an, die ihn neugierig anstarrten.

„Liebe Gäste", begann er. „Ich danke euch für euer zahlreiches Erscheinen. Dieser Ball findet zu Ehren der edlen Contessa Stella statt, der Tochter des Conte Fosco, der mir ein Freund geworden ist." Er streckte seine Hand aus, Stella und Fosco traten an seine Seite. Die Gäste klatschten höflich Beifall. „Mehr noch als diese Freundschaft wird uns in Zukunft etwas anderes verbinden. Ich habe Conte Fosco um Stellas Hand gebeten und er hat sie mir gewährt. Feiert deshalb mit mir meine Verlobung. Feiert meine Braut, die zukünftige Principessa Gabrielli." Unter dem Applaus der Menschen im Saal liefen aufgeregte Zwillinge herein, einer mit einem riesigen Strauß Rosen, ein anderer mit einem Kästchen. Enzio nahm es ihm ab und öffnete es. Der Verlobungsring, golden, reich mit Saphiren besetzt. Enzio nahm Stellas Hand und steckte ihn ihr an. Sie blickte zu Boden, keiner sollte ihre Tränen sehen. Auch wenn es Tränen des Glücks waren. Enzio hauchte ihr einen Kuss auf die Wange.

„Ich liebe dich, liebe dich von ganzem Herzen", flüsterte er und reichte ihr das Bukett – Rosa patrizia.

Sie hatten nicht bemerkt, wann der Duche an ihre Seite getreten war.

„Príncipe Gabrielli, erlaubt mir, dass ich der Erste bin, der Euch gratuliert. Zumal mir während Eures ... nun ... Abenteuers Stella ans Herz gewachsen ist wie die eigene Tochter, die ich leider nie hatte. Ich möchte den heutigen Abend und die jetzige Stunde dazu nutzen, um noch etwas bekannt zu geben." Er schwieg einige Augenblicke, achtete darauf, dass jeder, wirklich jeder, ihm zuhörte. „Ihr habt dieser Stadt mit der Entlarvung Bartolomeos unter Einsatz Eures Lebens einen großen Dienst erwiesen. Seit Wochen arbeitet Ihr mit mir daran, selbst den geringsten Hintermann aufzudecken und zur Rechenschaft zu ziehen. Ihr seid ein kluger, gerechter Mann, Príncipe Gabrielli. Und Ihr liebt Eure Heimatstadt, habt bewiesen, dass Ihr bereit seid, alles dafür zu tun, dass es den Bürgern gut geht. Selbst wenn Ihr Euch dafür in Lebensgefahr begeben müsst. Als Duche der Stadt Adalgiso steht es mir laut unseren Statuten zu, meinen Nachfolger zu bestimmen. Normalerweise geht das Amt des Duche vom Vater auf den Sohn über. Doch mein Sohn ist dieser schweren Aufgabe nicht gewachsen. Deshalb verkündige ich hier und heute, dass Príncipe Laurenzio Francesco Victoriano Maria Daniele Gabrielli mein Nachfolger sein soll. Das Amt und der Titel des Duche der Stadt Adalgiso wird auf die Familie Gabrielli übergehen!" Enzio hörte den einsetzenden Applaus und den Jubel nicht. Er starrte den Duche an.

„Das …" Es war unglaublich, unbegreiflich. Er der Thronfolger? Er der zukünftige Duche? Der Titel fest in Händen der Familie Gabrielli? Stella wurde dadurch nicht so leicht aus der Fassung gebracht. Sie knickste tief vor dem Duche.

„Herr, das ist eine große Ehre für meinen Verlobten und mich! Ich kann Euch gar nicht sagen, wie dankbar ich bin." Ein Stoß ihres Ellbogens fuhr in Enzios Seite. Er verbeugte sich mechanisch.

„Auch ich bedanke mich von Herzen für Euer Vertrauen. Ich werde alles dafür tun, es nicht zu enttäuschen!"

Noch lange feierten sie, in dieser Nacht.

Epilog

Ich schwöre bei Gott, dem Allmächtigen, dass alles, was ich diesem Gericht erzählt habe, der Wahrheit entspricht, der vollständigen Wahrheit und nichts als der Wahrheit. Ich habe weder etwas hinzugefügt noch etwas verschwiegen. Sollte ich von der Wahrheit abgewichen sein, so drohen mir harte Strafen, von diesem Gericht und in alle Ewigkeit." Enzio senkte die Schwurhand.

„Ich danke Euch für Eure umfassende Aussage, Príncipe Laurezio Gabrielli." Enzio wartete, bis sich die Richter zurückgezogen hatten. Dann nahm er neben seinem zukünftigen Schwiegervater auf der Zeugenbank Platz. Seit Wochen fanden jeden Tag im Ratssaal Gerichtsverhandlungen statt. Begonnen hatte es mit Príncipe Adelchi. Der Fall war schnell abgehandelt, Zeugenaussagen von Rocco, Ricardo, Marcella und Enzio. Adelchi selbst gab zu, dass er Enzio hatte ermorden wollen. Das Urteil: Tod durch das Schwert. Er war inzwischen enthauptet worden. Valeria hielt sich seitdem von der Öffentlichkeit fern. Auch wenn sie ihn verlassen hatte, ein wenig trauerte sie.

Dann Bartolomeo: Der Prozess nahm etwas mehr Zeit in Anspruch, mehr Menschen mussten angehört werden. Auch hier war Enzio der Hauptbelastungszeuge. Bartolomeo hatte den Tod durch Erhängen erleiden müssen, sein Vermögen war der Stadt Adalgiso zugute gekommen. Augustino hatte man kein Fehlverhalten nachweisen können. Doch da er schlechten Umgang gepflegt hatte, wurde er aus der Stadt verbannt. Auch sein Vermögen wurde eingezogen. Und nun hielten sie Gericht über Remigio und seine Schläger, seit Tagen schon. Jeder Geschäftsmann, der erpresst worden war, wurde angehört. Weitere Prozesse waren unvermeidlich. Immer neue Abgründe deckte Enzio bei seinen Untersuchungen auf, Erpressung und Bestechung waren an der Tagesordnung gewesen. Sein Blick fiel auf die Besucherbänke. Stella! Sein Lichtblick, sein Schatz. Sie saß neben ihrer Mutter, wie so oft. Die beiden waren zusammen mit Valeria, Marco und Naara fleißig dabei, die Hochzeit zu planen. Einige Male war bereits der Schneider im Palazzo der Familie Gabrielli gewesen. Stella und Ylenia drängten ihn und Fosco, dass sie doch auch einmal zuhause sein sollten, wenn er kam. Enzio hatte für sich wenig Hoffnung. Die Tage verbrachte er im Gerichtssaal, die Nächte in seinem Arbeitszimmer oder beim Duche. Aber bald, bald würde seine Arbeit erledigt sein. Und dann wäre Adalgiso wieder der friedliche Ort, den er aus seiner Kindheit kannte. Der Ort, an dem er seine Kinder großziehen konnte.

Die Richter erschienen, hatten ihr Urteil gefällt. Auch Remigio musste den Tod durch den Strang erleiden.

Enzio und Fosco hatten den Ratssaal schneller verlassen können als die Zuschauer. Sie schritten die große Freitreppe vor dem Ratsgebäude hinab, hinüber zu der offenen vierspännigen Kutsche mit dem Wappen der Familie Gabrielli. Die Menschen strömten aus dem Gebäude. Kurz bevor sie die Kutsche erreichten, warf sich plötzlich eine Frau Enzio vor die Füße. Sie hatte versucht, ihr Haar hochzustecken, doch Strähnen standen in alle Richtungen ab, es schien wochenlang nicht gewaschen worden zu sein. Ihr Kleid mochte bessere Tage gesehen haben. Nun war es zerrissen und schmutzig.

„Herr, ich bitte Euch, erbarmt Euch."

„Luciana?"

„Herr, ich habe nichts mehr! Vater wurde verurteilt, sein Vermögen eingezogen. Augustinos ebenso. Ich stehe völlig alleine, habe nichts mehr!"

„Was willst du von mir? Ich habe nichts mit dir zu schaffen."

„Herr, Ihr habt mich doch einmal geliebt …"

„Ich habe vielleicht das Bild geliebt, das ich mir von dir gemacht habe. Doch dich? Nein, niemals!"

„Wo soll ich denn hingehen, wenn Ihr mir nicht helft?"

„Nun, soweit ich mich erinnern kann, hast du Erfahrung damit, für Geld und Gut nett zu Männern zu sein …"

„Herr … ich soll …?" Enzio beachtete sie nicht mehr und schritt an ihr vorbei. Conte Fosco stand bereits an der Kutsche. Gemeinsam blickten sie zum Ratsgebäude. Die Menschen strömten inzwischen zahlreicher heraus. Ylenia und Stella waren in ihren hellen Kleidern leicht zu erkennen. Enzio lächelte und winkte. Sein Sonnenschein schritt auf ihn zu, so schnell es der Anstand erlaubte. Dass er sie in aller Öffentlichkeit in die Arme nahm, entsprach nicht dem Anstand. Dass sie sich in aller Öffentlichkeit küssten, kam einem Skandal gleich. Es war ihnen gleichgültig. Auch Ylenia achtete nicht auf diese Verletzung des guten Tons, sie hatte andere Sorgen.

„Wo sind denn diese Kinder schon wieder?!" Sie sah sich auf dem Marktplatz nach den Zwillingen um. Sie standen vor einer Bettlerin und betrachteten sie interessiert.

„Schau dir mal die Dose an. Ob das echtes Gold ist? Und echte Edelsteine?"

„Wo hast du denn die gestohlen?" Donato trat einen Schritt auf sie zu. Sie umklammerte die Dose und drückte sie fest an sich.

„Ich habe sie einmal geschenkt bekommen!"

„Pff, wer würde denn einer solch hässlichen Krähe ein solches Geschenk machen?"

„Komm, gib mal her. Ich will sie mir mal näher ansehen." Domizio riss ihr die Dose aus der Hand und öffnete sie.

„Schau mal, das ist eine Spieluhr."

„Oh, wie die wohl funktioniert?"

„Domizio! Donato! Kommt sofort her! Wir wollen nichts mit diesen Bettlern zu tun haben! Legt das weg – nicht, dass ihr Läuse von ihr bekommt! Kommt, wascht euch die Hände am Brunnen."

Die Zwillinge maulten, doch sie gehorchten ihrer Mutter. Die Melodie der Spieluhr im Kopf sangen sie fröhlich und so laut, dass es über den ganzen Marktplatz hallte:

Oh, du lieber Augustin, Augustin, Augustin,

oh, du lieber Augustin, alles ist hin!

Geld ist weg, oh du Schreck!

Das ist schlecht und nicht recht

Oh du lieber Augustin, alles ist hin!

Das Märchen vom Schweinehirten
nach Hans-Christian Andersen

Es war einmal ein armer Prinz; der hatte ein Königreich, welches ganz klein war; aber es war groß genug, um darauf zu heiraten, und verheiraten wollte er sich.

Nun war es freilich etwas keck von ihm, dass er zur Tochter des Kaisers zu sagen wagte: "Willst Du mich haben?" Aber er wagte es doch, denn sein Name war weit und breit berühmt; es gab Hunderte von Prinzessinnen, die gern ja gesagt hätten, aber ob sie es wohl tat?

Auf dem Grabe des Vaters des Prinzen war ein Rosenstrauch, so ein herrlicher Rosenstrauch! Der blühte nur jedes fünfte Jahr, und auch dann trug er nur eine einzige Rose; aber was für eine Rose! Die duftete so süß, dass man alle seine Sorgen und seinen Kummer vergaß, wenn man daran roch. Und dann hatte er eine Nachtigall, die konnte singen, als ob alle schönen Melodien in ihrer kleinen Kehle säßen. Diese Rose und diese Nachtigall sollte die Prinzessin haben; und deshalb wurden sie beide in große Silberbehälter gesetzt und so ihr zugesandt.

Der Kaiser ließ sie vor sich her in den großen Saal tragen, wo die Prinzessin war und "Es kommt Besuch" mit ihren Hofdamen spielte; und als sie die großen Behälter mit den Geschenken darin erblickte, klatschte sie vor Freude in die Hände. "Wenn es doch eine kleine Mietzkatze wäre!" sagte sie. Aber da kam der Rosenstrauch mit der herrlichen Rose hervor.

"Nein, wie ist die niedlich gemacht!" sagten alle Hofdamen.

"Sie ist mehr als niedlich," sagte der Kaiser, "sie ist charmant!"

Aber die Prinzessin befühlte sie, und da war sie nahe daran, zu weinen.

"Pfui, Papa!" sagte sie, "sie ist nicht künstlich, sie ist natürlich!"

"Pfui!" sagten alle Hofdamen, "sie ist natürlich!" "Lasst uns nun erst sehen, was in dem andern Behälter ist, ehe wir böse werden," meinte der Kaiser; und da kam die Nachtigall heraus; die sang so schön, dass man nicht gleich etwas Böses gegen sie vorzubringen wusste.

"Superbe! Charmant!" sagten die Hofdamen, denn sie plauderten alle französisch, eine immer ärger als die andere.

"Wie der Vogel mich an die Spieldose der seligen Kaiserin erinnert", sagte ein alter Herr; "ach ja, das ist ganz derselbe Ton, derselbe Vortrag!"

"Ja," sagte der Kaiser, und dann weinte er, wie ein kleines Kind.

"Es wird doch hoffentlich kein natürlicher sein?" sagte die Prinzessin.

"Ja, es ist ein natürlicher Vogel," sagten die, welche ihn gebracht hatten.

"So lasst den Vogel fliegen," sagte die Prinzessin, und sie wollte auf keine Weise gestatten, dass der Prinz käme. Aber der ließ sich nicht einschüchtern; er bemalte sich das Antlitz mit Braun und Schwarz, drückte die Mütze tief über den Kopf und klopfte an.

"Guten Tag, Kaiser!", sagte er; "könnte ich nicht hier auf dem Schlosse einen Dienst bekommen?" "Ja," sagte der Kaiser, "es sind aber so sehr Viele, die um Anstellung bitten; ich weiß daher nicht, ob es sich machen wird; ich werde aber an dich denken. Doch da fällt mir eben ein, ich brauche jemanden, der die Schweine hüten kann, denn deren habe ich viele, sehr viele." Und der Prinz wurde angestellt als kaiserlicher Schweinehirt. Er bekam eine jämmerlich kleine Kammer unten beim Schweinekoben, und hier musste er bleiben; aber den ganzen Tag saß er und arbeitete, und als es Abend war, hatte er einen niedlichen kleinen Topf gemacht; rings um denselben waren Schellen, und sobald der Topf kochte, klingelten sie aufs Schönste und spielten die alte Melodie: "Ach, Du lieber Augustin, Alles ist weg, weg, weg!"

Aber das Allerkünstlichste war doch, dass man, wenn man den Finger in den Dampf des Topfes hielt, sogleich riechen konnte, welche Speisen auf jedem Feuerherd in der Stadt zubereitet wurden. Das war wahrlich etwas ganz anderes als die Rose. Nun kam die Prinzessin mit allen ihren Hofdamen daher spaziert, und als sie die Melodie hörte, blieb sie stehen und sah ganz erfreut aus; denn sie konnte auch "Ach, Du lieber Augustin" spielen; es war das Einzige, was sie konnte, aber das spielte sie. "Das ist ja das, was ich kann!" sagte sie. "Es muss ein gebildeter Schweinehirt sein! Höre, gehe hinunter und frage ihn, was das Instrument kostet." Und da musste eine der Hofdamen hinuntergehen; aber sie zog Holzpantoffeln an.

"Was willst du für den Topf haben?", fragte die Hofdame.
"Ich will zehn Küsse von der Prinzessin haben," sagte der Schweinehirt.

"Gott bewahre!" sagte die Hofdame.

"Ja, für weniger tue ich es nicht," antwortete der Schweinehirt.
"Nun, was antwortete er?", fragte die Prinzessin.
"Das mag ich gar nicht sagen," erwiderte die Hofdame.
"Ei, so kannst Du es mir ja ins Ohr flüstern."
"Er ist unartig!", sagte die Prinzessin, und dann ging sie. Aber als sie ein kleines Stück gegangen war, erklangen die Schellen so lieblich: "Ach, Du lieber Augustin, Alles ist weg, weg, weg!"

"Höre," sagte die Prinzessin, "frage ihn, ob er zehn Küsse von meinen Hofdamen haben will."
"Ich danke schön," sagte der Schweinehirt; "zehn Küsse von der Prinzessin, oder ich behalte meinen Topf."
"Was ist doch das langweilig!" sagte die Prinzessin. "Aber dann müsst ihr vor mir stehen, damit es niemand sieht."

Und die Hofdamen stellten sich davor, und dann breiteten sie ihre Kleider aus, und da bekam der Schweinehirt zehn Küsse, und sie erhielt den Topf. Nun, das war eine Freude! Den ganzen Abend und den ganzen Tag musste der Topf kochen; es gab nicht einen Feuerherd in der ganzen Stadt, von dem sie nicht wussten, was darauf gekocht wurde, sowohl beim Kammerherrn, wie beim Schuhmacher. Die Hofdamen tanzten und klatschten in die Hände.
"Wir wissen, wer süße Suppe und Eierkuchen essen wird; wir wissen, wer Grütze und Carbonade bekommt; wie ist das doch interessant!"

"Sehr interessant!" sagte die Oberhofmeisterin. "Ja, aber haltet reinen Mund, denn ich bin des Kaisers Tochter."

"Ja, wohl; das versteht sich!" sagten alle. Der Schweinehirt, das heißt der Prinz - aber sie wussten es ja nicht anders, als dass er ein wirklicher Schweinehirt sei - ließ keinen Tag verstreichen, ohne etwas zu tun, und so machte er eine Knarre, wenn man die herum schwang, erklangen alle die Walzer, Hopser und Polkas, die man seit Erschaffung der Welt gekannt hat. "Aber das ist superbe!" sagte die Prinzessin, indem sie vorbeiging. "Ich habe nie eine schönere Komposition gehört. Höre, gehe hinein und frage ihn, was das Instrument kostet; aber ich küsse nicht wieder!"

"Er will hundert Küsse von der Prinzessin haben," sagte die Hofdame, welche hineingegangen war, um zu fragen.

"Ich glaube, er ist verrückt!" sagte die Prinzessin, und dann ging sie; aber als sie ein kleines Stück gegangen war, blieb sie stehen. "Man muss die Kunst aufmuntern," sagte sie. "Ich bin des Kaisers Tochter! Sage ihm, er solle, wie neulich, zehn Küsse haben; den Rest kann er von meinen Hofdamen bekommen."

"Ach, aber wir tun es so ungern!" sagten die Hofdamen.

"Das ist Geschwätz," sagte die Prinzessin; "und wenn ich ihn küssen kann, so könnt ihr es auch. Bedenkt, ich gebe Euch Kost und Lohn!" Und nun mussten die Hofdamen wieder zu ihm hinein. "Hundert Küsse von der Prinzessin," sagte er, "oder jeder behält das Seine."

"Stellt Euch davor!" sagte sie alsdann; und da stellten alle Hofdamen sich davor, und dann küsste er die Prinzessin.

"Was mag das wohl für ein Auflauf beim Schwei-nekoben sein?" fragte der Kaiser, welcher auf dem Balkon hinausgetreten war. Er rieb sich die Augen und setzte die Brille auf. "Das sind ja die Hofda-men, die da ihr Wesen treiben; ich werde wohl zu ihnen hinunter müssen." Und so zog er seine Pan-toffeln hinten herauf, denn es waren Schuhe, die er niedergetreten hatte.

Potz Wetter, wie er sich sputete. Sobald er in den Hof hinunter kam, ging er ganz leise, und die Hofdamen hatten so viel damit zu tun, die Küsse zu zählen, damit es ehrlich zugehe, dass sie den Kaiser gar nicht bemerkten. Er erhob sich auf den Zehen.
"Was ist das?" sagte er, als er sah, dass sie sich küssten, und dann schlug er sie mit seinem Pantof-fel an den Kopf, gerade als der Schweinehirt den sechsundachtzigsten Kuss erhielt.

"Packt Euch!" sagte der Kaiser, denn er war böse. Und sowohl die Prinzessin, als der Schweinehirt wurden aus seinem Kaiserreiche hinausgestoßen. Da stand sie nun und weinte; der Schweinehirt schalt, und der Regen strömte hernieder.

"Ach, ich elendes Geschöpf! sagte die Prinzessin; "hätte ich doch den schönen Prinzen genommen. Ach, wie unglücklich bin ich!" Und der Schweinehirt ging hinter einen Baum, wischte das Schwarze und Braune aus seinem Gesicht, warf die schlechten Kleider von sich und trat nun in seiner Prinzentracht hervor, so schön, dass die Prinzessin sich verneigen musste.

"Ich bin nun dahin gekommen, dass ich dich verachte!" sagte er. "Du wolltest keinen ehrlichen Prinzen haben; Du verstandest dich nicht auf die Rose und die Nachtigall; aber den Schweinehirten konntest du für eine Spielerei küssen!"

Und dann ging er in sein Königreich und machte ihr die Tür vor der Nase zu. Da konnte sie draußen stehen und singen:

"Ach, Du lieber Augustin,
Alles ist weg, weg, weg!"